천극의 서

天極之書

권인호 신무협 장편소설

ORIENTAL FANTASY STORY & ADVENTURE

1

dream books

드림북스

천극의 서 *1*

스물세 권의 책

초판 1쇄 인쇄 / 2010년 8월 13일
초판 1쇄 발행 / 2010년 8월 23일

지은이 / 권인호

발행인 / 오영배
편집장 / 김경인
편집 / 윤대호, 신동철
펴낸 곳 / (주)삼양출판사 · 드림북스

주소 / 서울특별시 강북구 송천동 322-10호
대표 전화 / 02-980-2112　팩스 / 02-983-0660
편집부 전화 / 02-980-2116　팩스 / 02-983-8201
블로그 / blog.naver.com/dreambookss

등록번호 / 제9-00046호
등록일자 / 1999년 3월 11일

값 8,000원

ISBN 978-89-542-3676-8　04810
ISBN 978-89-542-3675-1　(세트)

* 지은이와 협의하에 인지는 생략합니다.
* 잘못된 책은 구입한 곳에서 바꾸어 드립니다.

天極之書
권인호
장편소설
1
스물세 권의 책
dream
books
드림북스

목차

서(序)

2만 권의 무공서적, 황산사에 잠들다

천극의 서

절강성(浙江省) 항주(杭州) 서북쪽에 영은사(靈隱寺)라는 절이 있다. 동진(東晋) 시대 승려 혜리(慧理)에 의해 세워진 것으로 장강 이북의 소림사와 더불어 대륙 선종 불교의 최대 교파였다. 하지만 무림이 발호하고 그 중심에 소림사가 우뚝 서게 되자 부처님의 불법만을 외쳐대던 영은사는 자연스레 영향력을 잃고 차츰차츰 도태되어질 수밖에 없었다.

사람들에게 잊혀 진다는 것…… 이념적으로는 중생 구제에 힘을 잃는다는 뜻이고 현실적으로는 경제적인 궁핍함을 겪게 된다는 의미였다.

변화는 불가피했다.

영은사도 결국 시대의 흐름에 편승했다.

'내가 아니면 누가 지옥에 가겠는가? 중생을 구제하는데 칼을 들어야 한다면 마땅히 칼을 들겠노라!'

그렇게 청정도량의 평온을 버리고 속세의 번잡함을 택한 영은사는 제자들을 소림사와 청성파 등지에 파견을 보내어 무공을 배우도록 했다. 그런 한편으로 천하를 뒤져 무공서적이란 무공서적은 모조리 다 긁어모았다.

남의 무공을 배우는 것으로는 한계가 있다. 영은사만의 무공이 없이는 무림에서 살아남지 못한다. 시간이 얼마가 걸리더라도 반드시 영은사만의 무공을 만들어내야만 한다.

삼천 명의 영은사 승려들이 그 절박한 열망을 짊어졌다.

한 세대에서 다음 세대로, 다음 세대는 다시 그 다음 세대로…… 연구는 계속되었다. 그렇게 120년이라는 시간이 흘렀다.

무려 3대에 걸친 숙원 사업의 결과 장장 2만 권이 넘는 무공서적이 모였다. 하지만 영은사만의 무공을 만들어내겠다는 처음의 취지는 차츰 옅어져갔다. 그도 그럴 것이 2만 권의 무공서적이라고 해봐야 시전에서 아무렇게나 구할 수 있는, 말 그대로 삼류 잡공들뿐이었던 것이다.

영은사의 얼치기 승려들이 절세의 무공비급을 구할 수 있을 리도 만무했고, 그 얼치기 승려들이 삼류 무공들을 붙들고 백날 연구해 본들 쓸 만한 무공이 만들어질 리도 만무했다.

결국 영은사의 당대 방장 효은선사(孝恩禪師)가 영은사 장로

들을 모아놓고 중대 발표를 하기에 이르렀다.

"불법에 관한 것을 제외한 모든 서적을 불태우겠소이다!"

그 말은 곧 3대 120년에 걸쳐 모은 무공서적을 모두 없애 버리겠다는 뜻이었다.

당연하게도 반발은 거셌다.

"있을 수 없는 일입니다. 방장 사형은 어찌 선대의 유지를 거스르려 하십니까? 소승은 그러한 불경을 저지를 수 없습니다."

"그렇습니다. 당금 천하는 여전히 무림이 득세하고 있는 실정입니다. 백 마디의 진리보다 한 자루의 칼이 더 큰 힘을 발휘하고 있는 것이 현실입니다. 과거 본사가 왜 손에 칼을 들게 되었는지 벌써 잊으셨습니까? 힘을 갖지 못한 설법이 얼마나 공허한지 벌써 잊으셨습니까? 2만 권의 무공서적은 본사가 무림에서 살아남기 위한 유일한 무기입니다. 볼품없고 보잘것 없지만 그거라도 붙들고 있지 않으면 본사는 영은사라는 이름조차도 지켜내지 못할지도 모릅니다. 그 한 권 한 권에 깃든 선대의 피와 땀을 알고 계신다면, 그 간절하고 절박한 소망을 기억하신다면 그 명만은 부디 거두어주십시오!"

사형제들의 간언은 계속 이어졌다.

하지만 효은은 뜻을 굽히지 않았다.

"당금 조정의 정세가 심상치 않음은 모두가 아실 거외다. 황제 폐하는 연치가 어리시고 그 숙부 된 자는 강성한 세력으로 호시탐탐 권좌를 노리고 있는 실정이지요. 필경 올해가 가기 전에 전쟁이 날 것이고, 결국 천하는 사왕야의 것이 될 것이외다. 사왕야의 성품은 호전적이면서도 치밀하고, 또한 독선적이면서도 단호하지요. 자신을 위협하는 그 어떠한 것도 용납지 않을 거외다. 문제는…….”

잠시 숨을 고른 효은이 한층 더 무거워진 어조로 말을 이었다.

“문제는 그분이 자신의 권좌에 대한 위협의 대상으로 무림을 그 첫 번째로 지목하고 있다는 것이오. 짐작컨대 사왕야가 황위에 오르는 순간, 숙청의 칼바람이 가장 먼저 향할 곳은 바로 무림이 될 거라는 말이외다!”

그제야 좌중이 사태의 심각함을 인식하기 시작했다.

사왕야의 무서움이야 이미 천하가 다 아는 사실이다.

굴복과 굴종 외에는 타협도, 용서도 없다. 사왕야는, 필요하다면 소림사라도 능히 불태워 버릴 수 있는 그런 위인이었다.

“본사는 근본부터가 무림에 뿌리를 두지 않았소. 무림의 존망에 관여할 이유가 전혀 없는 것이오. 더는 속세의 번잡한 시류에 휩쓸리지 말고 원래의 자리로 돌아가 불법에만 충실해야 하오. 그것만이 본사가 살길이고 또한 불제자로서 올바른 길이외다.”

이미 현실의 심각성을 인식해 버린 상황이기에 효은의 말은 충분한 설득력을 갖고 있었다.

그렇잖아도 당금의 정세를 불안해하던 참이었다. 효은의 말대로 무림이 황군에 짓밟힐 위기에 처해 있다면 굳이 거기에 끼어들 이유가 없다. 그럴만한 의리도, 의무도 그들에겐 없었다.

게다가 무림인으로서도 인정받지 못하고 불제자로서도 충실하지 못한 어정쩡한 상태가 늘 불만이었다. 차라리 이 기회에 다시 과거로 회귀해 모든 걸 잊고 불도에만 정진하는 게 나을 듯도 싶었다.

하지만, 역시 2만 권이라는 어마어마한 분량의 무공서적은 간단히 버릴 수 있을 만큼 만만한 것이 아니었다. 2만 권의 서적에 담긴 120년의 역사, 선대의 노력과 꿈, 거기에 대한 미련도 쉽사리 떨칠 수 없었다.

밤새 분분한 의견이 오갔다.

다음 날도, 그 다음 날도, 그리고 그 다음 날도…….

지루하게 이어지던 회의가 마침내 끝이 난 것은 그로부터 칠 주야가 더 흐른 후였다.

길고 긴 회의의 끝에 내려진 결론은 파기가 아닌 은폐였다.

사람의 발길이 닿지 않는 황산(黃山) 깊고 깊은 곳에 절을 하나 짓기로. 거기에 2만 권의 무공서적을 숨겨두기로.

황산사(黃山寺).

3대 120년의 노력이 담긴 2만 권의 무공서적이 그곳에 숨겨졌다.

제1장

단전이 없는 아이

천극의 서

"이 아이를 데려가 주시오."

현야(玄夜)의 앞으로 예닐곱 살 정도 되어 보이는 사내아이가 내밀어졌다.

아이를 내려다보는 현야의 이마에 송골송골 땀이 맺혔다.

참으로 난감한 일이었다.

'그저 시주나 얻어 볼까 했던 것인데…….'

일이 어쩌다 이리되었을까?

돌이켜 보면 모든 것은 그놈의 봄바람 때문이었다.

겨우내 쌓였던 눈이 녹고 거기에 파릇파릇 새싹이 텄다. 따뜻한 오수를 즐기다 뺨을 쓸어가는 춘풍에 괜히 마음이 들떴다. 참으로 오랜만에 탁발이나 나가보자 싶었다. 어쩌면 살아 있는 동안 마지막 세상 구경일지도 몰랐다. 그래서 세상에 나왔다. 그것이 환갑을 목전에 둔 어느 봄날의 일이었다.

대체 몇 해 만에 황산(黃山)을 내려온 건지 기억조차 가물가물했다. 모든 것이 새로웠다. 흥에 겨워 잠깐 세상 구경이나 해볼까 했던 것이 정신을 차려보니 어느덧 2년이라는 시간이 훌쩍 지나 있었다.

부랴부랴 황산으로 길을 돌렸다. 그렇게 강서성(江西省) 파양호 인근에 이르렀을 무렵이었다.

황산까지는 한 달도 채 남지 않은 거리, 2년 만에 돌아가는 길이라 마음이 바쁜 거야 당연했지만 문득 머릿속에 떠오르는 생각이 있었다. 뜬금없게도 탁발이었다.

어쨌거나 저쨌거나 탁발을 위해 나선 걸음이 아니었던가? 2년이라는 긴 시간을 허비해 이젠 그 의미가 많이 퇴색되었지만 그래도 이왕 돌아가는 길, 뭐라도 얻어가는 것이 좋겠다 싶었다.

그는 걸음이 닿는 곳 중에서 가장 큰 저택을 향했다. 아무래도 살림이 넉넉한 곳이 인심도 후할 거라는 계산에서였다.

그렇게 당도한 곳이 진가장이다.

강남에 많고 많은 무림가문들 중 하나에 불과할 테지만 커다란 장원을 보고 있자니 절로 흐뭇한 미소가 지어졌다.

'이토록 큰 고루거각의 주인이 설마 베풂에 인색하지는 않

겠지.'

한껏 기대를 담아 진가장의 문을 두드렸다.

한데, 기대했던 쌀자루는 어디 가고 웬 코흘리개 꼬마 아이란 말인가?

"이놈, 반편입니다."

의아해하는 현야에게 아비란 자가 대뜸 그렇게 말했다.

"반편이라니요?"

"사람 말 못 알아먹습니까? 병신이라 이 말입니다."

아이가 듣는 앞에서, 그것도 아비란 자가 말을 너무 막되게 한다.

눈살이 절로 찌푸려지는 상황을 애써 무시하고 아이를 보았다.

아비의 말로는 병신이라 하는데 현야의 눈에는 지극히 정상으로만 보인다. 현야를 똑바로 응시하는 눈은 해맑았고 손발도 어느 하나 부족함 없이 온전했다. 어떻게 봐도 병신이란 단어와는 거리가 멀었다.

현야가 의아해하며 아비란 자를 보았다.

아비란 자가 마치 가래 뱉어내듯 불쾌한 투로 말했다.

"그놈 단전이 닫혔습니다. 나참! 무가에서 태어난 놈이 하필이면 단전이 막혔는데 그걸 뭐에 써 먹겠습니까?"

'단전이 닫혔다고?'

현야는 믿기지 않는다는 눈으로 아비와 아이를 번갈아 보았다. 그러다 아이의 단전에 손을 가져다 댔다. 아이가 낯선 사람의 손길에 움찔 놀라며 몸을 뒤로 뺐지만, 아비란 자가 무서운 눈을 하고 노려보자 이내 저항을 거뒀다.

'허……!'

손끝을 통해 전해져 와야 할 온기가 없다. 당연히 있어야 할 파동도 없다. 느껴지는 거라고는 꽉 막힌 답답함뿐이다.

사람으로 태어난 자라면 날 때부터 열려서 천기와 호흡하고 세상을 담아갈 단전이 이 아이에겐 없었다. 완전히 닫혀서 흔적조차도 남아 있지 않았다.

현야가 난생처음 보는 괴사에 할 말을 잃고 있자 아비란 자의 뻔뻔함이 더욱 당당해졌다.

"처음에는 그냥 일시적인 거려니 했습니다. 시간이 지나면 자연히 나아질 거라고 말입니다. 그런데 용하다는 의원도 찾아가보고 유명한 사찰에 가서 불공도 드려봤지만, 수년이 지나도록 도무지 나아질 기미가 보이지 않더란 말입니다. 그러니 어쩌겠습니까? 언제까지 희망도 없는 미련을 부둥켜 안고 있을 수만은 없지 않겠습니까?"

"그래서 자식을 버리겠단 말씀이시오? 사람이면 어찌……!"

"이 보십시오, 스님. 내가 누군지 모르십니까? 나 진가장주 진가오(眞假傲)란 말입니다. 강남 무림에 내 이름 석 자를 모르는 사람이 없는데 그런 내가, 그런 내 자식이 무공도 못 익히는 반편이라 소문나면 내가 어떻게 얼굴을 들고 다닌단 말입니까?"

"그래도 자식 아니오? 자식의 허물이 백 가지라 한들 부모라면 응당 그 모든 허물을 감싸줘야 하는 것 아니겠소?"

"스님. 참 답답도 하십니다. 내게 자식이 몇이나 있는 줄 아십니까? 열둘입니다, 열둘! 그중 사내자식만 여덟이고. 평생을 무인의 자존심 하나로 버텨온 내가 고작 종년의 몸을 빌려 난 반편이 하나 때문에 사람들의 놀림거리가 되어야겠습니까? 솔직히 까놓고 말해서 여기저기 굴러먹던 종년의 자식인데 이놈이 정말 내 새낀지 아닌지 그걸 누가 알겠습니까?"

들으면 들을수록 기가 막힐 노릇이다.

무인의 자존심이라니? 무인의 자존심이란 게 대체 뭔지나 알고 하는 소리일까?

도대체가 어떻게 되어 처먹은 인간이기에 자신의 체면 때문에 제 자식을 버리고, 제 자식의 어미를 창녀로 매도하고, 그러면서도 저리도 당당할 수가 있는 것일까?

"왜 그런 눈으로 보십니까? 스님은 아직도 내가 천하에 나쁜 놈이라 그리 생각하시는 겁니까?"

"그럼 아니오?"

"물론 내가 나쁜 놈인 것은 맞지만 나도 사람인데 자식 버리는 심정이 좋기야 하겠습니까? 이놈이 단지 단전만 없는 거면 나도 뭐 창피한 거쯤이야 꾹 참고 견딜 수 있다 이겁니다. 하지만 이놈에겐 단전이 없는 것보다 더 큰 문제가 있습니다.

솔직히 내 이런 말까지는 안 하려고 했습니다만, 어차피 스님도 알아야 할 일이고 언제고 또 알게 될 일이니까 말씀드리겠습니다. 이놈 이거 말입니다. 무지하게 재수 옴 붙은 놈이다 이겁니다."

"뭐요?"

이건 또 무슨 개소린가 싶었다. 현야가 짜증에 겨워 눈살을 찌푸렸지만 그러거나 말거나 진가오는 자식 흉보기에 신이 나서 떠들어댔다.

"이놈이 얼마나 재수 옴 붙었냐 하면 말입니다. 이놈과 관계되면 모든 일이 다 엉망이 되어 버린다 이 말입니다. 이해 못하겠습니까? 그럼 내 작년에 있었던 일 하나를 얘기해 드리겠습니다. 그날 말입니다. 백방을 수소문한 끝에 용한 의원 하나를 찾았습니다. 그래서 단전을 고쳐주십사 이놈을 데려갔더랬습니다. 한데, 단전을 고치는 건 고사하고 다음날 이 양반이 비명횡사를 해 버린 게 아니겠습니까? 그것도 고뿔이 악화되어서 말입니다. 아니, 천하에 용한 의원이라는 인간이 고작 고뿔이 악화되어서 비명횡사했다는 게 말이나 되는 일입니까? 어디 그뿐인 줄 아닙니다. 재작년에는 불공을 드리러 갔던 사찰이 원인불명의 화재로 홀라당 타서 잿더미가 되어 버리는가 하면, 이놈이 타고 있던 마차가 별안간 이유도 없이 뒤집어져서 여러 사람이 다치기도 했다 이 말입니다. 이놈이 그런 놈이라 이겁니다. 한 가문을 이끌어가는 가장의 입장에서 가문을 위태롭게 할 수 있는 재앙 덩어리를 그저 핏줄이라는 이유로 마냥 껴안고 있을 수는 없는 일 아니겠습니까? 아비의 자리보다 가문의 수장으로서의 자리를 먼저 생각할 수밖에 없는 이런 제 깊은 고충을 스님은 이해하시겠습니까?"

이젠 기가 막히다 못해 입에서 아주 욕지기가 나올 지경이다.

'재수가 옴 붙었다고? 재앙 덩어리라고?'

참으로 같잖지도 않은 변명이다.

그 말을 듣기 전까지는 그래도 진가오란 인간을 조금은, 그래 봐야 눈곱만큼이지만 아주 조금은 이해를 했다. 아니, 이해는 못해도 자비를 근본으로 하는 불제자의 신분이기에 어떻게든 이해를 하려고 노력은 했다.

그러나 이젠 진가오란 인간에 대해서 너무 많이 알아 버렸다.

체면 때문에 버리고, 종년의 자식이라서 버리고, 자신의 자식이 아닐지도 몰라서 버리고, 재수 옴 붙어서 버린다. 버리는 이유 한 번 참 다양도 하다. 흔히 진가오 같은 인간을 두고 하는 말이 있다.

인간 망종, 혹은 개자식!

그보다 적합한 말은 아마도 천 년이 지나도 찾기 힘들 것이다.

더는 말 섞기도 싫어서 자리를 털고 일어섰다. 그때 진가오가 애호박만 한 크기의 주머니 하나를 현야의 앞에 던졌다.

쩔그렁!

소리만으로도 돈주머니임을 알 수 있었다.

"자식새끼 맡기면서 공짜로 먹이고 입히라 할 만큼 내가 그리 염치없지는 않습니다."

염치란다. 아무렇게나 갖다 붙인다고 그게 다 말이면 개소리도 능히 말이 될 수 있겠다.

"왜요? 싫습니까? 까짓, 싫음 관두십시오. 스님이 마침 본장을 찾으셨기에 이것도 인연이다 싶어 스님께 부탁을 드리려 했던 것인데, 부득불 스님이 싫으시다면 내 더는 붙잡지 않겠습니다. 정히 안 되면 어디 거지 굴에라도 던져 버리지 뭐. 나도 더는 저놈 뒤치다꺼리로 골머리 썩기는 싫으니까."

허투루 하는 소리가 아니다. 충분히 그러고도 남을 위인이다.

현야는 아이에게로 눈을 돌렸다. 불안과 두려움이 한데 뒤섞인 눈으로 현야를 올려다본다. 그 모습이 너무 측은해서 도저히 외면할 수가 없다.

'아미타불…….'

마음을 굳혔다.

어차피 아비 같지도 않은 아비다. 곁에 더 머물러 있어봐야 아이의 남은 인생은 눈물과 한숨뿐일 것이다.

"아이의 이름이 무엇이오?"

현야의 질문에 진가오가 반색을 하며 되물었다.

"맡아주시는 겁니까?"

"아이의 이름이 무엇이오?"

대꾸할 기운도 없어 다시 물었다.

현야가 천풍을 맡을 듯 보이자 진가오가 신이 나서 대답했다.

"천풍입니다. 진천풍(眞天風). 어떻습니까? 대영웅의 기상이 느껴지지 않습니까?"

이건 아예 상인이 물건을 파는 듯하다.

"뭐, 이름의 주인이 이름값을 못해서 그렇지 내가 이름 하나는 기가 막히게 짓는단 말입니다. 좀 아깝긴 합니다. 곧 불제자가 되면 속세의 이름이야 버려질 것이니…… 나중에 스님이 좋은 승명이나 하나 지어주십시오."

"불제자가 될지 못 될지는 어디까지나 부처님의 소관이오. 소승과 인연이 닿았다고 해서 부처님과도 인연이 닿았다고는 할 수 없는 일이오. 어쨌거나 좋습니다. 소승이 맡도록 하지요. 아비에게 버림받은 것만도 큰 상처가 되었을 텐데 소승마저 외면한다면 이 아이가 너무 가엽지 않겠소."

현야의 말투에도 그렇고 눈빛에도 그렇고 질책과 책망이 가득 담겨 있었다. 한데도 진가오는 일말의 가책도 느끼지 않는 모습이었다. 양심의 가책은커녕 큰 짐 하나 덜었다는 듯 희희낙락한 얼굴이다.

더 보고 있자니 구역질이 날 지경이다. 사람이 더럽다 더럽다 하지만 이렇게도 더러운 인간은 살다 살다 처음이다. 용서와 자비의 부처님이라지만 이 진가오라는 인간 망종만큼은 절대로 용서하지 않았으면 좋겠다.

현야는 더는 지체하지 않고 몸을 돌렸다.

“돈은 안 가져가십니까?”

대꾸도 하지 않았다. 천풍의 손을 잡고는 뒤도 돌아보지 않고 문을 나섰다.

등 뒤에서 진가오의 목소리가 들렸다.

“역시 탈속한 스님이시라 돈에도 욕심이 없으신가 보군. 뭐, 나야 돈 굳어서 좋지. 그건 그렇고…… 혹시나 해서 드리는 말입니다만, 차후에라도 저놈이 다시 여길 찾아오거나 하는 그런 불미스러운 일은 없도록 해주십시오. 핏줄이네 뭐네 하며 구질구질하게 굴면 그거 너무 피곤한 일이거든. 괜한 구설수에 오르내리는 것도 싫고.”

떠나는 자식에게 끝끝내 몸조심하라는 말 한마디 없다. 그 주둥이에서 나오는 것은 더러운 악취와 썩은 오물들뿐이다. 더욱 안타까운 노릇은 그 모든 걸 천풍이 다 듣고 있다는 것이다.

작고 앙증맞은 고사리 손이 현야의 손을 꽉 움켜쥐었다. 작지만 다부진 손아귀에서 작은 떨림이 전해져 왔다. 피가 나도록 꽉 깨문 입술과 당장에라도 닭똥 같은 눈물을 뚝뚝 흘릴 것 같은 눈망울이 그 작은 떨림과 어우러져 현야의 가슴을 먹먹하게 만든다.

‘아미타불…….’

현야가 천풍과 함께 진가장을 나온 것은 어둠이 자욱하게 내리깔린 시각이었다.

생명의 무거움이 마음을 무겁게 했고 마음의 무거움은 걸음도 무겁게 만들었다.

그렇게 진가장의 문을 넘는데 웬 여인 하나가 그를 기다리고 있었다.

초췌한 정도를 넘어 병색이 완연한 얼굴이었다. 서 있는 것조차도 힘에 겨워 가쁜 숨을 토하는 것이 당장에라도 쓰러질 듯 위태로워 보였다.

"스님……."

여인이 현야에게 다가와 작은 주머니 하나를 내민다.

받아들고 보니 제법 묵직했다. 거기에 쩔그럭거리는 소리도 들렸다.

이번에도 돈주머니다.

의아해하며 여인을 보자 여인이 희미하게 웃었다.

"먼 길 노잣돈이나 하시라고……."

그러고는 별다른 말없이 몸을 돌린다.

현야가 여인을 향해 말했다.

"마음을 억지로 외면한다고 그 아픔마저 등질 수 있는 것은 아닙니다."

현야의 말에 여인의 어깨가 움찔했다.

"후회란 놈은 피하고 도망치는 데서 생겨납니다. 이 아이는 자신을 낳은 어미가 자신으로 인해 평생을 후회 속에서 살아가는 걸 원치 않을 것입니다. 미안함이든, 죄책감이든 외면하지 말고 똑바로 마주하십시오. 아마도 그것이 이 아이에 대한 유일한 속죄가 될 것입니다."

여인이 다시 몸을 돌렸다. 눈망울이 그렁그렁했다.

당장에라도 펑펑 울음을 쏟아낼 것 같은 얼굴을 하고서 현야를 본다. 아니 정확히는 현야의 옆, 천풍을 보고 있었다.

한데, 천풍의 태도가 이상했다. 이런 상황이라면 어미의 품으로 달려가 울음이라도 터트리겠건만, 어쩐 일인지 그 자리에서 꿈쩍도 하지 않는다. 어미를 바라보는 눈은 분명 간절한 열망을 담고 있는데 끝내 현야의 손을 놓지 않는다.

세상의 아름다움만 보아야 할 나이에 벌써 체념하는 법을 알아 버리기라도 한 것일까? 아니면 세상의 가혹함을 너무도 일찍 깨달아 버린 탓에 기대하는 마음을 잊어버린 것일까?

여인의 눈에 고였던 눈물이 끝내 무게를 이기지 못하고 떨어졌다. 한 번 봇물이 터지자 눈물은 주체할 수 없이 흘러내렸다.

눈물은 펑펑 쏟아지는데 소리는 없다. 감히 소리 내어 울 자격도 없다는 듯, 그것이 그녀만의 속죄인 양 울음을 집어삼켰다.

'아미타불…….'

좀처럼 불호를 외지 않는 현야가 진가장에 와서 벌써 세 번이나 부처님을 찾는다. 자식을 눈앞에 두고도 다가가 어루만

지지도 못하는 그 어미의 심정을 생각하니, 정말이지 부처님에게라도 도움을 청하고 싶었다.

저 여인이 무슨 죄겠는가. 죄라면 가진 것 없이 태어난 탓에 버러지보다 못한 지아비를 두었다는 것과, 그런 버러지보다 못한 사내의 자식을 낳았다는 것뿐이다.

긴 시간이 흘렀다. 긴 시간을 눈물로 흘려보내고서야 겨우 마음을 진정시킨 여인이 현야에게 말했다.

"염치없지만 스님께 한 가지 청이 있습니다."

"무엇입니까?"

"스님께서 풍이의 이름을 새로 지어주세요. 그리고 어느 자리에든 소(笑) 자를 넣어주세요."

현야는 여인의 뜻을 바로 알아차렸다.

웃을 소(笑). 비록 부모로부터 버림받는 처지지만 그래도 언제나 웃음을 잃지 말라는 어미 된 자의 작은 바람일 것이다.

고개를 끄덕였다.

"알겠습니다. 그리하도록 하지요."

여인이 돌아갔다. 진가장의 문을 넘어 여인의 모습이 시야에서 완전히 사라졌을 무렵, 꾹 다물고 있던 천풍의 입이 뒤늦게 열렸다.

"엄마……."

그리고 곧 참고 참았던 울음이 결국 터져 나왔다. 어미는 소리 없이 울었지만 자식은 세상이 떠나갈 듯 크게 소리 내어 울었다.

헤어짐을 슬퍼함인지 홀로 남겨짐을 무서워함인지는 모른다.

"울지 말거라. 인연으로 이루어진 모든 것들이 하나 빠짐없이 덧없음으로 끝나는데, 은혜와 애정으로 모인 것인들 예외일 수 있겠느냐. 어차피 세상만사 반드시 이별하기 마련이고네 길고 긴 인생 중에도 수많은 만남과 이별이 있을 것이다. 지금의 이별은 그 많고 많은 이별 중에 그저 스쳐 지나는 하나일 뿐이다."

* * *

천풍의 어미는 이름을 새로 지으라 했지만 현야는 천풍이라는 이름을 그대로 쓰기로 했다. 이름을 짓는다는 게 생각처럼 쉬운 일도 아니었고, 평생을 쓰게 될 이름인데 아무렇게나 지어 버릴 수도 없는 노릇이다. 사흘을 꼬박 고민해도 도무지 마땅한 걸 찾을 수가 없었다. 결국, 굳이 새 이름을 지어서 아이를 혼란스럽게 할 필요는 없다는 자기변명과 함께 새 이름 짓는 걸 포기했다.

대신 어미의 바람을 담아 천풍의 성을 진(眞)이 아닌 소(笑)로 바꿨다. 그따위 인간 같지도 않은 인간이 아비라면, 그 아비로부터 물려받은 성이라면 차라리 개나 줘 버리는 게 나았다.

진천풍일 때도, 소천풍이 되어서도 천풍은 한마디 말도 하지 않았다. 세상에 대한 호기심만 가득해야 할 나이에 사람의 선악을 재고 경계심을 품었다. 그건 현야에 대해서도 마찬가지였다.

그만큼 마음의 상처가 큰 것이다.

현야는 내버려두었다. 억지로 말문을 열게 하지도 않았고 억지로 믿음을 강요하지도 않았다. 그저 같이 밥을 먹고 또 같이 잠을 잤다.

그렇게 열흘쯤 지나자 처음에는 잠결의 작은 부스럭거림에도 화들짝 놀라던 천풍이 깊은 잠을 잘 수 있게 되었고, 젓가락질 몇 번으로 깨작대던 식사도 어느새 한 그릇 뚝딱이 되었다. 지난 2년간 세상을 돌며 경험했던 신기하고 재미난 얘기들을 들려줄 때면 얼굴에 다양한 표정을 떠올리며 눈을 반짝이기도 했다.

그렇게 차츰차츰 마음의 벽을 허물어가던 어느 날, 고갯짓으로만 현야와 소통하던 천풍이 처음으로 말문을 열었다.

"우린 어디로 가는 건가요?"

현야는 놀라지도 기뻐하지도 않았다. 벙어리가 아닌 다음에야 사람이 사람의 말을 하는 게 뭐가 대수냐는 듯, 담담히 대답했다.

"내가 살아왔던 곳, 그리고 앞으로 네가 살아갈 곳, 네게 세상의 울타리가 되어줄 곳…… 우린 황산사로 간다."

제2장

천 권의 책을 읽으면 다른 눈이 떠진다

(讀書千遍開異眼)

천국의 서

대여행가이자 지리학자로 유명한 서하객은 30년간 세상을 둘러본 후 이렇게 말했다.

오악을 보고 나니 다른 산이 보이지 않고(五岳歸來不看山)
황산을 보고 나니 오악이 보이지 않더라.(黃山歸來不看五)

시선(詩仙) 이태백은 황산을 두고 대지의 꽃이라며 감탄하기도 했다.

온갖 미사여구를 다 붙여도 부족하기만 한 희대의 명산.

구름의 바다 운해(雲海)는 1년 중 이백 일이 넘는 날을 그 자리에 머물러 있고, 온 산을 가득 메운 기암괴석은 어느 하나 특이하지 않은 것이 없으며 바위틈에서 천 년을 자라는 소나무는 그 자체로 신비롭다.

수많은 화가들과 시인묵객들이 절경의 아름다움을 표현하고자 했지만 화가들은 끝내 붓을 놓아야 했고, 시인묵객들은 꿀 먹은 벙어리가 되어 스스로의 재주 없음을 한탄해야 했다.

그곳 황산에 황산사(黃山寺)라는 절이 하나 있다. 이름만 보자면 황산을 대표하는 유명 사찰처럼 생각되지만 실상은 1년 내도록 찾아오는 참배객 하나 없는 외진 암자였다.

해가 뉘엿뉘엿 서산을 넘어갈 무렵이었다. 하늘을 온통 붉게 물들인 석양 아래로 크고 작은 두 개의 그림자가 산을 오르고 있었다.

얼마 전 진가장을 떠나온 현야와 천풍이었다.

"저기 보이는구나. 저기가 황산사란다."

현야가 암자라고 하기엔 조금 크고 절이라고 하기엔 조금 작은 듯한 건물을 가리키며 걸음을 서둘렀다. 현야의 뒤를 잰걸음으로 바쁘게 따르던 천풍이 설렘과 호기심으로 눈을 반짝였다.

한데, 이상한 것이 있었다.

산문을 지키는 사람이 아무도 없었다. 아니, 돌계단 위의 뽀얀 먼지나 문설주의 찌든 때로 보건대 아예 사람이 사는 것 같지가 않았다.

의아해하는 천풍과는 달리 현야는 아무렇지 않은 듯 성큼 문 앞으로 다가가 두 손으로 힘껏 문을 밀었다.

"이엇차!"

끼이이이익—

얼마나 오랫동안 그렇게 있었던 건지 녹이 쓸다 못해 덕지덕지 묻은 경첩이 비명을 질러댄다.

"들어가자."

꽤나 지친 얼굴에 이마에는 땀까지 송골송골 맺혀 있다. 덕분에 문은 활짝 열렸다.

천풍은 현야를 따라 들어갔다. 밖에서 보던 것보다는 훨씬 넓어 보였는데 역시 사람의 인기척은 느껴지지 않았다.

천풍이 머뭇머뭇하며 물었다.

"여기…… 아무도 안 사는 건가요?"

천풍의 물음에 현야가 웃으며 대답했다.

"이전에는 내가 살았고 앞으로는 너와 내가 사는 거지. 왜? 우리 둘뿐이라서 싫으냐?"

천풍이 급히 고개를 저었다.

"저는 좋아요."

하긴 사랑 한 번 제대로 받지 못하고 지금껏 천덕꾸러기 신세로 살아왔을 테니, 사람들 속에서 부대끼는 게 꺼려질 만도 했다.

"그래. 너와 내가 서로 의지하며 오붓하게 사는 것도 나쁘진 않을 게다."

현야가 천풍을 이끌고 황산사를 안내해 주었다.

천풍이 앞으로 지내게 될 방과 생활하는 데 있어 필요불가결한 측간, 부처님상이 모셔진 불전(佛殿)등을 차례로 둘러보았다. 다른 것들은 여느 사찰들과 크게 다를 바 없었는데 유독 한 가지 특이한 점이 천풍의 눈길을 끌었다.

그것은 책이었다.

어디에나 있었다. 천풍이 지내게 될 방 안에도, 측간 한 귀퉁이에도, 불전의 부처님상 다리 밑에도, 심지어 부뚜막 장작개비 옆에도.

눈을 돌리는 곳마다 온통 책 천지였다. 황산사 전체가 마치 책으로 지어진 것같이 느껴질 정도였다.

천풍이 신기해하며 물었다.

"책이 참 많아요. 무슨 책들이에요?"

현야가 말했다.

"전부 다 무공서적들이다."

"무공서적이요?"

"대략 2만 권 정도 될 게다."

"2만 권이면 얼마나 되는 건데요?"

어린 천풍에겐 만 단위의 숫자가 아직 어려운가 보다.

"음…… 여기 있는 책들을 모두 일렬로 쌓으면 하늘 끝까지 닿을 정도?"

천풍이 머릿속으로 상상이라도 하는 듯 고개를 젖혀 아득히 먼 하늘을 올려다본다. 벌린 입을 다물 줄 모르는 것이 어린 마음에도 꽤나 감탄스러운 모양이다.

현야는 그 모습이 귀엽기도 하고 재미있기도 해서 절로 흥이 났다. 그래서 할아버지가 손자를 무릎에 앉히고 옛 이야기를 들려주듯 그렇게 황산사와 무공서적에 대한 이야기를 시작했다.

"항주에는 영은사라고 하는 아주 크고 유명한 절이 있단다. 원래 여기에 있는 무공서적들 모두가 영은사에 있던 것들인데 사정이 생겨서 이곳으로 옮겨온 것이지. 사실 황산사는 부처님을 모시기 위해 만들어진 것이 아니라 2만 권의 무공서적을 보관하기 위해 만들어졌다고 할 수 있다. 그게 그러니까, 벌써 50년 전인가? 내가 꼭 너만 한 나이였을 때, 사부님의 손을 잡고 이곳에 왔지. 그때만 해도 사람들이 많았단다. 무공을 연구하던 학승도 더러 있었고 그들을 모시는 수발승도 있었고…… 내 사부님과 나도 그랬었거든. 하지만 시간이 지나고 나이든 학승들이 하나둘 천수를 다하자, 수발을 들던 제자들도 하나둘 황산사를 떠나더구나. 이런 외진 곳에서 세상과 등진 채 종이쪼가리나 지키고 있기엔 다들 혈기가 방장한 나이였으니까. 그렇게 사부님과 나만 남게 되었지. 사부님마저 부처님의 곁으로 떠나신 후로는 나만 남았고. 몇 해 전까지는 영은사에서 사찰의 관리를 위해 사미승도 파견해 주고 생활에 필요한 것들도 지원해 주곤 했는데, 그나마도 어느 날부터인가 끊겨 버리더구나. 하긴, 50년이면 강산이 다섯 번이나 변할 시간이니 세대도 많이 바뀌긴 했지. 영은사의 큰스님들 중에서 황산사를 기억하는 분이 과연 몇 분이나 계실지……."

말을 하다 보니 넋두리가 되어 버렸다. 스스로의 주책없음에 뒷머리를 긁적이며 천풍을 보니, 천풍은 무슨 말인지 이해할 수 없다는 듯 눈만 끔뻑거리고 있었다.

괜히 민망해져서 말문을 돌렸다.

"흠흠, 어쨌든 산사의 생활이란 게 지루함의 연속이란다. 지루함도 달랠 겸 소일거리 삼아 책을 읽는 것도 썩 나쁘지만은 않을 게다. 그래, 글은 읽을 줄 아느냐?"

천풍이 풀 죽은 얼굴로 고개를 저었다.

진가오란 작자의 성품을 생각해 보면 어쩌면 당연한 일이었다.

개차반에 무개념, 거기에 몰염치까지…… 갖추지 말아야 할 건 두루두루 다 갖춘 인간이다. 못난 자식이라 구박이나 했지 글공부인들 제대로 시켜줬을 리가 없다.

"그럼 먼저 글부터 배워야겠구나."

그리해 다음 날부터 천풍은 글을 배웠다.

다행히 머리는 나쁘지 않았다. 아니 신체의 부족함을 메울

정도로 영민했다. 하나를 가르쳐주면 열까지는 아니라 해도 두엇은 앞서 이해했고, 특히나 기억력이 좋아서 한 번 본 것은 한 달이 지나도 잊어먹지를 않았다. 게다가 처음으로 대해 보는 따뜻한 배려와 칭찬에 매일매일 하루도 게으름 피지 않고 글공부에 매진했다.

산사에서의 생활은 반복되는 일상의 지루함만큼이나 시간이 더디게 흐르기 마련이지만, 배움의 재미를 알아 버린 천풍에겐 하루하루가 지루할 새 없이 바쁘게 흘렀다.

산사의 생활도 좋았다.

꾸중과 천대 대신 걱정을 들었고, 서러움과 서글픔 대신 즐거움이란 걸 알았다. 세상이 알까 창피하다며 바깥출입조차도 함부로 하지 못했던 지난날에 비해, 산새며 풀벌레며 온 산이 천풍의 놀이터가 되어주었다.

그렇게 2년이라는 시간이 훌쩍 지났다.

이젠 어려운 불경도 술술 읽을 수 있었다. 키도 부쩍 컸다. 무엇보다 큰 변화는 천풍의 얼굴에서 그늘이 사라졌다는 점이다. 처음 천풍이 현야를 만났을 때만 해도 짙고 어둡게 깔려 있던 얼굴의 그늘이 지난 2년 사이 몰라보게 밝아졌다. 이젠 가끔 소리 내어 웃을 때도 있고 또 그 웃는 얼굴이 잘 어울리기도 했다.

쫓겨나긴 했어도 타고난 바탕은 어쨌든 있는 집안의 자식이라서일까? 하나하나 선명하게 그려진 뚜렷한 이목구비에선 제법 귀태도 흘렀다. 한데, 2년이 지나도록 달라지지 않는 것이 두 가지가 있었다.

하나는 필체였다.

글을 처음으로 쓴 날의 필체와 지금의 필체가 전혀 변하지 않았다. 모든 일이 다 그렇듯 오래하면 익숙해지고 나아지기 마련인데 이건 오히려 갈수록 퇴보해 가는 느낌이었다. 악필도 그런 악필이 없어서 글을 한 자 읽을라치면 한참을 집중하고 들여다봐야 겨우 알아볼 수 있을 정도였다.

글씨는 그 사람의 마음을 비추는 거울이라 했다. 그 말대로라면 천풍의 마음은 그야말로 추악 그 자체였다.

도저히 두고 볼 수만은 없었다. 한 번은 칠 주야 동안 천풍을 잡아 앉혀놓고 글쓰기만 시켰다. 하지만 그의 안타깝고 답답한 마음과는 상관없이 천풍의 글씨는 제자리걸음이었다. 문제는 스스로 자신의 글씨가 엉망이란 것조차 인식하지 못한다는 데 있었다.

'이상해요?'

'또 이상해요?'

'왜 이상하죠?'

결국 두 손 두 발 다 들었다.

딴에는 정말 한 획 한 획 정성을 다해서 쓰는 것이 그 모양 그 꼴인 데야 현야 아니라 전설의 명필 왕희지(王羲之)라 해도 어쩔 도리가 없는 것이다. 게다가, 자신이 적은 글을 앞에 두고 아이답지 않게 깊은 사색에 잠겨 고개를 갸우뚱 갸우뚱 할 때면 그 모습이 또 어찌나 귀여운지 도저히 모질게 다그칠 수가 없었다.

'사물을 보는 데 있어 이 아이의 눈이 보통의 사람들과는 다른 거겠지.'

그렇게 체념했다. 다르다는 것이 꼭 나쁘다는 것은 아니다.

'천재는 악필이다.' 라는 말도 있지 않은가.

남들은 장애라 할지 모르지만 현야는 그것을 개성이라 이해하기로 했다. 외로운 노인네의 제자 사랑이 조금은 팔불출이라 한들 그게 흉은 아닐 테니까 말이다.

2년 동안 변하지 않는 것 중 또 하나는, 어째서인지 2만 권의 무공서적에 일절 손을 대지 않는다는 것이다.

처음에는 글을 몰라서 그런 거려니 했다. 하지만 글을 읽을 수 있게 된 지금도 무공서적에는 관심을 두지 않았다. 그렇다고 책 읽는 것을 싫어하는 것은 아니었다. 시간이 날 때면 소일거리 삼아 어려운 고문자의 책이나 난해한 법전도 찾아서 읽곤 했으니까.

어느 날, 궁금함을 참지 못한 현야가 천풍에게 물었다.

"다른 책은 그리도 열심히 보면서 왜 무공서적은 보지 않는 게냐?"

현야의 물음에 천풍의 얼굴은 금세 시무룩해졌다. 시무룩하게 변한 얼굴에는 그동안 사라졌던 그늘도 다시금 돌아와 있었다.

"왜 그러느냐?"

현야가 걱정스레 물었다.

천풍이 풀 죽은 목소리로 대답했다.

"저는 반편이라 무공을 배우면 안 돼요. 단전이 없어서 무공을 익혀봐야 아무 쓸모도 없어요. 재능 있는 사람에게도 무공이란 건 어렵고 힘든 것인데, 저 같은 게 어떻게 무공을 익히겠어요? 그러니까 저는 그냥…… 안 볼래요."

8살 꼬마 아이의 목소리라 하기엔 지나치게 처연하다.

고작 8살이다. 재능이 뭔지 무공이 뭔지 제대로 알기나 하고 하는 말일까?

'그저 아비에게 들었던 걸 앵무새처럼 그대로 읊어대는 것일 테지.'

무시와 경멸 속에서 자라며 귀에 딱지가 앉도록 들었던 말일 것이다. 그 탓에 욕심을 버리는 것도, 포기하는 것도 쉽다.

하지만 현야는 천풍의 말속에서 어떤 간절함을 느꼈다.

안 된다 쓸모없다 하면서도 거기에는 미련이 있었다. 호기심도 있었다. 단순히 반대에 대한 저항인지, 아니면 그의 작고 왜소한 몸속에도 엄연히 무인의 피가 흐르고 있기 때문인지는 모르지만 어쨌든 그것은 분명 무공에 대한 관심이었다.

현야가 천풍의 눈을 정면으로 응시하며 말했다.

"네 말대로 너는 단전이 없다. 허나, 그 빈자리에 무엇을 채워 가느냐에 따라 없음이란 또한 무한함이 되기도 한다. 배움을 두려워 말거라. 피하지도 말거라. 어쩌면 네 말대로 아무 쓸모없는 일이 될지도 모른다. 괜한 기대에 마음만 다칠지도 모른다. 하지만 그 끝이 혹여 좌절일지라도 아무것도 해보지 않은 채 도망치는 것보다는 낫다. 사람이란 좌절 속에서도 크고 값진 것을 발견할 수 있지만, 아무것도 하지 않은 채 피하고 도망만 쳐서는 그 어떤 것도 찾을 수가 없기 때문이다. 좌절보다도 못한 후회는 없어야 하지 않겠느냐."

현야의 말을 천풍이 다 알아들을 수는 없었지만 그가 전하고자 하는 마음만은 분명하게 전달되었다.

천풍은 현야에게서 눈을 돌려 주위를 둘러보았다. 눈이 닿는 모든 곳에 책이 있다.

지금까지는 피하기만 했었다. 무공으로부터 선택받지 못했다는 사실이 겁이 났다. 분한 마음도 있었다. 그래서 쓸데없는 짓이라 부정하며 애써 외면해 왔다. 하지만 외면하려 하면 할수록 오히려 호기심만 더 커졌다.

세상을 인지하고부터 '무공' 두 글자는 항상 가까이에 있었다. 그러면서도 또한 가까이할 수 없었다.

알고 싶었다.

대체 무공이란 게 뭔지, 그것이 대체 뭐기에 아비가 그리도 자신을 무시하고 천대한 것인지, 어째서 어머니와 헤어져 집을 떠나올 수밖에 없었던 건지, 왜 자신에게만은 무공이 허락되지 않았는지…….

이제 손만 뻗으면 그 미지의 존재를 잡을 수 있다.

'하지 마라. 안 된다. 네깟 놈이 어딜.'

이제 아무도 그리 말하지 않는다.

피하지 말고 부딪쳐보라 한다. 상처받는 걸 두려워 말라 한다.

손을 뻗었다. 두툼한 책자가 작은 손에 가득 들어왔다.

참 쉽다. 손만 뻗으면 이렇게 간단히 잡을 수 있는 것인데 그동안 무엇이 그토록 어렵고 무서웠던 것일까?

* * *

'맹호희산(猛虎戲山)은 항시 하체를 굳건히 해야 한다. 그러지 못하면 다음으로 이어질 풍권잔운(風捲殘雲)과 대붕전시(大鵬展翅)의 현란하고 화려한 공격이 빛을 잃는다. 현란함은 굳건함에서 나오고 화려함은 안정에서 비롯되는 것이 이치이기 때문이다.'

천풍이 읽고 있는 책은 삼재검(三才劍)이었다.

무공서적을 처음으로 펼친 그날로부터 벌써 한 달이다. 늦게 배운 도둑질 날 새는 줄 모른다고 했다. 천풍이 딱 그 짝이다. 한 번 마음의 족쇄가 풀리자 마치 지난날에 대한 한풀이라도 하듯 밤낮을 가리지 않고 무공서적을 끼고 살았다.

처음에는 그냥 읽었다. 무공을 배운다기보다는 아는 글자를 한 자 한 자 읽어가는 식이었다. 용어며 그림이며 모든 것이 그에겐 낯설고 생소했던 탓이다. 그나마 다행인 것은 모든 책에 원문보다 훨씬 더 많은 양의 주석이 붙어 있다는 것이다. 어제 읽은 해운검법(海雲劍法)만 해도 원문은 20장밖에 안 되는데 종이를 덧대어 붙인 설명서는 150장이 넘었다.

한 번은 주석만 한 뼘이 넘는 책을 발견하고는 현야에게 물었다.

"이런 건 누가 다 적은 거예요?"

현야가 대답했다.

"최고의 무공을 만들겠다는 일념하에 아주 오랜 시간 동안 아주 많은 사람들이 적은 것이다. 거기에는 내 사부님도, 내 사부님의 사부님도, 또 그 윗대의 사부님도 계신다."

"최고의 무공이란 건 어떤 건데요?"

"모른다. 아주 많은 사람들이 아주 오랜 시간 동안 노력했지만 끝내 아무런 결실도 얻지 못했다. 무공이란 건 불전이나 외던 일개 승려들이 넘볼 수 있을 만큼 만만한 것이 아니었으니까. 그래서 이 많은 책들이 이렇게 쓸모없이 버려진 거고. 선대의 염원과 피와 땀…… 지금에 와서는 아무도 기억해 주지 않는 하찮은 과거사가 되어 버렸지."

현야 역시 한때 같은 꿈을 꾸었다.

최고의 무공.

그 막연하고 가슴 설레는 꿈.

스승 공법(空法)의 죽음으로 모든 것이 다 덧없음을 깨닫고 결국 포기해 버렸지만, 그가 청춘을 다했던 꿈과 스승이 생을 다 바쳤던 열정은 여전히 황산사 곳곳에 살아 숨 쉬고 있다. 이젠 비록 다 지난 일일 뿐이지만 그의 마음 한구석에 남아 있는 부질없는 미련 탓에 그때의 시간들이 여전히 손에 잡힐 듯, 눈에 보일 듯 선명하기만 하다.

"후우……."

공허함이 한숨 속에 진하게 배어나왔다.

현야의 한숨이 안타까웠던 것일까? 천풍이 불쑥 말했다.

"제가 기억할게요."

위로인지 결심인지 모를 말이다. 천풍을 보니 결연한 표정으로 눈을 빛내고 있었다.

"책을 한 장 한 장 읽을 때마다 사부님이, 사부님의 사부님이, 또 그 사부님의 사부님이 말씀하시는 거라 생각하고 읽을게요. 그럼 저한테는 하찮은 과거사가 아닌 게 되잖아요."

아마도 천풍이 생각해낼 수 있는 최선의 위로일 것이다.

천풍의 기특한 마음이 그대로 전해져 왔다. 그 덕분에 우울했던 기분도 한결 나아졌다.

현야가 천풍의 머리에 손을 얹었다.

"그래. 너라도 기억해 준다면 내 스승님께서도 분명 기뻐하실 거다."

쓰다듬는 손길이 따뜻했는지 천풍이 기분 좋게 웃었다.

천풍의 웃는 얼굴을 보고 있자니 현야의 마음도 좋아졌다.

마음을 준다는 것, 또 마음을 받는다는 것…… 어쩌면 제자를 키우는 즐거움이란 게 바로 이런 것인지도 모르겠다.

* * *

천풍은 자신의 말을 지켰다. 그전까지도 글자 한 자 빠짐없이 읽었지만, 현야에게 다짐을 한 이후로는 토시 하나조차도 허투루 흘리지 않았다. 그의 책 읽는 모습은 정말로 선조의 소중한 가르침을 대하는 것처럼 경건해 보이기까지 했다.

그렇게 다시 한 달, 그 동안 독파한 책이 정확히 백 권이다.

옛말에 이르기를 글을 백 번 읽으면 그 뜻을 절로 알게 된다(讀書百遍義自見)고 했다. 그 말이 맞았다. 책을 백 권 읽자 몰랐던 용어도 알게 되고, 무공에 대한 개념도 자연스레 정립되었다. 간단한 용어 해석부터 검법마다의, 또 초식마다의 장단점 등을 상세하게 적어놓은 주석의 덕이 컸다.

한데, 백 권의 책에 적힌 백 가지의 주석은 이상하리만치 모두가 달랐다. 대웅권(大熊拳)과 거산권(巨山拳)을 예로 들자면, 둘 다 강권류(强拳類)의 권법으로 본래 한 뿌리에서 나와 갈라진 것이었다. 때문에 힘을 바탕으로 하는 것부터 발을 내딛는 법, 초식의 변화 등 모든 면이 닮아 있었다. 한데도 거기에 붙은 주석은 극명하게 달랐다.

대웅권에는 빠름의 중요성을, 거산권에는 반대로 정중동의 굳건함을 강조했다.

단지 각 권법마다의 특성으로 치부해 버릴 수도 없는 것이, 대웅권에 붙은 주석의 말미에는 '대웅권과 거산권은 뿌리가 같아서 거산권 또한 빠름의 묘미를 살린다면 그 위력이 배가 될 것이다.' 라고 적혀 있고, 거산권의 주석에는 '대웅권에도 정중동의 굳건함을 더할 수 있다면 능히 한 시대를 풍미할 수 있을 것이다.' 라고 적혀 있었다.

즉, 두 명의 각기 다른 사람이 대웅권과 거산권에 대해 각기 다른 두 개의 해석을 내놓은 것이다.

사실 그 정도는 붕천검법(鵬天劍法)에 비하면 약과였다. 대웅권과 거산권은 두 개의 무공에 두 개의 해석이 있었지만 붕천검법에는 하나의 무공에 각기 다른 주석이 무려 세 개나 되었다. 세대를 뛰어넘어 한바탕 논쟁이라도 벌인 것인지 그 속에는 촌철살인의 치열함마저 있었다.

백 권의 책과 백 가지 이상의 생각들…… 어려웠다. 어떤 것이 옳고 또 어떤 것이 틀린 것인지 도무지 종잡을 수 없었다. 읽은 책의 권수가 늘어나면 늘어날수록, 그리해 무공에 대한 지식이 깊어지면 깊어질수록 오히려 더욱 난해해지기만 했다.

천풍은 포기하지 않았다. 자는 시간마저도 쪼개어 더욱더 많은 책을 읽었다. 수많은 주석들을 외웠고 수많은 견해들을 이해하려 노력했다.

그렇게 독파한 책이 천 권을 넘겼을 때였다.

백 권을 읽자 절로 무공에 대한 눈이 떠지게 된 것처럼 천 개의 무공을 머리에 담자 새로운 변화가 생겼다.

그것은 부정이었다.

지식이 깊어진 때문일까? 아니면 눈이 높아진 때문일까?

옳지 않다, 그르다, 잘못되었다…….

접하는 무공마다, 초식마다 허점만 보인다.

그렇다고 일부러 허점을 찾고자 하는 것도 아니었다.

그냥 보였다. 그저 눈을 떠 세상을 보는 것처럼, 무공을 머리에 그려볼라치면 그에 앞서 무수한 거슬림들이 먼저 눈에 들어왔다.

이상한 감각이었다.

단지 지식이 깊어졌다거나 눈이 높아졌다거나 하는 말로는 설명되지 않는…… 그것은 마치 그의 안에서 그동안 숨겨져 있던 다른 눈 하나가 새로 눈을 뜬 것 같은 그런 느낌이었다.

그러한 감각이 무수한 거슬림들과 함께 천풍의 무공에 대한 호기심을 더욱 부채질했다.

더는 책을 읽는 것만으로는 성에 차지 않았다.

몸이 근질거렸다. 직접 주먹을 내지르고 검을 휘둘러보고 싶었다.

수많은 무공을 눈으로만 보고 머리로만 담다 보니 정말로 무공이란 것을 익혀보고 싶어졌다.

"검을 만들어주세요."

뜬금없고 갑작스러운 청에 현야가 멀뚱히 천풍을 본다.

무공을 익히지 못한다는 이유로 아비로부터 버림받은 아이가 난데없이 검을 만들어달라니 황당할 밖에.

하지만 그는 이내 만면에 웃음을 띠며 흔쾌히 고개를 끄덕였다.

"그래. 네가 쓰기에 적당한 걸로 하나 만들어주마."

아무것도 묻지 않았다. 물을 필요가 없었다.

장작개비나 하려고 만들어달라는 건 아닐 테니까.

단전이 없다고 해서 검술을 익히지 말라는 법도 없으니까.

무엇보다 사제의 연을 맺은 이후 천풍이 그에게 뭔가를 요구해 오긴 처음이었다. 귀여운 제자에게 뭔가를 해줄 수 있다는 것, 그것 하나만으로도 현야는 마냥 즐거웠다.

*　*　*

현야가 천풍의 앞에 목검을 내민 것은 그로부터 사흘 후였다.

"열심히 만든다고 만들었다마는 손에 맞을지 모르겠구나."

참나무를 잘라 만든 것으로 검신은 칼 댄 자국 하나 없이 매끈하게 다듬어져 있었고, 자루에는 손을 다치지 않도록 부드러운 천을 감았다. 거기에 얇게 편 대나무를 이어 붙여 검집도 만들었다. 언뜻 보기에도 꽤나 멋스럽고 그럴듯해 보였다.

"이걸 저한테 주시는 거예요?"

천풍이 보기에도 좋아 보인 모양이다. 두 눈에 설렘과 기대가 담겼고 두 뺨에는 옅은 홍조도 보였다.

"네가 만들어달라지 않았느냐?"

천풍의 반응이 만족스러웠는지 현야가 흐뭇하게 웃었다.

현야에 말에 천풍이 그제야 손을 내밀었다. 그러다 움찔했다.

현야의 손등을 본 때문이다.

여기저기 베이고 긁힌 자국이 가득했다.

비록 철부지 어린아이지만 그 상처들이 뭘 의미하는지는 안다.

나무를 깎고 다듬는 게 쉬웠을 리 없다. 못질 하나 제대로 못하던 서툰 손재주로 이렇게나 멋진 목검을 만들었으니, 지난 사흘 현야가 얼마나 고생을 하고 정성을 들였을지 충분히 짐작할 수 있었다.

"뭘 하느냐? 어서 받지 않고."

천풍이 머뭇거리자 현야가 재촉했다.

목검을 받아들었다.

"마음에 드느냐?"

천풍이 크게 고개를 끄덕였다.

"그럼 한 번 휘둘러 보거라."

재차 고개를 끄덕인 천풍은 대나무로 만든 검집을 조심스레 바닥에 내려놓았다. 그리고 목검을 상단세로 두고 자세를 잡았다.

한데, 그럴듯한 모양새에 비해 검신의 길이가 천풍의 체구에 전혀 맞지 않았다.

"기, 길구나……."

길어도 상당히 길었다.

"아니에요. 괜찮아요."

천풍이 위로를 한답시고 했지만 전혀 위로가 되지 못했다. 들고 있는 게 과연 검인지 창인지도 구분이 안 가는데다 품새는 또 어찌나 엉거주춤한지, 천풍이야 애써 태연한 척하고 있지만 보고 있는 사람이 더 곤혹스러울 지경이었다.

"이거 참……."

딴에는 꽤나 자신만만했었다. 스스로 만들어놓고도 너무 잘 만들어져서 몇 번이나 감탄을 했는지 모른다. 그랬던 것인데, 막상 천풍의 손에 들리고 보니 이건 그야말로 급(急) 실망이다.

모양새에 너무 치중한 나머지 천풍의 입장을 고려하지 못했다. 마음만 앞선 초보자의 뼈아픈 실수였다.

"이걸로는 안 되겠구나. 내 다시 만들어주마."

실패를 깨끗이 인정했다. 하지만 천풍은 실패를 실패라고 인정하지 않았다.

"아니에요. 전 그냥 이걸로 쓸래요."

"그러지 않아도 된다. 길이만 조금 잘라내면 되는 일이니……."

사실 길이만 잘라낸다고 되는 일은 아니다. 자루의 길이, 검신의 두께, 전체적인 무게 비율 등을 지금의 크기에 맞춰놨기 때문에 하나를 고치면 전체를 다 손봐야 했다. 그럴 바에야 차라리 새로 만드는 게 나았다.

천풍이 급히 손사래를 쳤다.

"전 정말 이게 좋아요. 지금은 저한테 안 맞지만 저도 계속 키가 클 거잖아요. 1년이나 2년쯤 지나면 그때는 저한테 딱 맞을 거예요. 그러니까, 오래오래 쓸 수 있으니까 전 이게 좋아요."

"음…… 네가 그렇게까지 생각한다면야……."

현야가 한 발 물러섰다. 천풍의 말에 설득을 당했다기보다는 현실 앞에 모른 척 눈을 감은 것뿐이다. 솔직히 새로 만들 걸 생각하니 너무 암담했다. 천풍이 본 것은 손등의 상처뿐이지만 손바닥은 그보다 더 엉망이었다.

소도(小刀)는 익숙하지 않고 참나무는 단단하기 그지없고. 그 탓에 손바닥이 온통 물집투성이였다. 아침에는 젓가락조차 제대로 들 수가 없어 밥을 먹는데 한참을 고생하기도 했다.

현야는 천풍의 말에 한편으론 안도하면서도 또 한편으론 미안한 마음이었다. 그래서 돌아서는 길에 한마디 덧붙였다.

"그럼 일단은 그걸로 써 보거라. 쓰다가 정 불편하면 그땐 주저 말고 내게 말을 하고."

저물어가는 석양의 황혼 때문일까? 현야의 돌아서 가는 걸음이 왠지 쓸쓸해 보였다.

천풍이 스승의 등을 보며 나직하게 중얼거렸다.

"역시 창(槍)이랑 도(刀)는 안 되겠지?"

원래는 검만 필요한 게 아니었다. 창과 도는 물론이고 십팔반 병기 모두가 필요했고, 가능하면 십팔반 병기 모두를 만들어달라고 청을 할 생각이었다.

검 한 자루 만드는 데 이렇게나 정성을 들일 거라고는 미처 생각 못했기 때문이다.

조금 전 보았던 상처투성이의 손과 멀어져가는 현야의 축 처진 어깨를 보며 천풍은 욕심을 접었다.

"검은 만병지왕(萬兵之王)이라 했으니까 이것 하나면 됐어."

도법을 익힐 때는 도를 대신하면 되고 창법을 익힐 때는 또 창을 대신하면 된다. 그렇게 생각하니 오히려 크게 만들어진 것이 꼭 나쁜 것만은 아니었다.

때론 검이 되고 때론 도가 되고 때론 창이 되는 다용도 무기를 얻게 된 천풍은 그날부터 무공 수련을 시작했다. 무공서적에 달린 주석들이 워낙에 상세해서 따로 스승이 필요하진 않았다. 한데, 막상 주먹을 내지르고 검을 휘둘러보니 이게 만만치가 않았다.

사람의 몸이란 게 자유자재로 움직여주지 않는다는 걸 천풍은 그제야 알았다. 책을 읽으며 머릿속으로 생각했을 때는 별것 아니었던 동작들이 실제로 몸을 놀려보면 무엇 하나 제대로 되는 게 없었다.

초식의 기본이 되는 보법만 해도 그랬다. 검을 내지르고 거둘 때는 절도가 없고, 공방의 급박한 전환 시에는 몸을 따라가기에 바쁘고, 하나의 초식을 마치고 다음의 초식으로 이어갈 때는 꼬이고 엉켜서 엉덩방아를 찧기 일쑤다.

보법을 흔히 상승 무공으로 가는 첩경이라고 한다. 보법이 안정되지 않고서는 상승 무공은 고사하고 삼류 무공조차도 제대로 펼칠 수가 없다는 걸 새삼 깨달은 천풍은 먼저 실패의 원인부터 찾았다.

실패의 원인은 보법에 대한 이해부족도, 재능의 모자람도 아니었다. 황산사의 무공서적이란 게 대개 그렇듯이 그렇게 뛰어난 이해력도, 특별한 재능도 필요치 않았다.

가장 근본적인 문제는 다리의 근력이었다. 이 단순하고 실질적인 문제로 인해 발이 꼬이고 자세가 무너지는 것이었다.

원인을 알게 된 천풍은 그 즉시 다리 근력 키우기에 나섰다.

훈련법은 간단했다. 그동안 읽었던 책마다 빠지지 않고 적혀 있던, 단순하면서도 고전적이고 그러면서도 탁월한 효과를 자랑하는 동작…… 바로 기마자세였다.

천풍은 자는 시간을 제외하고 하루의 절반은 책을 읽었고 하루의 절반은 무공을 몸에 익혔다. 그리고 자는 시간을 쪼개어 기마자세로 하체를 단련했다.

하체가 어느 정도 단련이 되고 보법이 안정되자 다음은 팔 근력도 키웠다. 검(劍)이든, 도(刀)든, 창(槍)이든, 혹은 권(拳)이든 속도와 힘이 바탕이 되지 않으면 그 순간 그건 무공(武功)이 아니라 무용(舞踊)이 되어 버리기 때문이다.

하루가 참으로 짧았다. 한 달이 어떻게 가는지도 모르게 지나갔다. 계절이 네 번 바뀌고 또 그러기를 몇 번이나 반복했다.

황산사의 시간은 그렇게 조용히, 그리고 빠르게 흘렀다.

제3장

악필휘지(惡筆揮之), 악필로 단숨에 써 내려가다

천극의 서

“끄응…….”

현야가 연신 앓는 소리를 냈다.

“허허, 대마불사(大馬不死)라 했는데 어쩌다 길이 다 막혀 버렸을꼬?”

그는 바둑을 두고 있었다. 무거운 표정이나 자못 진지한 눈빛을 보자면 중요한 내기 바둑이라도 두는 것 같았지만, 실상은 상대도 없이 그 혼자서 두는 심심풀이에 지나지 않았다.

바둑판을 뚫어져라 내려다보던 현야는 아무리 궁리해 보아도 흑돌의 대마가 살아날 기미가 없자, 결국 체념하고 돌을 던졌다.

어지럽게 널려진 바둑돌을 익숙한 손놀림으로 깔끔하게 정리했다.

"한 판 더 둘까?"

이내 고개를 저었다. 별로 흥이 동하지 않는다. 사실 뭘 해도 재미가 없다.

'죽을 때가 된 게지.'

어느덧 예순을 넘어 일흔을 바라보는 나이, 요즘 들어 부쩍 늙었다는 생각을 자주한다. 실제로 하루하루가 다르다.

그래서일까? 때때로 공허함이 밀려들곤 한다. 특히 지금처럼 혼자 노는 것이 재미가 없을 때, 그리면서도 외롭고 또 심심할 때.

그럴 때면 괜히 천풍이 괘씸했다.

천풍은 여전히 무공에만 빠져 있었다. 5년 전에도 그랬고 5년이 지난 지금도 그랬다.

'스승은 이제 쓸쓸히 죽을 날만을 기다리고 있는데, 제자란 놈은 그런 스승의 마음도 몰라주고 하루 온종일 무공에만 정신이 팔려서 얼굴 한 번 보기가 힘드니…….'

돌이켜보면 천풍에게 글을 가르치던 때가 제일 좋았던 것 같다. 그때는 그래도 같이하며 심심하지는 않았으니까.

현야가 자리를 털고 일어섰다. 생각난 김에 천풍이나 보러 가자 싶었다.

밖으로 나오니 중천에 떠오른 태양이 한창 극성스럽게 뙤약볕을 내리쬐고 있었다. 찬바람에 옷깃을 여미던 때가 바로 엊그제 같은데 벌써 여름이다.

'녀석, 보나마나 또 해심정(解心亭)에 있겠지.'

해심정은 황산사 가장 깊은 곳에 있었고 또 거기에는 가장 넓은 마당이 있었다. 서너 해 전부터 천풍이 자신의 연무장으로 즐겨 애용하는 장소였다.

해심정으로 방향을 잡았다.

걸음을 내딛자 그 작은 기척에도 매미가 시끄럽게 울어댔다.

매미 울음소리가 틈새 없이 겹겹이 쌓여 오히려 정적처럼 느껴진 때문일까? 아니면 황산사에서의 이 모든 일상들이 그저 익숙한 때문일까?

내리쬐는 뙤약볕에 땅에선 아지랑이가 올라오고, 덥고 습한 와중에 시끄럽게 울어대는 매미 울음소리가 정신을 사납게 하는데도 오히려 마음은 바람 없는 날의 호수처럼 잔잔했다.

"죽을 때가 된 게야."

그 말을 입버릇처럼 중얼거리며 걸음을 옮겼다. 그렇게 해심정에 가까이 다다랐을 무렵, 틈새 없이 울어대는 매미 울음소리 사이로 조금은 다른 잡음이 끼어들었다.

옷깃의 펄럭임과 거친 호흡, 그리고 그 끝에 힘찬 기합성…… 오늘도 어김없이 무공 수련에 열심인 모양이다.

현야는 걸음을 서둘렀다.

곧 해심정에 도착했다. 천풍이 어지러이 검을 휘둘러대고 있었다.

많이 컸다. 올해 나이 열셋, 코흘리개 꼬마아이의 모습은 온데간데없다. 아직 키도 덜 자랐고 얼굴도 앳되지만 무공으로 단련된 몸은 이미 어엿한 사내다.

현야는 천풍에게 말을 붙일까 하다가 그냥 관뒀다. 조용히 구경이나 하자 싶었다. 하지만 그가 미처 숨을 죽이기도 전에 이미 그의 기척을 알아챈 천풍이 수련을 멈추고 그에게로 다가오고 있었다.

"사부님께서 여긴 어쩐 일이세요?"

천풍이 의아해하며 물었다.

그러고 보면 해심정에 걸음을 한 것도 참 오랜만이다. 괜히 제자의 수련에 방해가 될 것 같아 피하기도 했고, 또 해심정이 자신의 방과는 꽤 멀리 떨어져 있어 걸음하기가 불편했던 탓도 있었다.

현야는 훌쩍 커 버린 제자를 보며 짓궂게 말했다.

"네 얼굴 보기가 견우가 직녀 만나는 것보다도 더 힘이 드니 어쩌겠느냐? 저승사자 따라 먼 길 떠나기 전에 한 번이라도 더 제자의 얼굴을 봐두려면 늙은 몸 이끌고 친히 올 수밖에. 늙는다는 건 참 서럽더구나. 여기까지 오는 동안 무릎은 또 어찌나 시큰거리던지……."

반쯤은 섭섭한 마음이었고 반쯤은 농담이었다. 조금은 심술

궂은 마음으로 슬쩍 천풍을 살폈다.

작은 일에도 쓸데없이 진지한 천풍이다. 어린 시절의 좋지 않은 기억 때문인지 농담보다는 그 속의 섭섭한 마음을 먼저 알아차릴 만큼 눈치도 빨랐다.

아니나 다를까, 천풍은 마치 큰 죄라도 지은 양 죄스러운 얼굴을 하고 있었다.

어찌할 바를 몰라 심히 곤혹스러워하는 천풍을 보자니 괘씸하고 섭섭했던 마음이 금세 가셨다. 모질지 못한 성정에 오히려 순진무구한 아이를 너무 놀렸나 싶기도 했다.

현야는 천풍의 더부룩한 머리를 기분 좋게 헝클어트리며 말문을 돌렸다.

"그래, 오늘은 어떤 무공을 익히고 있었느냐?"

현야의 얼굴이 한결 밝아지자 그제야 천풍도 굳었던 표정을 풀었다.

"설풍검법(雪風劍法)을 익히고 있었어요."

"설풍검법?"

천풍의 대답에 현야가 눈을 빛냈다.

설풍검법이라면 그에게도 낯설지가 않았다. 젊은 날 그가 스승 공법과 함께 연구했던 몇 안 되는 무공들 중 하나였다. 거기에는 아직 그들이 적어놓은 주석들이 고스란히 남아 있었다.

당연히 천풍도 그것을 읽었을 것이다. 현야와 현야의 스승이 남긴 연구의 성과가 설풍검법의 바탕이 되었을 것이다.

스승 공법에게서 제자 현야에게로, 다시 스승 현야에게서 제자 천풍에게로. 설풍검법 하나가 3대를 잇는다 생각하니 기분이 묘했다.

"설풍검법이라…… 한 번 보고 싶구나."

연구라고 해봐야 그저 책만 붙들고 있었을 뿐이다. 어떤 초식이 어떻게 펼쳐지는지 실제로 본 적은 없었다. 그와 그의 스승이 피와 땀으로 이루어놓은 연구의 성과가 천풍의 손에서 과연 어떻게 펼쳐질지 궁금했다. 그리고 천풍이 단전이 없는 몸으로 과연 어느 정도까지 해낼 수 있을지도 궁금했다.

현야의 부탁에 천풍은 군말 없이 수련하던 곳으로 돌아갔다.

목검을 들었다. 처음 현야가 선물한 검 그대로였다. 이제는 낡아 볼품없고 쓰기에 작은 감도 있었지만, 오래 썼던 만큼 편하고 익숙해 굳이 바꿔야 할 필요를 느끼지 못했다.

"설거풍반(雪踞風盤)!"

눈이 웅크리고 바람이 도사린다.

검을 팔 뒤로 감추며 상대에게 예를 표하는 설풍검법의 기수식이다.

현야는 고개를 끄덕였다.

비록 간단한 동작이지만 전방을 응시하는 눈빛이나 자세엔 한 점 흐트러짐이 없다.

"설비풍무(雪飛風舞)!"

눈이 날고 바람이 춤춘다.

본격적으로 설풍검법이 시작되었다.

때론 소복이 쌓이는 눈처럼 유려하고, 때론 늦가을 바람처럼 섬세하다. 때론 한겨울 눈보라처럼 매섭고 때론 폭풍우처럼 거칠다.

젊은 날 설풍검법을 연구하며 머릿속으로만 상상했던 그 모습 그대로, 아니 그 이상의 화려함이 거기에 있었다,

현야는 연신 감탄성을 터트렸다. 비록 삼류 무공이지만 그렇다고 해도 하나를 완성하려면 많은 시간과 노력이 필요한 게 당연지사다. 그가 알기로 천풍은 하나의 무공에 그리 많은 시간을 투자하지 않았다. 대강의 형을 따라할 수 있게 되면 그 즉시 다른 무공을 익혔고 또 그러기를 반복했다. 즉, 다양한 무공들을 익혔지만 죄다 수박 겉핥기식에 지나지 않았던 것이다. 한데도 지금의 설풍검법은 수박 겉핥기식으로는 전혀 보이지 않았다. 완벽까진 아닐지라도 거기에는 뜻이 있었고 절도가 있었다.

수천 권의 책을 읽어 어떤 깨달음이라도 얻은 것일까? 아니면 짧은 시간 다양한 무공을 몸에 익히다 보니 자연스레 무공에 대한 남다른 요령이라도 터득하게 된 것일까?

어쨌든 전혀 기대도 못한 성취였다. 단전도 없는 몸으로 이 정도까지 해낼 줄은 미처 몰랐던 터라, 일견 놀랍기도 하고 대견하기도 해서 박수라도 쳐주고 싶은 심정이었다.

격세지감이라는 게 이런 건가 보다.

단전이 없어 무공을 익히지 못한다는 이유로 가문에서 쫓겨났고, 재수 옴 붙었다느니 재앙 덩어리라느니 그런 말까지 들어가며 아비에게 버림받았다.

그랬던 천풍이다. 그랬던 천풍이 지금 어느 누구보다도 당찬 모습으로 검을 뿌리고 있다.

주책없이 코끝이 찡해 왔다. 괜스레 눈시울도 붉어졌다.

그렇게 하염없는 눈으로 천풍을 쫓던 현야가 일곱 번째 초식에 이르러 돌연 미간을 찌푸렸다.

'이런! 저기선 좀 더 강하게 내질렀어야 했는데…….'

설풍기개세(雪風氣蓋世). 눈과 바람의 기세가 세상을 뒤덮는다.

이름처럼 강맹하고 패도적인 초식이다. 한데 천풍의 손에서 펼쳐지는 설풍기개세는 오히려 부드럽고 날렵했다. 초식의 형태도 본래의 것과는 미묘하게 달랐다.

처음에는 그냥 실수겠거니 했다. 하지만 다음 초식인 설풍진노(雪風震怒)도, 또 그 다음의 초식인 설풍경천(雪風驚天)도 분명 본래의 것과는 달랐다.

'아니지! 거기선 사선이 아니라 직선으로 베어갔어야지!'

'아냐! 아냐! 아니라니까! 한 걸음 더 내딛어 간격을 좁혀야 하는데 왜 거기에서 멈추는 게야?'

보다 보니 처음의 감탄은 온데간데없고 답답함만이 남았다. 애가 타고 짜증도 났다. 도무지 더는 두고 볼 수가 없었다.

아무래도 천풍이 뭔가 단단히 착각을 하고 있는 것이 틀림

없었다. 아니면 뭔가 큰 착오가 있던가.

"그만 멈추거라."

현야가 천풍을 멈춰 세웠다. 그리고 천풍에게 다가가 물었다.

"네가 하는 설풍검법은 내가 아는 설풍검법과는 다르더구나. 어찌된 게냐?"

현야의 질문에 천풍이 어리둥절한 얼굴을 하고는 되물었다.

"다르다구요? 어디가요? 어떻게요?"

전혀 몰랐다는 기색이다.

"허면 너는 네가 한 설풍검법이 제대로 되었다고 생각하느냐?"

"저는 그냥 책에 있는 그대로 한 건데요?"

"책에 있는 그대로라고?"

현야가 고개를 갸웃거렸다.

'혹시 착각은 내가 하고 있는 건가?'

아무리 많은 날을 설풍검법 연구에 매진했다고 해도, 그래서 속속들이 잘 알고 있다고 해도 그래 봐야 수십 년 전의 일이다. 기억이란 게 시간의 흐름 속에 퇴색되고 변질되기 마련인 만큼 설풍검법에 대한 기억도 어쩌면 자신도 모르는 사이 그렇게 변해 버렸는지도 모른다.

"혹시 지금 그 책을 가지고 있느냐?"

직접 눈으로 확인해 보는 게 가장 확실한 방법이었다.

고개를 끄덕인 천풍이 품속에서 두툼한 책자 하나를 꺼냈다.

받아들고 보니 표지에 수려한 글씨로 설풍검법(雪風劍法) 네 글자가 적여 있었다.

눈에 익었다. 아릿한 그리움마저 느껴졌다.

책장을 펼쳤다.

설거풍반의 기수식을 시작으로 매 초식마다 초식을 표현한 그림이 있었고 그림을 설명한 글이 있었다. 글씨체가 낯익다. 그의 것, 그리고 스승 공법의 것…… 스승과 밤을 새우며 의견을 나누던 지난날의 기억이 새롭다.

현야가 짧은 감상에 젖어 있는 사이 책장은 문제의 일곱 번째 초식에 이르렀다.

설풍기개세.

"뒤를 돌보지 않는 맹렬함이야말로 이 초식의 무서운 점이다. 힘이 온전히 받쳐주고 무모할 만큼의 용기가 수반된다면, 어쩌면 하북팽가(河北彭家)의 오호단문도(五虎斷門刀)보다도 더 패도적인 힘을 발휘할지도 모른다. 다만 한 가지 아쉬운 것은 도법이 아니라 검법이라는 점이다. 검법이란 쾌와 변에는 능하지만 패와 강에는 부족함이 있기 마련, 때문에 초식이 가진 본연의 위력을 반에 반도, 그 반에 반도 다 이끌어내지 못한다. 설풍검법이 삼류를 벗어나지 못하는 것도 바로 그러한 이유에 있다."

현야가 적은 글이다. 그 글은 자신의 기억이 잘못되지 않았다 그리 말하고 있었다.

비단 설풍기개세만이 아니었다. 그 후의 초식도, 또 그 후의 초식도 현야의 기억 그대로였다.

결국 착각을 하는 것도, 착오가 있는 것도 천풍이라는 결론이다.

"보거라. 네가 펼친 것과 여기에 적힌 것은 분명 다르지 않느냐?"

현야의 지적에 천풍이 책자를 한참이나 들여다본다. 그러다 한참을 더 고민한 후 뭐가 뭔지 모르겠다는 얼굴로 되묻는다.

"다른 건가요?"

"허면 너는 다르지 않다고 생각하느냐?"

"잘 모르겠어요. 제가 한 게 이거랑 달랐어요?"

어이없고 황당했다.

현야가 미심쩍은 눈으로 천풍의 진심을 살폈다.

정말 모르겠다는 듯 현야의 눈을 똑바로 응시해 온다.

스승과 농담 따먹기를 할 만큼 쾌활한 아이도 아니고, 자신이 틀렸다는 것을 인정하기 싫어 억지 고집을 부릴 만한 아이도 아니다. 그건 누구보다도 현야가 더 잘 알고 있었다.

'어쩌면 너무 많은 무공을 익힌 탓인지도 모른다.'

짧은 시간 동안에 수박 겉핥기식으로 너무 많은 무공을 주입하다 보니 다른 무공과 혼선이 빚어진 것일 수도 있다.

"그럼 일곱 번째 초식인 설풍기개세를 다시 한 번 해보거라."

천풍은 이번에도 군말 없이 현야의 말을 따랐다.

목검을 들고 가만히 초식을 떠올려본다. 아무런 연계 없이 달랑 초식 하나만을 펼치는 것이 그리 쉽지가 않은지 그렇게 꽤 긴 시간을 끌었다.

이윽고 힘찬 기합과 함께 검을 휘둘렀다.

“설풍기개세!”

검을 찔러가는 기세가 무모할 만큼 거칠다. 허공을 가르는 검날은 바람을 부술 듯 강맹하다.

강하고 거칠며 무모하고 패도적인, 이번만큼은 분명 현야가 머릿속으로 그렸던 그 모습 그대로였다. 비로소 제대로 된 설풍기개세가 천풍의 손에서 펼쳐지고 있었다.

‘역시 뭔가 잠깐 착오가 있었던 게야.’

초식을 마무리한 천풍이 어땠냐는 눈으로 현야를 본다.

현야가 웃으며 고개를 끄덕였다. 천풍도 기분 좋게 따라 웃었다.

마음이 뿌듯했다. 천풍이 무공을 수련하기 시작한 이후로 해준 거라고는 고작 맞지도 않은 목검 하나를 만들어준 것이 전부였다. 무공을 연구했다고는 하나 그래 봐야 얕은 지식일 뿐이어서 별다른 도움이 되지 못했다.

마음은 굴뚝인데 능력이 부족한 것을 어쩌랴. 그저 뒤에서 지켜보는 것만이 전부였고 그게 늘 못내 아쉬웠다. 이제야 겨우 큰 도움 하나를 줬다는 생각에 괜히 우쭐해지는 것도 당연했다.

현야가 천풍을 보며 제법 근엄하게 말했다.

"오늘은 늦지 않게 교정을 할 수 있어서 다행이다마는 무공을 익힐 때는 항상 신중해야 한다. 아무리 하찮은 무공일지라도 올바르게 익히지 않으면 큰 화를 당할 수도 있다. 주화입마(走火入魔)니 심마(心魔)니 하는 소리가 단지 무림 고수들에게만 통용되는 것은 아니니 말이다."

따지고 보자면 천풍에겐 주화입마에 빠질 만한 내공이 없었다. 심마에 빠질 만큼의 깊은 깨달음 또한 있을 리 만무했다. 하지만 스스로 훌륭한 스승이라 우쭐해질 대로 우쭐해져 버린 현야에겐 그런 논리적 모순은 아무런 장애가 되지 못했다.

늙으면 어린애가 된다고 하지 않던가? 그의 입버릇처럼 이제 죽을 때가 되어서 그런 건지도 모르겠지만 어쨌든 이렇게 한 번씩 감정이 이성을 넘어서 버릴 때가 있다.

그러나 어린아이의 치기와도 같은 우쭐함은 안타깝게도 만하루도 가지 못했다.

다음 날, 전날의 일도 있고 해서 다시 해심정으로 걸음을 하게 된 현야는 실망스러운 광경을 목격해야 했다.

전날과 마찬가지로 천풍은 설풍검법을 수련 중이었다. 그리고 전날과 마찬가지로 천풍이 펼치는 설풍검법은 설풍검법이 아닌 다른 무언가였다.

그가 했던 조언이 전혀 먹혀들지 않고 있었던 것이다.

현야가 물었다.

"무공을 올바르게 익히지 않으면 큰 화를 입게 될지도 모른다고 그리 말했거늘 왜 또 설풍검법이 설풍검법이 아닌 게 되어 버렸느냐?"

천풍이 어리둥절해하며 되물었다.

"제가 또 잘못했나요?"

실로 답답한 노릇이다. 어제의 일을 하루 만에 잊어버릴 만큼 머리가 나쁜 아이가 아닌데 어째서 어제의 실수를 오늘 또 반복하는 것일까? 그러면서도 왜 그걸 인식하지 못하는 것일까?

실수가 반복이 되면 그건 더 이상 실수가 아니다. 어딘가에 뭔가 문제가 있다는 뜻이다.

현야는 어제 했던 것처럼 천풍에게 틀린 초식을 각각 떼어서 해보도록 했다. 그러자 오히려 어제보다도 더 정확한 움직임으로 제대로 된 설풍검법을 펼쳐보였다. 한데, 설풍검법을 첫 번째 초식인 설거풍반부터 마지막 초식인 설풍무극(雪風無極)까지 한 번에 이어서 펼치자, 또다시 설풍검법이 아닌 다른 무언가가 되어 버렸다.

몇 번을 다시 해봐도 마찬가지였다. 비단 설풍검법만이 아니었다. 비천도법(飛天刀法), 탈혼창법(奪魂槍法), 만상권(卍傷拳), 반혼수(班魂手), 낙일퇴(落日腿)…… 혹시나 싶어 다른 무공을 해보라 했더니 그것들 역시도 본래의 무공과는 많은 부분 달라져 있었다.

도무지 이해가 되지 않아 천풍에게 물었다.

"어째서냐? 어떤 것이 옳고 어떤 것이 잘못되었는지 너도 분명 알고 있는데, 왜 막상 무공을 펼치면 옳은 것이 나오지 않고 그른 것이 되어 나온단 말이냐?"

현야의 물음에 천풍이 곰곰이 생각에 잠겼다.

고개를 갸웃하는가 하면 눈을 반짝이기도 하고, 또 골똘히 뭔가를 생각하는가 하면 이내 고개를 잘래잘래 내젓곤 한다.

결국 천풍의 입에서 나온 대답은 '모르겠어요.' 였다.

정말로 몰라서 모르겠다고 한 것일 수도 있고, 뭔가 알긴 알겠는데 난해하고 어려워서 말로 설명을 못하는 것일 수도 있다.

그게 어느 쪽이든 지금 천풍이 평범하지 않다는 것만은 분명했다.

문득, 지금의 이 이해할 수 없는 상황이 천풍의 악필과도 닮았다는 생각이 들었다. 백 번 천 번 글쓰기를 시켜도, 아무리 충고를 하고 가르침을 줘도 도통 나아지지 않던, 그래서 그저 천풍만의 개성이려니, 사물을 보는 데 있어 보통 사람들과는 다른 거겠거니 했었던 그 지독하리만치 엉망이었던 필체.

혹시 이번 일도 천풍의 세상을 보는 눈이 남들과 다르기 때문은 아닐까? 글에 대해서도, 무공에 대해서도 그렇게 남들과 다른 시각으로 접근하고 있는 것은 아닐까?

생각 같아서는 당장 그 원인을 알아내고 싶었다. 하지만 더 추궁을 한다고 나올 답은 아닌 것 같았다. 더구나 지금은 거기에만 골몰하고 있을 여유도 없었다. 당장 당면한 문제부터 풀어야 했다.

현야는 갈림길에 서 있었다.

천풍에게 계속해서 무공을 익히게 하느냐, 아니면 당장 무공 수련을 그만두게 하느냐.

전자는 만일의 위험으로부터 안전하지 못하고, 후자는 천풍에게 마음의 상처를 남길지도 모른다.

많은 고민은 필요치 않았다. 아무리 모질게 마음먹어도 천풍에게 '무공을 하지 마라.' 그리 말할 수는 없는 일이었다. 어린 날 받은 천풍의 상처가 어떠한지 아는데, 이 가여운 아이가 지난 5년간 자신에게 채워진 족쇄를 벗어내기 위해, 그 천형을 이겨내기 위해 얼마나 힘겹게 발버둥 쳐왔는지를 아는데 어떻게 그런 말을 할 수 있겠는가?

태어남과 동시에 무공으로부터 외면당했다. 그리해 아비로부터도 버림받았다. 만일 현야마저 천풍에게서 무공을 빼앗는다면 천풍이 받게 될 실의와 좌절은 지난날의 상처에 비할 바가 아닐 것이다. 어쩌면 천풍의 얼굴에서 웃음 하나 정도는 사라져 버릴지도 몰랐다.

그것만큼은 절대로 싫었다.

그에 비해 만일의 위험이란 건 어디까지나 만에 하나의 위험이다. 만에 하나의 위험이란 건 빗길에 넘어져 뒤통수가 깨지거나, 마차에 치여 다리가 부러지거나, 미친개에게 물려 살점이 뜯기거나 하는 것들과 같다.

빗길이 위험하다고 비를 오지 못하게 할 수는 없는 일이다. 마차가 위험하다고 아예 바깥출입을 못하게 할 수도 없다. 미친개가 무섭다고 세상 모든 개를 잡아 족칠 수는 더더구나 없는 노릇이다.

만에 하나의 위험에 대처하는 모든 부모들의 방법은 하나다.

'길조심하거라.'

현야도 그와 다르지 않았다.

"네가 하는 무공이 왜 자꾸만 그리되는지는 모르겠다만, 정도를 벗어났다고 해서 그게 틀린 것이라 단정할 수는 없는 일이다. 세상 모든 일이 그렇듯 옳고 그름이 명확하지 않고 흑과 백만이 세상의 전부는 아니니 말이다. 그러니 나도 네 무공을 틀렸다고는 하지 않으마. 하지만, 어제도 말했다시피 무공을 대할 때는 항상 신중해야 한다. 많은 무공을 익혔다고 해서 경솔하지 말고 잘 안다고 해서 자만하지 말거라. 그것만 잊지 않는다면 큰 위험은 피할 수 있을 것이다."

* * *

천풍은 자신의 방에서 설풍검법과 비천도법 등의 무공서적을 펼쳐놓고 깊은 생각에 잠겨 있었다.

현야의 걱정도 걱정이지만 천풍도 알고 싶었다.

무공서적에 적힌 것을 그대로 따라한다고는 하는데 왜 막상 무공을 펼치면 뜻대로 되지 않는 것일까?

떠올려보면 무공을 펼치기 전까진 머릿속에 분명 책에 있는 그대로가 담겨 있었다. 한데, 머릿속의 영상을 따라 한 동작 한 동작 만들어가다 보면 어느 순간 마음에 새로운 영상이 생겨나고, 그 새로운 영상이 본래의 영상을 덮어 버린다. 그러면 새로운 영상을 따라 몸이 절로 움직이는 것이다.

설풍검법 하나만 그런 것도 아니고 검법 하나만 그런 것도 아니다. 도법도, 권법도, 창법도, 장법이나 금나수마저도…… 분명 의도한 것이 아닌데도 초식을 펼치다 보면 본래의 것이 아닌, 제각기 다른 무공이 되어 버린다.

'언제부터 그랬을까?'

돌이켜 생각해 보면 잊고 있던, 아니 이젠 공기처럼 바람처럼 익숙해져서 인식조차 하지 않게 되어 버린 지난날의 이상한 감각 때문인 것 같았다.

지난날 그의 안에서 다른 눈 하나가 새로이 눈을 떴던, 그리해 무공의 허점들을 볼 수 있게 되었던 그 이상했던 감각…… 마음에 떠오르는 새로운 영상에는 신기하게도 언제나 보이던 무수한 허점들이 철저하게 배제되어 있었다.

즉, 마음에 떠오르는 새로운 영상에는 완전무결하다 싶을 만큼 단 하나의 허점도 없었다.

아무런 거슬림도 없었다. 아무런 거슬림도 없기에 마치 비 온 뒤 물웅덩이들을 피해 바른 땅에 발을 내딛는 것처럼 자기도 모르는 사이 그렇게 절로 몸이 움직여지는 것 같았다.

'그럼 내가 펼친 건 완벽한 무공인 걸까?'

찰나 간 스쳐 지나가는 생각에 천풍이 얼굴을 붉히며 냉큼 고개를 저었다.

그동안 수천 권의 책을 읽으며 그 속에 담긴 선대의 좌절과 체념을 헤아릴 수도 없이 보아왔던 그였다.

완벽한 무공이라니? 그것이 얼마나 허황되고 가소로운 생각인지 누구보다도 잘 알고 있었다.

그럼 그건 대체 뭐였을까?

왜 본래의 것과는 다른 길이 보이는 것이고 왜 그 길이 바른 길이라 생각되어지는 걸까?

왜 거기에선 허점들이 보이지 않는 걸까?

천풍의 고민은 깊어졌다. 무공을 익힘에 있어 신중하지 않으면 큰 위험이 따를 수 있다는 현야의 경고 때문이 아니라, 무공을 처음 접했을 때와 마찬가지로 그저 단순하리만치 순수한 호기심이 천풍을 고민 속에서 헤어나지 못하게 만들었다.

그렇게 하루가 지나고 이틀이 흘렀다.

반나절은 책을 읽고 반나절은 무공을 익히며 자는 시간을 쪼개어 기초체력을 기른다.

지겹도록 반복되어 온 일상이 처음으로 바뀌었다.

이틀 동안 천풍은 책을 읽지도 않았고 무공을 익히지도 않았으며 자는 시간을 쪼개어 기초체력을 기르지도 않았다. 밥도 먹지 않았고 잠도 자지 않았다. 오직 마음에 생겨나는 영상의 정체를 찾아 생각하고 또 생각할 뿐이었다.

천풍이 자리를 털고 일어선 것은 꼬박 만 이틀이 지난 후였다.

'이대로는 아무것도 안 되겠어.'

이틀 동안 시간만 낭비했다. 아무런 소득이 없었다. 여기서 더 머리를 싸매고 있어봐야 별반 달라질 것도 없어 보였다.

머리로 안 된다면 결국 무식하게 부딪쳐보는 수밖에 없다. 무식한 방법이 때로는 가장 현명한 방법이 되기도 한다.

천풍은 지금까지 읽었던 책들을 처음부터 다시 거슬러 올라가 보기로 했다. 그야말로 단순무식한 방법이지만 그러면 뭔가가 잡힐 것도 같았다.

칠절매화검(七絕梅花劍).

한때는 화산파의 독문무공으로 최고 절예의 반열에 올라 있기도 했던 검법이지만 그거야 아주 까마득히 먼 옛날의 일이다.

하루하루가 다르게 변해 가는 게 무림이고 날로 발전해 가는 게 무공이다. 무당의 삼재검법이 그렇듯 십사수매화검(十四手梅花劍)이나 이십사수매화검법(二十四手梅花劍法) 같은 절기가 나오면서 칠절매화검 또한 삼류검법으로 전락한 지 오래다. 삼재검이야 무당의 입문무공으로라도 쓰임이 있지만, 칠절매화검은 그마저도 소용이 없어 거의 사장되다시피 한 상태였다.

칠절매화검은 천풍이 황산사에 와서 처음으로 접했던 무공이었다. 딱히 특별한 이유가 있었던 것은 아니다. 그저 자신의 방 한구석에서 가장 먼저 눈에 띄었던 것뿐이다.

책자를 펼쳤다. 눈에 익은 그림이 있었고 눈에 익은 글자들이 있었다.

느낌이 새롭다. 이 책을 처음 읽을 때만 해도 무공에 대해 아무것도 몰랐다. 때문에 뜻도 몰랐고 의미도 몰랐다. 하지만 지금은 달랐다. 이제는 무공이 뭔지 안다. 무공이 뭔지 알고 보니 초식 하나하나가 새롭다.

묘한 느낌이었다. 아니, 묘한 감각이었다. 똑같은 것을 보고 있는데 마치 다른 것을 보고 있는 것처럼, 분명 칠절매화검인데 칠절매화검이 아닌 것처럼…… 이윽고 그것은 마음에 새로운 영상을 만들어낸다.

모호하지만 강렬하고, 막연하지만 가슴 설레는…….

천풍은 책에 심취했다. 그의 눈은 처음 무공을 접했을 때보다도 더 큰 호기심으로 반짝이고 있었다. 또한 한 장 한 장 책장을 넘길 때마다 그 눈빛은 차츰 깊어져갔다.

칠절매화검을 읽고 칠성권(七星拳)을 읽었다. 분뢰도법(紛雷刀法)을 읽었고 대파산창(大破散槍)을 읽었다.

마치 새로운 장난감을 접한 아이처럼 거기에 정신없이 빠져들었다.

그렇게 석 달쯤 지났을 때였다.

계절은 가을로 접어들어 한낮의 매미 울음소리보다 늦은 밤의 귀뚜라미 울음소리가 더 귀에 익숙해질 무렵의 어느 날, 천풍이 황산사를 뒤지기 시작했다.

뭔가를 찾는 듯한데 도통 찾을 수 없는지 전각의 대들보 위도 훑었다가 툇마루 아래도 살폈다가 서까래 안도 기웃거리기를 며칠째 계속하고 있었다.

당연히 그런 천풍의 행동은 현야의 눈에 띄기 마련이다.

우연히 지나는 길이었다. 불당의 책이란 책은 온통 다 어질러놓은 걸로도 모자라 부처님상마저도 들어내려고 끙끙 안간힘을 써대고 있는 천풍을 발견하고는, 제자의 이상한 행동에 대해 현야가 물었다.

"대체 게서 뭘 하고 있는 게냐?"

현야의 물음에 천풍이 뭔가 이상하다는 투로 말했다.

"책이 없어요."

"책이 없다니?"

"청진검법(靑眞劍法)이랑 무송검법(武松劍法)도 없고, 일곡창(一曲槍)이랑 하진도법(遐進刀法)도 보이지 않아요. 모두 예전에 제가 읽은 책들인데, 읽고 나서 분명히 제자리에 뒀는데 이상하게 없어져 버렸어요. 아무리 찾아도 보이지 않아요."

처음에는 그저 자신의 착각이려니 했다. 어딘가 다른 곳에 잘못 놓아두고 그걸 잊어먹은 거려니 했다. 그래서 없는 책은 그냥 건너뛰고 다음 책을 읽었다. 하지만 중간 중간 빠진 책들이 계속 발견되고 건너뛰는 횟수가 점차 많아지자 더는 가만히 있을 수가 없었다.

그날부터 황산사를 뒤지기 시작했다. 그러나 아무리 샅샅이 뒤져도 없는 건 없는 거였다. 천풍이 확인한 것만도 벌써 열두 권, 땅으로 꺼졌는지 하늘로 솟았는지 감쪽같이 사라져 버린 것이다.

"정말 귀신이 곡할 노릇이 아니겠어요? 도둑이 든 것도 아닐 텐데 말이에요."

도무지 풀리지 않는 수수께끼에 미간을 잔뜩 찌푸린 천풍이 연신 고개를 갸웃거렸다. 그런 천풍을 보며 현야가 의아히 물었다.

"청진검법도 그렇고 무송검법도 그렇고 이미 네가 예전에 읽었던 책이라면서 왜 그걸 지금에 와서 다시 찾는 것이냐?"

지난 삼 개월, 현야는 천풍이 뭘 하는지 알지 못했다. 해심정에서의 일이 있고부터 자신의 방에 틀어박혀 두문불출하던 제자였다. 그런 제자가 살짝 걱정이 되기도 했지만 무공에 관한 거야 어차피 지금껏 혼자 고민하고 혼자 결정하고 또 혼자 문제를 해결해 온 천풍이기에, 그냥 그렇게 모른 척 내버려두었다. 때문에 천풍이 그간 읽었던 책들을 처음부터 다시 되읽고 있다는 사실도 전혀 모르고 있었다.

현야의 물음에 천풍이 간단히 대답했다.

"다시 읽고 싶어져서요."

"왜 다시 읽고 싶어졌느냐?"

"필요하게 되었거든요."

"꼭 필요한 것이냐?"

"꼭 필요한 건 아니지만 꼭 필요하지 않다고도 할 수 없어요. 아직은 저도 잘 모르겠어요. 그래서 읽고 싶어요."

선문답과도 같은 질문과 답이 오간 후, 현야가 미간을 찌푸리며 한숨을 토했다.

"이것 참, 곤란하게 되었구나."

현야의 한숨 속에서 뭔가를 읽어낸 천풍이 급히 물었다.

"혹시 사부님께선 그 책들의 행방을 알고 계신 건가요?"

천풍의 물음에 잠시 뜸을 들이던 현야가 이내 뒷머리를 긁적이며 대답했다.

"부처님을 모시는 절간에 와서 감히 곡을 할 만큼 간덩이가 큰 귀신이 있을 리도 없고, 책이나 훔치러 이 깊은 산중에까지 찾아올 만큼 부지런한 도둑이 있을 리도 만무하니 범인은 결국 너와 나, 둘 중 하나가 아니겠느냐?"

"책들이 사라진 것은 그럼 사부님께서 그러신 거예요?"

"네가 하지 않았다면 내가 한 거겠지."

"그 책들을 어떻게 하셨는데요?"

"팔았다."

"예?"

"그러니까 그 책들을 내가 다 팔아먹었다는 말이지."

"책을 팔았다구요?"

현야의 대답이 너무 의외여서 말뜻을 알아듣는 데 한참이나 걸렸다. 하지만 말뜻을 알아듣고 나서도 의아함은 쉽게 가라앉지 않았다.

"그걸 왜 팔았어요?"

"그야 뭐, 돈이 필요했으니까."

지극히 당연한 말이다. 지극히 당연해서 오히려 아무런 대답이 되지 못했다.

천풍이 멍한 눈으로 현야를 본다. 천풍의 시선도 시선이지만 스스로도 설명이 부족했음을 느낀 현야가 한차례 헛기침으로 목을 가다듬은 후 설명을 덧붙였다.

"이곳 황산사에서 인근 마을까지는 거리도 만만치 않은데다 산세도 워낙에 험하지 않느냐. 시주라도 한 번 다녀올라치면 마음을 단단히 먹고 길을 나서야 하는데, 너도 알다시피 내 나이 내일모레면 벌써 칠십이 아니냐? 앞마당만 걸어도 숨이 차는데 이 늙은 몸으로 그 멀고 험한 산길을 어떻게 매일 오르내릴 수 있겠느냐? 영은사에서 원조가 끊긴 지는 까마득히 오래고 곡간에 곡식은 떨어져 가는데 찾아오는 참배객은 1년 내도록 한 사람도 없고, 그렇다고 풀뿌리나 캐서 먹고 살 수는 더더구나 없는 노릇이고…… 그러니 어쩌겠느냐? 돈이 될 만한 거라도 팔아서 먹고 살 수밖에. 그래서 팔았다. 황산사에서 돈이 될 만한 거라고는 책밖에 없었으니까. 그래도 그 덕에 너와 내가 이렇게 입고 먹고 편히 잘 수 있는 것 아니겠느냐?”

그러고 보니 시주를 나갈 때마다 커다란 짐 보따리 하나씩을 메고 나가긴 했었다. 그러고 나면 낯선 짐꾼들이 생필품이며 곡식이며 한 짐 가득 짊어지고 올라오곤 했었다. 세상물정 모르는 천풍은 그저 세상인심이 원래 그렇게 후한 건 줄로만 알았다. 부처님의 고마운 은덕에 사람들의 공양하는 마음이 그렇게 진실 되고 깊은 거라고만 생각했다.

‘세상에 공짜란 없다.’

인간 세상을 살고 있는 자라면 누구나 알고 있는 만고의 진리를 이제야 어렴풋이 깨닫는 천풍이다.

천풍의 얼굴이 시무룩하게 변했다.

그 얼굴에는 실망과 서운함이 그대로 묻어나 있었다.

다른 사람들 눈에는 그저 한낱 삼류 무공서적일 뿐이겠지만 천풍에게는 어린 날의 유일한 위안이었고 희망이었으며 또한 추억이었다.

부모로부터 버려져 벌거숭이로 세상에 나와 처음으로 가지게 된 ‘자신만의 것’ 이었다.

그래서일까? 현실도 이해하고 체념도 하지만, 그와는 한마디 상의도 없이 책을 팔아 버린 스승의 처사가 야속하게 느껴지는 것은 어쩔 수 없었다.

그 같은 천풍의 반응은 현야로서는 전혀 생각지 못한 것이었다.

지금껏 무얼 해도 싫은 내색 한 번 한 적이 없던 천풍이 이번만큼은 뾰루퉁이 입술을 내밀고 볼을 퉁퉁 불리고 있다. 슬쩍슬쩍 그를 보는 눈길에는 원망도 보였다.

심히 당황스러웠다. 2만 권이나 되는 책 중에서 그저 몇 권 내다파는 거야 티도 안 나겠거니 했던 것인데, 천풍에겐 그저 책 몇 권이 아니었던 모양이다.

"아무래도 내가 너무 경솔했나 보구나. 나 딴에는 돈이 될 만한 책들 중에서 네가 읽고 난 것들만을 고르고 고른 것인데, 소용이 다한 줄 알았던 책들이 다시 소용이 생길 줄이야 어떻게 알았겠느냐. 아니, 애당초 네 마음을 살피지 않은 내 잘못이 크지. 네게 먼저 허락이라도 구했어야 했는데……."

"아니에요. 사부님이 그러셨잖아요. 그 덕에 우리가 이렇게 편히 살 수 있었던 거라고. 그럼 어쩔 수 없는 거잖아요."

천풍이 괜찮다며 손사래를 쳤다.

하지만 천풍의 그런 행동이 현야를 더욱 곤혹스럽게 했다.

'녀석, 위로를 하려면 입술이나 좀 집어넣고 할 것이지…….'

그것만 봐도 어지간히도 섭섭하긴 섭섭한 모양이다.

현야가 여전히 미안해하는 얼굴을 하고 있자 천풍이 재차 손사래를 쳤다.

"전 정말 괜찮아요. 이미 팔아 버린 걸 어쩌겠어요? 없는 걸 욕심낸다고 가질 수 있는 것도 아니잖아요. 너무 마음 쓰지 마세요. 그것들 아니래도 이곳엔 널리고 널린 게 책인데요 뭐."

'그러니까 위로를 하려거든 그 입술이나 좀 집어넣고 하라

니까. 그 눈에 원망도 좀 지우고…… 전혀 위로가 안 되지 않느냐.'

어린 제자의 가식적인 위로는 늙은 스승의 마음만 더 불편하게 할 뿐이었다.

어떻게든 가식적으로 변해 버린 제자에게 다시 순수함을 찾아주고 싶었다. 뿌루퉁이 내민 입술도, 두 눈에 담긴 원망도 지우고 그 얼굴에 한 톨의 가식도 없는 맑은 웃음을 되돌려주고 싶었다.

그러한 막중한 책임감을 느끼며 현야가 골몰이 생각에 잠겼다.

그리고 한참의 고민 끝에 천풍의 눈치를 살피며 조심스레 입을 열었다.

"그럼 차라리 이렇게 해보는 건 어떻겠느냐?"

"어떻게요?"

"네가 직접 책을 만들어보는 것 말이다."

"예? 제가 직접 책을 만들어요?"

"팔아 버려서 없는 책들을 네가 직접 한 번 써보는 거지. 물론 전부를 기억하진 못하겠지만 그중 그래도 몸으로 익힌 것들은 기억하고 있을 것 아니냐? 직접 글을 쓰고 그림을 그려서 책을 만든다. 그러다 보면 거기에서 얻어지는 공부가 또 있지 않겠느냐?"

현야의 제안에 천풍이 눈을 반짝였다.

현야는 즉흥적으로 떠오른 것을 별생각 없이 제안한 것뿐이었지만, 그것은 팔아 버린 책들에 대한 아쉬움과 현야에 대한 원망을 단번에 날려 버릴 만큼 천풍에겐 큰 흥분으로 다가왔다.

직접 글을 쓰고 그림을 그려서 책을 만든다.

매력적인 일이었다. 그것 하나만으로도 왠지 설레고 흥분되었다.

혹시 또 모르는 일이다. 비록 필사본에 지나지 않는 거지만 선대가 남긴 책을 보며 그가 무공을 배웠듯이, 훗날 다른 누군가도 자신이 만든 책을 보며 무공을 익히게 될는지.

"정말 제가 책을 만들어도 돼요?"

"물론이지. 그러지 못할 이유가 없지 않느냐?"

현야의 말에 천풍이 환하게 웃었다.

자신의 제안에 이렇게까지 반응을 할 줄 몰랐던 현야는 한편으로는 어리둥절하면서도 또 한편으로는 안도했다. 그에게 있어 살아 있는 동안의 유일한 낙이 되어 버린 천풍이 저리도 좋아하니, 그 역시 그저 마음이 즐거웠다. 무엇보다 저 환하게 웃는 얼굴에는 뿌루퉁한 입술도, 그에 대한 원망도, 또한 한 톨의 가시도 남아 있지 않았으니까.

무공을 배우고 익히기 시작했을 때도 그랬지만 마음이 동하면 행동부터 하고 보는 아이였다. 책을 만든다는 일념으로 머릿속이 꽉 차 버린 천풍은 현야에게 인사를 하는 둥 마는 둥 하며 급히 불당을 빠져나갔다.

흐뭇한 눈길로 천풍의 뒷모습을 지켜보던 현야는 문득 천풍이 달라졌다고 느꼈다. 갑작스레 든 생각이라 왜 그런 생각이 든 건지 스스로도 의아스러웠지만, 삼 개월 전 해심정에서 보았을 때와 어딘가 모르게 달라진 듯 느껴졌다.

"그사이 키라도 큰 건가?"

그러고 보니 눈빛도 전과는 달랐다. 뭐가 어떻게 다른 건지는 그 역시 알 수 없었다. 아니, 다시 곰곰이 생각해 보니 달라지긴 한 건지 그조차도 확실치 않았다.

현야가 이내 고개를 잘래잘래 내저었다.

"늙어 죽을 때가 되다 보니 이젠 눈까지 침침해진 게로군."

깊이 생각하지 않고 그렇게 넘어갔다. 깊이 생각하기에는 당장 천풍이 어질러놓은 책들이 먼저 눈에 밟혔다.

"신성한 불당을 이렇게나 어질러놓고 혼자 내빼다니…… 늙은 스승 부려먹는 방법도 가지가지로군."

책들을 정리해 가는 현야의 손길이 바빴다.

"이 천하에 불효막심한 녀석 같으니라고."

조금 전의 흐뭇함도, 조금 전의 의아함도 그렇게 모두 푸념 속에 묻혔다.

* * *

책을 만들기로 결심한 천풍은 먼저 어떤 책들이 팔렸는지부터 파악에 나섰고 꼬박 사흘을 매달린 끝에야 겨우 대략적인 권수를 파악할 수 있었다.

무려 백팔십 권, 그간 현야가 팔아치운 책의 권수였다. 전부 한 번씩은 보았던 책이지만 그중에서 천풍이 수박 겉핥기식으로나마 몸으로 익혔던 책은 모두 해서 스물세 권이었다. 한데, 천풍이 익힌 스물세 권뿐만 아니라 현야가 팔아치운 백팔십 권의 무공서적은 이상하게도 거의 대부분이 십팔반무예 중 검(劍), 도(刀), 창(槍), 권(拳) 네 종에만 국한되어 있었다.

우연치곤 공교로웠다. 뭔가 다른 의도가 있나 싶어 현야에게 그 연유를 물었다. 하지만 들려온 대답은 지극히 현실적이면서도 또한 단순했다.

"그나마 돈이 되는 게 그 네 가지뿐이었거든."

아무래도 가장 일반적인 것이 가장 소비가 잘되기 마련이다. 부(斧), 월(鉞), 극(戟), 편(鞭)같이 사람들이 잘 찾지도 않는 무공을, 그것도 새 책이라면 모를까 오래되고 낡아 볼품없는 책을 선뜻 돈을 내고 가져갈 사람은 아무도 없었던 것이다.

어쨌든 천풍이 책을 만들기로 작정을 하고 골라낸 무공은 검법이 여덟 종, 도법이 여섯 종, 창법이 네 종, 권법이 네 종, 그리고 곤법 하나 그렇게 스물세 권이었다. 그중 천풍이 가장 먼저 선택한 것은 좌가절검(左家截劍)이었다.

좌가절검은 춘추시대 노(魯)나라의 유명한 학자였던 좌구명(左丘明)이 호신에 뜻을 두고 창안한 것을 그 후손들이 계승 발전시킨 검법이었다. 계승 발전시켰다곤 하지만 본바탕이 깊지 못한데다 공격은 얕고 변용의 폭은 좁아서, 학자가 만든 무공의 한계가 고스란히 남아 있었다.

천풍이 좌가절검을 첫 번째로 선택한 것은 초식이 많지 않아 책을 만들기에 비교적 부담이 적다는 이유에서였다.

새하얀 종이를 깔고 먹을 갈았다. 머릿속으로 좌가절검의 한 초식 한 초식을 세밀하게 그려보며 붓에 먹을 묻혔다.

본격적인 집필에 앞서 숨을 골랐다. 마음을 경건히 했다. 흥분되고 긴장되는 마음이 좀처럼 가라앉지 않아서 한참을 지체했다.

새하얀 종이 위에 붓이 닿기까지는 오래 걸렸지만, 먹물을 머금은 붓이 막상 종이에 한 획의 검은 선을 그리자 그것은 그대로 글이 되고 그림이 되었다.

일필휘지(一筆揮之).

한 장의 종이에 글과 그림이 가득 차면 그 즉시 새로운 종이로 바꾼다. 그 위에 조금의 주저함도 없이 단숨에 써 내려간다.

놀라운 집중력과 흐트러짐 없는 자세, 정확한 붓놀림만을 보자면 용사비등(龍蛇飛騰)의 필체라도 나올 것 같았다. 하지만 안타깝게도 천풍은 글쓰기에 전혀 재능이 없었다.

용이 살아서 날아오르기는커녕 어떻게 봐도 지렁이가 기어가는, 혹은 밟혀서 꿈틀대는 모양새가 거기에 있었다.

이건 일필휘지가 아니라 악필휘지라 해야 옳았다. 그나마 그림이라도 봐줄만 하지 않았다면 이건 영락없이 애들 낙서였다.

그래도 천풍은 진지하기만 했다. 한 획 한 획 온 정성을 다했다. 한데, 한참을 집필에 열중하던 천풍이 돌연 붓을 거두고 미간을 찡그렸다.

"이게 아니었던 거 같은데?"

한참 정신없이 쓰고 그리다 보니 문득 뭔가 잘못되고 있다는 생각이 들었다.

천풍은 자신이 적은 것들을 한 장 한 장 되읽어보았다. 맞게 적었다. 기억에 있는 그대로를 적었다. 다만 머릿속 기억이 두 가지라는 게 문제였다.

비슷한 듯하면서도 전혀 다른 두 개의 좌가절검.

둘 중 하나는 허점 투성이인 본래의 좌가절검이다. 그리고 다른 하나는 비슷하면서도 다른, 허점이 보이지 않는 좌가절검이다.

이젠 하나의 무공에서 두 개의 길을 보는 게 이상하지도 않다. 익숙하고 자연스럽다.

한데, 어떻게 된 것이 허점이 보이지 않는 좌가절검은 기억에 선명한데 본래의 좌가절검은 그렇지가 못했다. 대강의 형만 기억이 날 뿐 전체가 흐리멍덩했다.

그래서였을까? 저도 모르는 사이 지금껏 그가 적고 있던 것은 본래의 좌가절검이 아니었다. 허점이 보이지 않는 좌가절검이었다.

'어쩌지?'

선택의 기로에 섰다.

억지로라도 기억을 더듬어서 본래의 좌가절검으로 다시 쓰느냐, 아니면 지금껏 적었던 것을 그대로 이어가느냐.

결정은 빨랐다. 기억을 더듬는다고 본래의 좌가절검이 온전히 생각날 것 같지도 않았고, 지금껏 적어놓은 것을 그냥 버리는 것도 내키지 않았다.

무엇보다 적어도 자신의 눈에만큼은 허점이 보이지 않는 완전무결한 좌가절검 쪽이 훨씬 더 마음에 끌렸다.

그리 결심을 하고 보니 더한층 흥분이 되었다.

단지 베껴 쓰는 것이 아니라 자신만의 시각과 자신만의 생각을 더한다는 것, 그건 곧 좌구명의 좌가절검이 천풍의 좌가절검으로 재탄생된다는 의미였다.

히죽.

천풍이 입가에 기분 좋은 미소를 걸며 그새 말라 버린 붓에 다시 먹을 묻혔다.

쓰윽

먹물을 머금은 붓이 다시 새하얀 종이 위를 경쾌하게 휘젓기 시작했다.

비록 악필이지만 좌가절검의 마지막 초식인 상아절헌(象牙絕獻)을 마칠 때까지 잠시도 멈추지 않고 단숨에 써 내려가는 그 경쾌한 붓놀림에선, 일견 대가의 풍모마저 느껴지고 있었다.

순서가 틀리지 않도록 가지런히 종이를 쌓고, 종이 못을 박아 책을 고정하고, 송곳으로 구멍을 뚫어 실을 엮고…….

지난 5년, 헤지고 낡은 책, 더러는 심하게 훼손이 되어 엉망인 책들을 손수 고치기도 하고 새로 제본도 하면서 지냈다. 그 덕에 책을 만드는 데 있어서만큼은 가히 경지에 올랐다 해도 과언이 아니었다. 장인의 여유와 절도, 지금 천풍의 손놀림이 그랬다.

그렇게 한 권의 책이 완성되었다.

좌가절검.

책의 표지에는 비록 엉망이지만 오히려 엉망이어서 멋스러워 보이는 글귀가 새겨졌다.

뿌듯했다. 입가에 절로 흐뭇한 미소가 지어졌다. 뭔가 짜릿하기도 하고 두근거리기도 했다. 그런 한편으로 욕심도 났다.

"낙관이라도 하나 적어야 하지 않을까?"

어린 마음의 치기일 수도 있고 당연한 욕심일 수도 있지만 어쨌든 자신이 만든 책에 자신이 만들었다는 표식 하나 정도는 해두고 싶었다. 그게 그리 잘못된 것은 아니었다. 황산사의 책들 중에도 더러는 무공을 창안한 사람의 이름이 아닌 필사한 사람의 이름이 적혀 있곤 했으니까. 더구나 그가 적은 좌가절검은 필사이되 필사가 아니지 않은가.

천풍은 고민에 잠겼다. 낙관으로 쓸 만한 도장은 없고 이름을 그대로 쓰기에는 괜히 낯간지럽다. 치기심어린 마음에 이왕이면 다홍치마라고, 이참에 그럴싸한 외호라도 만들어보자 싶었다. 그리해 열심히 머리를 굴렸지만 도통 마땅한 것이 떠오르지 않았다.

황산처사(黃山處士)라고도 지었다가 천풍거사(天風居士)라고도 지었다가, 또 해심검주(解心劍主)라고도 지었다가 검수보살(劍修菩薩)이라고도 지었다가…… 이래도 마음에 안 들고 저래도 성에 안 차니 답답하기 그지없는 노릇이었다.

외호 하나를 짓는 데에 글을 쓰고 그림을 그리고, 그것을 책으로 엮은 시간보다도 더 많은 시간이 걸렸다.

'에잇! 몰라! 외호 같은 거야 아무려면 어때!'

그렇게 지칠 대로 지친 끝에 결국엔 자포자기한 심정이 되어, 그리고 반쯤은 장난기 다분한 마음으로 천풍이 책의 마지막 장에 남긴 여섯 자의 글은 참으로 어이없게도, 아니 참으로 거창하게도 천하제일검수(天下第一劍手)였다.

천하제일검수(天下第一劍手).

자포자기한 심정이었다. 순간의 장난기에 즉흥적으로 휘갈긴 거였다. 하지만 막상 적어놓고 보니 한편으로는 민망하기도 하지만 또 한편으로는 마음에 들었다.

어린 마음에도 천하제일이란 글귀가 꽤나 매력적으로 느껴졌다. 아니, 어린 마음이기에 더 그렇게 느껴졌는지도 몰랐다. 그저 보고만 있는데도 괜히 우쭐해지는 기분이었다.

하지만 그 별호에는 문제가 하나 있었다.

천하제일검수라고 적는 바람에 도법이나 권법 등에는 써먹기가 애매해졌다는 것이다.

"그냥 천하제일고수라고 할 걸 그랬나?"

후회는 이미 늦었다. 이미 책은 엮어 버렸고, 글은 적어 버렸다. 지울 수도 없고 그렇다고 찢어 버릴 수도 없다.

이왕지사 이렇게 된 거 방법은 하나다. 각각의 무공에 각각의 외호를 붙이는 것. 그래서 생각해낸 것이 천하제일검수와 더불어 천하제일도객(天下第一刀客), 천하제일권사(天下第一拳士), 천하제일신창(天下第一神槍), 천하제일곤협(天下第一棍俠)이었다.

조금 무성의한 감도 없잖아 있었지만 천풍은 그걸로 만족했다. 무엇보다도 더는 외호 때문에 골머리를 썩고 싶지 않았다. 아무리 머리를 쥐어짜봐야 좋은 게 나올 리 없다는 걸 이미 뼈저리게 깨달은 후였다.

그렇게 다섯 개의 별호가 지어졌다.

천풍은 미처 알지 못했다. 그 장난스럽고 무성의하게 지어진 다섯 개의 별호가, 그리고 그가 만드는 스물세 권의 책이 그리 멀지 않은 훗날 천하를 뒤흔들 태풍이 되리라는 것을.

한편, 천풍이 책 만들기에 여념이 없던 바로 그 시각, 황산사에도 작은 태풍 하나가 불어오고 있었다.

밤이 깊어 막 잠자리에 들 무렵이었다. 인편을 통해 서찰 한

장이 현야에게 전달되었다.

영은사 방장 공현(空賢).

서찰 봉투에는 그렇게 적혀 있었다.

"허어…… 아직 잊지 않고 있었던 건가?"

영은사와 연락을 끊은 지 무려 10년이 넘었다. 원조도 끊겼고 소식도 끊겼다. 천리만리 먼 길도 아니기에 그저 버려진 거라 생각했다. 소용이 없어지면 버려지는 거야 너무도 당연한 세상이치니까. 그래서 현야도 영은사를 잊고 살았다.

한데, 뜬금없이 영은사라니? 방장 공현이라니? 이젠 기억에도 아련한 이름들이 왜 이제 새삼 연락을 해온단 말인가?

봉투를 열었다. 안의 서찰을 꺼내어 펼쳤다.

말머리에는 그간 잘 지냈느냐, 공사가 다망하여 연락을 못 했다, 별고는 없느냐 등의 지극히 형식적인 인사말이 있었다.

무성의하다 싶을 만큼 짧은 인사말 아래에는 구차하다 싶을 만큼 긴 글이 있었다.

간단히 추려보자면, 그 절반은 어찌어찌하다 보니 구대문파의 어린 제자들이 세상 구경을 나왔고, 어찌어찌하다 보니 영은사를 방문했다. 또 어찌어찌하다 보니 황산사에 관심을 가지게 되어 어찌어찌하다 보니 곧 황산사를 방문하게 될 것이라는 내용이었다. 그리고 나머지 절반은 당부의 글이었다.

무림을 짊어질 훗날의 재목들이니 접대에 소홀하지 마라.

영은사의 이름에 흠이 되지 않도록 처신을 바르게 하라.

혹여 영은사의 이름에 누가 되는 일이 발생한다면 엄중히 그 책임을 묻겠다.

두 번이고 세 번이고 계속해서 반복되는 당부의 말들…… 보고 있자니 절로 눈살이 찌푸려졌다. 그래도 과거에는 부처님의 이름 앞에 당당했던 영은사였다. 세월의 부침에 설법을 뒤로하고 칼을 들기도 했지만, 영은사라는 이름에는 긍지와 자부심이 있었다.

하지만 영은사 방장 공현의 이름으로 온 서찰에는 어디에도 그러한 당당함은 보이지 않았다. 긍지와 자부심은커녕 비굴하고 구차하다.

물론 이해를 못할 바는 아니다. 지금의 영은사에 과거와 같은 영화는 사라진 지 오래다. 살아남기 위해서는 그렇게 비굴하고 구차하게 구대문파의 눈치를 볼 수밖에 없다.

이 모든 게 한 번의 잘못된 선택 때문이었다.

무공서적을 버린 것, 그리고 무림을 등진 것.

선대 황제가 어린 조카의 보위를 찬탈하고 황위에 올랐을 때만 하더라도 그것은 선견지명이었다. 소림사가 불에 타고 무당파가 봉문을 선언할 만큼 무림은 그 유례를 찾아볼 수 없을 만큼 큰 환란을 겪었다. 하지만 천수를 다한 황제가 명운을 달리하자 무림은 불과 20년 만에 과거의 성세를 회복함은 물론 오히려 그 전보다 더 큰 발전을 이루었다. 문을 걸어 잠그고 오직 무공에만 정진한데다 암흑기를 거치는 동안 각 문파들 간에 자연스레 동지애가 생겨나 결속이 다져진 결과였다.

보다 강해지고 단단해진 무림에 영은사가 끼어들 자리는 더 이상 없었다. 소림사가 같은 교파라는 이유로 감싸 안아준 덕에 비겁자니 배신자니 하는 지탄까지는 받지 않았지만, 어딜 가나 따가운 눈총을 받아야 했다. 그러다 보니 세는 급격히 줄어들고 명성도 사라졌다. 과거의 영화는 고사하고 명맥이라도 유지하기 위해서는 소림사의 이름을 등에 업고 구대문파와의 실낱같은 인연에라도 매달려보는 수밖에 없다.

그것이 지금의 영은사가 처한 현실이었다. 더욱 안타까운 노릇은, 독자적인 무공을 만들겠다던 뜨거운 열정도, 죄 많은 중생을 구제하는 데 칼이 필요하다면 마땅히 칼을 들겠노라던 숭고한 뜻도, 다시 일어서고자 하는 의지마저도 이젠 꺾여 없어졌다는 것이다.

그동안 잊고 살았다고는 하나 그래도 현야에겐 뿌리였다. 사문의 몰락에 마음 편할 리 없었다. 글 속에서 느껴지는 영은사의 현실이 가슴을 무겁게 짓눌렀다.

한데, 현야의 시선이 서찰의 말미에 이르렀을 때였다. 사문의 처신에 대한 불쾌함과 사문의 처지에 대한 안타까움으로 뒤섞여 있던 눈빛이 그 순간 놀람으로 바뀌었다.

'검문(劍門)의 패천일검(覇天一劍) 금천우(金擅虞) 대협께서도 동행하시니 각별히 유념해서 모셔야 할 것이네.'

당금 무림에는 선대 황제의 강력한 탄압 정책에도, 그 모진

세월의 풍파에도 흔들림 없이 무림을 떠받치고 있는 네 개의 하늘이 있다.

무림사세(武林四世)

천 년의 역사 속에서 굳건히 전통을 지켜오고 있는 구대문파가 그 하나고, 전통에서 벗어났다는 이유로 소외되고 멸시받던 자들이 마(魔)라는 기치 아래 모여들어 형성된 마황성(魔皇城)이 그 둘이다. 도(刀)를 든 자에겐 고향이자 목표이면 경외이자 자부심인 도문(刀門)이 또한 네 개의 하늘 중 한 자리를 차지하고 있다.

그리고 검문이 있다. 도문과 더불어 오직 강해지고자하는 열망이 만들어낸 이 시대 최고의 무벌(武閥).

패천일검 금천우라 하면 현 검문의 문주 검황(劍皇) 파천(破天)의 여섯 번째 제자다. 서열은 여섯 번째이지만 검문주의 제자 중에서 그 인물됨이 단연 으뜸으로 꼽히고 있어, 일찌감치 차기 검문의 주인으로 여겨지고 있었다.

비록 산사에 묻혀 살고 있긴 하지만, 패천일검 금천우의 이름 정도는 그도 들어보았다.

초라하고 볼품없는 이곳 황산사에 구대문파의 제자들이 방문한다는 것만도 놀라운 일인데, 거기에 패천일검까지 동행한다고 하니 제아무리 세상사에 관심을 두지 않던 현야라 해도 마음이 바쁘고 어지러운 거야 당연했다.

"이거 참, 비록 살아 이룬 것은 없지만 여생은 그래도 편안하게는 쉬다 갈 줄 알았더니만 난데없이 이 무슨 번잡함인지…….”

한 번도 손님을 접대해 본 적이 없는 그로서는 뭘 어떻게 해야 접대에 소홀하지 않는 것인지, 또 뭘 어떻게 해야 영은사의 이름에 누가 되지 않게 처신을 하는 것인지 막막하기만 했다. 하지만 고민을 오래 붙잡아두진 않았다. 마음을 편히 먹기로 했다.

“하긴, 따뜻한 밥과 깨끗한 잠자리면 그것으로 충분한 게지.”

달리 해줄 것도 해줄 수 있는 것도 없다.

제4장

내가 너를 내 제자로
받아주겠다는 말이다

천국의 서

패천일검 금천우는 기분이 나빴다.

"더럽게 시끄럽군."

앞 마차에서 왁자지껄 떠들어대는 아이들의 웃음소리를 두고 하는 말이다. 소위 구대문파 최고의 인재들이고 세상 공부를 나온 길인데 이건 너무 놀자 판이다.

마음에 안 드는 건 비단 아이들의 웃음소리만은 아니다. 마차의 덜그럭거림도, 창 틈새로 새어드는 스산한 바람도, 심지어 저 멀리서 들려오는 산새의 울음소리조차도 죄다 거슬렸다. 무엇보다 가장 큰 불만은 꼬맹이들의 세상유람에 자신이 왜 끼어 있냐는 거였다.

애당초 원치 않던 동행이었다. 구대문파의 인재고 나발이고 보호자든 보표든 애초에 취미 밖이었다.

"망할 놈의 영감탱이! 늙어 죽을 때가 됐으면 곱게 벽에 똥칠이나 하고 뒈질 것이지 이게 무슨 노망질이야?"

구대문파의 어린 인재들을 보호하게 한 것도, 그래서 이곳까지 그를 동행케 한 것도 모두 검문의 주인이자 그의 사부인 검황 파천의 뜻이었다.

"모든 것은 주군(主君)을 위한 일입니다."

금천우가 못마땅하다는 눈으로 백연(白煙)을 보았다.

나이는 서른 중반, 눈이 부실 만큼 새하얀 백의에 머리에는 문사건을 둘렀고, 반듯한 이목구비에 한 손에는 부채를 들었다. 입가에 머금은 미소에선 여유가 느껴지기도 했고 장난기가 느껴지기도 했다.

금천우가 조금은 괴팍하고 거친 느낌이라면 백연은 밝고 섬세한, 그야말로 전형적인 백면서생의 모습 그대로였다. 하지만 이 백면서생으로 말할 것 같으면 지난 20년을 수족이자 그림자로서 금천우의 곁을 더없이 충실히 지켜온 사내였고, 마음을 나눈 단 하나의 친구였으며 금천우가 믿고 등을 맡길 수 있는 유일한 존재였다.

"나를 위한 일이라고? 고작 철부지 꼬맹이들 똥구멍이나 닦아주는 게?"

"철부지 꼬맹이들이라고는 하나 훗날 구대문파의 주인이 될 아이들입니다."

"그러니 미리미리 잘 보여 둬라?"

"인연을 만들어둬서 나쁠 건 없지 않겠습니까?"

"흥! 검문이 언제부터 인연 따위에 연연했다고? 대체 언제부터 검문이 정치 놀음 따위나 하는 곳이 되었느냔 말이야. 망할 놈의 영감탱이가 나더러는 검이야말로 최고라느니 사내라면 마땅히 검에 목숨을 걸어야 한다느니 검에 목숨을 건 자들의 세상이 바로 검문이라느니 하면서 제자가 되어 달라 그렇게 꼬드겨놓고는 이게 뭐하는 짓거리야?"

검황의 행태뿐만 아니라 요즘의 검문은 정말이지 엉망이었다.

"검문이 뭐야? 검에 미친 자들이 오직 강해지고자 하는 열망으로 모여 만들어진 곳 아냐? 한데, 검문의 주인이라는 양반이 정작 검에는 마음을 안 쏟고 각 대문파의 수장들에게 웃음이나 팔고 있으니 문파가 잘될 리가 있어? 그러니 내 사형제라는 놈들도 차기 검문주니 뭐니 하면서 권모술수나 부리고 권력암투나 일삼고 있는 거 아니냐고."

뿐이랴, 검문이 그런 분위기에 물들다 보니 금천우의 어린 제자들마저도 벌써부터 권력이니 세력이니 하며 서로 이빨을 드러내고 으르렁거리고 있다.

"문주께서 검을 놓으신 이유야 주군께서 더 잘 알고 계시지 않습니까?"

"흥! 알게 뭐야!"

물론 모르지 않았다.

검황이 검을 놓은 것은 검의 끝을 보았기 때문이었다. 또한 그것이 끝이 아님을 알았기 때문이었다. 스스로의 한계와 검의 무한함. 그 너무도 당연한 진리 앞에 천하의 검황도 피를 토하는 좌절을 경험할 수밖에 없었던 것이다.

하지만, 비록 현실의 벽에 막혀 뜻은 꺾였지만 검에 품었던 그 마음마저 버린 것은 아니었다.

검황의 선택은 금천우였다. 그가 가지 못한 곳을, 그가 보지 못한 것을 금천우라면 분명 볼 수 있을 것이라 확신했기에 그 모든 마음을 금천우에게 넘기고 스스로는 진흙탕에 발을 담근 것이다. 향후 수십 년 어떠한 외세의 부침에도 흔들림이 없을 굳건한 검문을 만들기 위해, 그리해 금천우가 검에만 전념할 수 있도록.

"사형제분들도 그러한 문주님의 뜻을 알기에 필사적인 것입니다. 재능으로는 주군을 이길 수 없고, 문주께 버려지는 순간 검문에서 비참하게 내쳐질 것은 자명한 일이고…… 살기 위해서는 권모와 술수라도 써야 했을 겁니다. 다만 그 방법에 있어서 약간의 무리수를 범하긴 했습니다만……"

"약간이 아니지. 그저 약간의 무리수였다면 영감이 직접 칼을 뽑아드는 사태까진 오지 않았겠지."

사실 검문은 지금 그야말로 대혼란이었다.

금천우의 사형제들이 각자의 세력을 규합하여 아귀다툼을 벌이고 있는 가운데 그것이 정도를 넘어서 음모에 모함에 이간질에 배신, 모략질까지…… 심지어 청부살수까지 동원될 정도였다. 물론 아귀다툼의 와중에도 공통의 목표는 금천우였다. 그 덕에 금천우의 손에 죽어간 자객의 수만도 열둘이고, 금천우에 이르기 전 백연의 손에 죽어간 자객은 그 수를 헤아릴 수도 없을 지경이었다.

명색이 정파를 표방하는 검문이다. 아무리 살기 위한 몸부림이었다곤 해도 있어서는 안 되는 일이었다.

그래서 급기야 검황이 칼을 들기에 이른 것이다.

검황이 금천우를 이번 여행길에 동참케 한 것은 백연의 말대로 구대문파와의 인연을 위함도 있지만, 검문의 내분을 정리해서 후계를 깨끗이 하려는 의도가 컸다.

이렇게 시끄러운 때에 후계의 중심에 있는 금천우를 검문 밖으로 내보냈다는 것, 그건 검황이 마음에 칼을 세웠다는 의미였다.

마음에 칼을 세운 검황이 남아서 할 일은 뻔했다.

썩은 살을 도려내어 문호를 정리한다.

아마도 지금쯤이면 얼추 마무리가 되어가고 있을 것이다. 더러는 죽었을 것이고 더러는 감금되어 지하 깊숙이 갇혔을 것이다.

"내가 짜증나는 게 바로 그거야. 후계 싸움은 후계들한테 맡길 것이지 그 영감이 왜 나서? 결국 강한 놈이 살아남을 거고 살아남은 놈이 검문의 주인이 되는 게 당연한 거 아냐? 검으로든 권모술수로든 뭐든 간에 다 박살 내버리고 내가 그 자리에 올라서면 되는 거 아니냐고. 그 영감탱이는 날 그리도 못 미더워하면서 어떻게 날 후계로 세울 생각을 한 거야?"

"못 미더워서가 아닙니다. 주군의 어깨에 괜한 짐을 지우고 싶지 않으신 겁니다. 주군이 그 손에 직접 사형제의 피를 묻힌다면, 검문이 정파를 표방하고 있는 이상 그건 훗날 주군께 큰 짐이 될 수밖에 없으니까……."

"그러니까 왜 내 훗날까지 걱정을 하냐고. 오지랖이 넓은 거야 노파심이 심한 거야? 내가 한두 살 먹은 어린애야? 제 앞가림도 못하는 병신이야? 그냥 내버려두면 어련히 알아서 잘할 거 아냐. 막아서는 건 부수고 방해되는 건 제거하고 거치적거리는 건 밟아 버린다. 최고로 강해지는 것, 검문의 주인에게 그것 외에 뭐가 더 필요하냔 말이야!"

말을 하면 할수록 화가 치미는지 목소리는 격앙되었고 눈은 잡아먹을 듯 이글거렸다.

백연도 더는 대꾸하지 않았다. 검황을 이해하고 그래서 옹호도 한 거지만 이번 문호 정리에 관한 것만큼은 그 역시 검황의 결정이 썩 달갑지만은 않았다.

검황이 자신의 여섯 번째 제자의 그릇을 너무 작게 보고 있다고 생각했다. 물론 금천우에 대한 걱정과 기대가 얼마나 큰

지도 알고, 그래서 도자기를 빚듯 조심스러운 심정도 이해 못 할 바는 아니다. 하지만 적어도 백연이 아는 자신의 이 괴팍하고 자존심 강한 주인은 그리 호락호락한 인물이 아니었다.

거칠지만 치밀하고, 괴팍하지만 무모하지 않으며 자존심 강하지만 스스로의 능력을 과신하지 않는다.

사형제들을 제압하는 일은 금천우에겐 그다지 어려울 것도 없는 일이었다. 그에게 그냥 믿고 맡겼다면 어떠한 잡음도 없이 그들의 위에 당당히 올라섰을 것이다.

괜한 오지랖에, 괜한 노파심. 적어도 검황의 이번 결정만큼은 분명 그랬다.

백연에게서 더는 대꾸가 없자 금천우도 더는 말을 하지 않았다.

정적이 흐르고 그 정적이 답답했는지 금천우가 창문을 열었다. 저 멀리 황산의 험준한 산세가 눈에 들어왔다. 험준하지만 그만큼 수려하기도 한 산세를 보니 그나마 답답함이 좀 가셨다.

"황산사라 했지?"

"예. 그곳에 2만 권의 무공서적이 있다 들었습니다."

"흥! 그래 봐야 죄다 잡서라며?"

금천우의 표정이 시큰둥했다. 2만 권 아니라 20만 권이라 한들 그것이 잡서라면 무슨 가치가 있겠는가? 애당초 일정에 있었던 것도 아니고 그가 오고 싶어 한 것도 아니다. 영은사에서 황산사에 대해 알게 된 구대문파의 아이들이 즉흥적으로 길을 잡은 것뿐이다.

어쨌든 이제 곧 목적한 곳에 도착한다. 항주 영은사에서부터 시작된 긴 여정이 드디어 끝나가고 있었다.

* * *

그것은 대규모 행렬이었다.

패천일검 금천우와 백연, 구대문파의 어린 제자들 열둘, 그리고 구대문파에서 호위를 위해 보내온 무사가 스물넷. 그렇게 모두해서 서른여덟 명으로 시작한 여정이었지만 황산사에 도착한 인원은 무려 일백하고도 칠십이 넘었다.

길 안내와 수발을 위해 모두가 영은사에서 보내온 승려들이었다.

구대문파의 위세가 대단한 건지 영은사의 접대가 과도한 건지는 모르겠지만, 어쨌든 난데없이 밀어닥친 인파로 인해 현야만 골머리를 썩어야 했다.

황산사는 그저 보잘것없고 작은 사찰에 불과했다. 그 많은 사람들을 모두 다 수용하기란 애당초 불가능한 일이었다. 결국 영은사의 승려 중 일부만을 남기고는 죄다 내보냈다. 사람이 발길에 채이다 못해 아예 미어터질 지경이니 달리 도리가 없었다. 하지만 먼 길 온 손님들을 그대로 돌려보낼 수는 없는

지라 더러는 인근 암자에, 더러는 인근 마을에 여장을 풀게끔 조치를 했다. 그러고 나서야 겨우 한숨을 돌렸다.

그 모든 일들을 마치고 나니 마치 한바탕 홍역이라도 치른 것 같았다.

그래도 다행인 것은 힘든 일은 첫날로 끝났다는 것이다. 식량도 넘쳐날 정도로 준비를 해온데다 온갖 잡일들을 영은사의 승려들이 도맡아서 해주는 덕에, 현야는 손가락 하나 까딱할 일이 없었다.

할 일이 없으니 처소에서 나올 일도 없었다. 번잡함을 그다지 반기지 않았던 터라 굳이 나올 일을 만들지도 않았다.

그렇게 하루가 가고 이틀이 지났다. 잠깐 책 구경이나 하다 돌아갈 줄 알았더니 의외로 엉덩이가 무겁다. 구대문파의 어린 제자들에게 책 구경은 뒷전이었다. 첫날엔 그래도 많은 책들에 관심도 보이고 신기해하기도 하더니 이내 시큰둥이다. 대신 황산 구경에 정신이 팔렸다.

황산이야 보아도보아도 끝이 없고, 알면 알수록 신비하기만 한 곳이니 하루 이틀 만에 끝날 구경이 아니었다. 다시 이틀이 지나고 사흘이 더 넘어가도록 도무지 떠날 생각을 하지 않았다. 아무래도 반갑지 않은 불청객의 달갑지 않은 체류가 상당히 길어질 것 같았다.

덕분에 칩거 아닌 칩거 상태에 들어간 현야는 이제나저제나 손님들이 떠나기만을 기다리며 두문불출해야 했다.

천풍도 현야와 크게 다르지 않았다.

사람을 대하는 게 어색하기만 한 탓에 첫날 현야의 뒤에 숨어 빼끔히 얼굴을 내민 후로는 줄곧 자신의 방에만 틀어박혀 지냈다.

오늘도 여느 날과 마찬가지였다. 서둘러 아침식사를 마치고는 곧바로 자신의 방으로 돌아와, 늘 그랬듯 책을 붙들고 방 안에 틀어박혔다.

이번엔 분향도법(焚香刀法)이었다. 오래전에 읽었던 책이다. 도중에 무공서적을 제작하는 일로 며칠 한눈을 팔기는 했지만, 칠절매화검으로 시작한 '읽었던 책 다시 거슬러 읽기'는 여전히 계속되고 있었다.

특별한 이유가 있는 것은 아니었다. '읽었던 책 다시 거슬러 읽기'를 그만두지 않은 것은 단지 그로써 재미가 있었기 때문이다.

온전히 자신의 것이 되어간다는 느낌, 자신의 안에서 뭔가가 완성되어 가는 것 같은 감각…… 새로운 것을 배우는 것과는 또 다른 즐거움이 거기에 있었다.

"이걸 어쩌지?"

천풍이 곤란한 눈으로 책을 내려다보고 있었다.

방금 분향도법의 마지막 책장을 넘겼다. 다음으로 읽어야 할 책은 현천검법(玄天劍法)이다. 하지만 지금 이 방엔 없다.

미처 준비하지 못했다. 손님들의 방문 소식을 듣고 미리 십여 권의 책을 챙겨뒀었는데 분향도법을 마지막으로 모두 다 읽어 버렸다. 이 또한 결국 손님들의 체류가 생각보다 길어지면서 빚어진 문제였다.

어쨌든 이대로 멍하니 방구들만 긁어댈 순 없는 노릇이다. 현천검법을 가져와야 했다.

그의 기억에 현천검법은 법당에 있었다.

다행히 구대문파의 사람들은 아침나절 황산사를 나갔다. 천도봉을 오를 거라 했으니 돌아오려면 아직 한참은 더 있어야 했다. 덕분에 지금 황산사에는 잡일을 보는 영은사 승려 몇 명뿐이었다.

천풍이 방을 나섰다. 거의 뛰다시피 하며 빠른 걸음으로 불당을 향했다. 혹시라도 사람들과 마주치지 않을까 조심하며 걸음을 서둘렀다.

한데, 막상 불당에 도착하고 보니 그보다 앞서온 선객이 있었다.

팔짱을 낀 채 고개를 치켜들어 부처님상과 마주하고 있는 사내였다. 거만한 자세만큼이나 그 눈빛도 오만해서 마치 부처님에게 시비라도 거는 듯한 모습이었다.

이름은 모르지만 낯은 익었다. 구대문파의 사람들이 황산사를 찾아온 그날, 현야가 구대문파 사람들보다도 더 어려워하며 맞던 사람이었다. 현야는 그를 두고 금 대협이라 불렀었다.

인기척을 느끼지 못한 건지 아니면 관심이 없는 건지 사내는 천풍에게 눈길도 주지 않았다. 천풍은 괜히 더 조심스러워져서 책들이 수북이 쌓여 있는 한쪽 귀퉁이로 까치발을 하고 걸음을 옮겼다.

"사내자식이 채신머리없이 도둑고양이처럼 그게 뭐하는 짓이냐?"

갑작스러운 목소리에 화들짝 놀란 천풍이 급히 뒤를 돌아보았다. 부처님상만을 뚫어져라 노려보던 사내의 눈이 어느새 자신을 향하고 있었다.

거칠 것 없는 눈빛이었다. 재지도 살피지도 않고, 있는 그대로의 천풍을 똑바로 응시하고 있었다. 그래서일까? 불편하긴 했지만 무섭다는 생각은 들지 않았다.

"가만…… 그러고 보니 현야 스님의 제자라 했던 녀석이로군."

사내도 천풍을 기억하는 모양이다.

"아, 안녕하세요."

"공기 좋고 물 맑은 청정도량에서 안녕하지 못할 일이야 없겠지. 한데, 도둑고양이처럼 살금살금 거리면서 여기서 뭘 하는 거지?"

"그냥 찾을 책이 좀 있어서 왔는데……."

"찾을 책?"

사내가 법당 안을 쓰윽 훑어본 후 고개를 갸웃했다.

"어린 스님이 읽을 만한 불경 같은 건 보이지 않는데?"

"전…… 스님 아닌데요? 불경을 찾는 것도 아니고요."

현야의 제자인데다 승복까지 입고 있으니 당연히 그리 생각할 만도 했지만 정식으로 계를 받은 것도 아니고, 머리를 깎은 것도 아니니 스님이란 호칭은 맞지 않았다.

"그렇군. 스님이 아니었던 거로군. 불경을 찾는 것이 아니라면 그럼 대체 뭘 찾는다는 거냐?"

"현천검법이요."

천풍의 대답에 사내가 잠시 어리둥절한 표정을 짓더니 이내 미간을 찌푸렸다.

"설마 검에 관심이라도 있는 것이냐?"

"검에만 관심이 있는 건 아니지만……."

"그만두거라!"

사내가 난데없이 버럭 소리를 질렀다. 천풍이야 그저 어리벙벙할 뿐이다. 이 사내가 자신에게 왜 소리를 지르는 건지도 모르겠고 대체 뭘 그만두라는 건지도 모르겠다.

천풍이 그저 멀뚱히 사내를 보자 사내가 단호히 말했다.

"천극(天極)의 상을 타고난 자에게 검은 지나친 욕심이다!"

여전히 무슨 말인지 알아들을 수가 없었다.

그래서 물었다.

"천극의 상이란 게 뭔데요?"

사내가 말했다.

"무인에게 있어 하늘이 내린 최악의 형벌, 저주받은 네 몸뚱이를 두고 하는 말이지. 너는 네 몸 상태가 어떤지도 모르고 있었단 말이냐?"

"제 몸 상태가 어떤데요?"

"단전이 없지 않느냐."

천풍은 사내가 무슨 말을 하는 건지 그제야 알아들었다. 무슨 말인지 알아듣긴 했지만 의문은 여전했다.

"제게 단전이 없다는 건 어떻게 아셨어요?"

지금까지 겉모습만으로 그의 신체적 결함을 눈치 챈 사람은 아무도 없었다. 현야도 그랬지만 아비를 따라 찾아간 용한 의원들조차도 진맥이다 뭐다 몸을 주물러대고서야 놀라곤 했었다.

천풍이 의아히 묻자 사내가 대수로울 것도 없다는 듯 콧방귀를 뀌었다.

"흥! 단전이 닫혔는데도 기혈에 막힘이 없는 것은 단전이 닫힌 대신 천문(泉門)이 열렸기 때문이고, 백회가 흐린 것은 몸에 중심이 없어 혈행이 고르지 못해 독맥(督脈)이 막힌 때문이겠지. 기는 양이고 혈은 음, 눈빛이 형형한 듯 보이지만 실은 그것도 기가 약해 음이 양을 침범해서 백체에 홍조가 낀 것일 뿐이지. 천극의 상이란 게 분명 드문 일이긴 하지만 그렇다고 전혀 그 사례가 없는 것도 아닌데, 앞으로 검문의 주인이 될 자가 그만한 견식도 없을까!"

검문이 뭔지는 모르지만 오만함이 자부심에 묻혀 버리는 말투에서 어떤 곳인지 어렴풋이나마 짐작은 할 수 있었다. 부처님마저도 눈 아래로 보는 사내가 그 이름에 자부심을 담을 정도이니 그 대단함이야 오죽할까.

"어쨌든!"

사내가 다시 단호한 눈빛이 되어 천풍을 보았다.

"다시는 검에 눈을 돌리지 마라. 온전한 몸으로도 되지 않는 것이 검이란 놈이다. 하늘이 내린 재능을 지니고도 좌절 속에서 끝내 이름 한 자락 남기지 못하고 가는 것이 무인의 길인데, 그 저주받은 몸뚱이로 감히 뭘 한단 말이냐. 가당찮은 욕심의 끝에 남는 것은 결국 절망밖에 없다!"

사내의 말은 거침이 없었다. 거침이 없는 정도가 아니라 말에 가시가 박힌 것처럼 아프고 독하다. 원래가 그런 말투인지 모르지만, 딴에는 천풍을 걱정해서 하는 말일 수도 있다. 하지만 저주받은 몸뚱이라느니 가당찮은 욕심이라느니, 성인군자가 아닌 다음에야 그런 말을 듣고 기분이 좋을 리 없었다.

당연히 천풍도 기분이 나빴다. 그래서 뿌루퉁이 대꾸했다.

"하지만 사부님은 배움을 두려워하지 말라 하셨어요."

"뭐?"

"피하지도 말라고 하셨어요. 어쩌면 아저씨 말대로 지나친 욕심일지도 모르고 그래서 제 마음이 다치게 될지도 몰라요. 좌절하고 절망하고 그렇게 될지도 몰라요. 그치만 도망치는 것보다는 낫다고 했어요. 사람이란 좌절 속에서도 크고 값진 것을 발견할 수 있댔어요. 아무것도 하지 않은 채 피하고 도망만 쳐서는 아무것도 얻을 수 없다 하셨어요. 좌절보다도 못한 후회는 없어야 한댔어요!"

"흥! 네놈의 사부가 검에 대해 뭘 안다고? 기껏 이런 구석진 절에서 삼류 무공 나부랭이들이나 지키고 있는 늙은 땡추 주제에 무인의 좌절이 뭔지, 그 절망이 어떤 건지 뭘 안단 말이냐?"

"그러는 아저씨는 저에 대해서 얼마나 아시는데요?"

천풍이 씩씩 거친 숨을 몰아쉬며 사내를 노려보았다. 분한 기색이 역력했다. 자신에 대한 무시야 참았지만 현야에 대한 비아냥거림까지는 참을 수 없는 모양이다.

"아저씨가 저에 대해서 아는 거라고는 단전이 없다는 것뿐이잖아요. 잘 알지도 못하는 사람한테 함부로 말씀하시면 안 되는 거잖아요. 전 그저 무공이 좋을 뿐이에요. 검법만 좋아하는 게 아니라, 도법도 좋아하고 창법도 좋아하고 권법도 좋아해요. 그래서 그저 제가 좋아하는 걸 좀 더 알고 싶은 것뿐이에요. 단전이 없으면 좋아하는 것도 하지 말아야 하는 거예요? 결과가 뻔하다고 해서 시작도 하지 말아야 하는 거면 사람은 왜 사는 건데요? 결국엔 다들 죽게 될 거잖아요? 그럼 결국엔 다들 죽게 될 거니까 살 필요도 없는 거잖아요?"

이렇게 화가 나는 것도 처음이었고 누군가에게 화를 내보는 것도 처음이었다. 흥분에 못 이겨 나오는 대로 내뱉곤 있지만, 말은 떨려나왔고 심장은 주체할 수 없을 정도로 쿵쾅거렸다. 다리마저 후들거렸다. 하지만 이를 악물어 참았다.

"아저씨가 뭐라 하던 전 절대로 무공 배우는 걸 그만두지 않을 거예요. 좌절이 어떤 건지 절망이 어떤 건지는 모르지만 제가 무공을 좋아하니까, 그래서 겪는 거니까 얼마든지 참아낼 수 있어요. 그리고 그건 제가 감당해야 하는 거니까, 그러니까 아저씬 저한테 더 이상 이래라저래라 하지 마세요!"

있는 힘을 다해 마지막 말까지 끝낸 후 법당 안, 책들이 수북이 쌓여 있는 한쪽 귀퉁이로 향했다. 아까는 까치발로 조심스럽게 걸었지만 지금은 당당하게 걸었다.

더는 사내를 신경 쓰지 않았다. 눈길도 주지 않았다. 책 찾기에만 열중했다.

얼마 안 있어 현천검법을 찾은 천풍은 조금도 지체하지 않고 법당을 나왔다.

"네놈 이름이 뭐냐?"

사내가 불쑥 이름을 물어온 것은 천풍이 법당을 나와 정확히 세 걸음을 떼었을 때였다.

아직도 화가 다 가시지 않은 천풍은 거의 반사적으로 되물었다.

"그러는 아저씨는 이름이 뭔데요?"

충분히 건방져 보일 수 있는 말투였다. 천풍 스스로도 말을 해놓고는 아차 싶었다. 어쨌거나 황산사를 찾아온 손님이고 또한 어른이다. 지켜야 할 최소한의 예의란 것이 있는데 흥분한 나머지 자기도 모르게 도를 넘어서 버렸다.

하지만 지금은 사과하고 싶지 않았다. 자신을 무시하고 스승을 비아냥거린 사내에게 머리를 숙이고픈 마음이 전혀 없었다. 그래서 일부러 더 똑바로 사내의 눈을 응시했다.

지금까지의 말투만 보아도 사내의 성정이 그리 곱지만은 않다는 걸 알 수 있었다. 어쩌면 순간 버럭 해서 주먹이라도 날려올지 몰랐다. 그리 생각하니 조금 무섭기도 했다.

하지만 사내는 버럭 하지도 않았고 주먹을 날리지도 않았다.

"나는 금천우다."

의외로 순순히 대답했다. 게다가 입가에는 한 조각 웃음마저 걸려 있었다.

의미는 정확히 알 수 없었지만 비웃음이나 냉소 같은 것은 아닌 듯 보였다. 왠지 모르지만 뭔가 짓궂은 듯하면서도 또 뭔가 재미있어 하는 웃음이었다.

천풍이야 그저 어리둥절할 뿐이다.

"나는 내 이름을 말해 줬다만?"

멍청한 얼굴로 멍하니 자신을 바라보고만 있자 금천우가 천풍을 재촉했다.

천풍도 얼떨결에 자신의 이름을 밝혔다.

"전 소천풍이에요."

"소천풍이라…… 제법 사내다운 이름이로군. 네 녀석과는 그다지 어울리지 않지만 말이야."

고개를 주억거리는가 하면 씨익 웃기도 한다. 천풍을 보는 눈빛도 아까보다는 한결 부드러워져 있었다.

어리둥절함 뒤에는 께름칙함이다. 스스로를 금천우라고 밝히 이 사내가 왜 갑자기 이러는지 그 의도가 미심쩍기도 하고 또 무섭기도 했다. 무엇보다 이렇게 마주하고 있는 순간이 불편했다. 가뜩이나 사람 대하는 게 어렵기만 한데, 사내의 꿍꿍이속을 전혀 알 수가 없으니 그야말로 가시방석이었다.

천풍은 한시라도 빨리 이곳을 벗어나고픈 생각뿐이었다. 그래서 슬쩍 사내의 눈치를 살피며 물었다.

"더 하실 말씀 없으세요? 더 하실 말씀 없으시면 저는 이만 가봐도 되죠?"

그러고는 대답을 듣기도 전에 서둘러 몸을 돌렸다. 하지만 이번에도 사내의 목소리가 그의 발목을 잡았다.

"무공이 좋다고 했지? 그래서 좋아하는 무공을 좀 더 알고 싶은 거라고."

천풍은 또 무슨 말을 하려고 저러나 싶어 먼저 경계심부터 품었다. 이번에도 천극의 상이라느니 단전이 없는 놈이 과분한 욕심 부린다느니 그런 말을 하면, 아예 싹 무시하고 그 길로 곧장 자신의 방으로 돌아가 버릴 결심까지 했다.

한데, 사내의 이어진 말은 천풍이 생각하는 것과는 거리가 멀었다.

"검문은 무림 최강이다. 검문이 무림 최강인 이유는 오직 강한 자들만이 존재하기 때문이다. 강한 자들만이 존재하는 이유는 그곳에 강해지기 위해 필요한 모든 것이 갖추어져 있기 때문이다. 길을 바르게 인도해 줄 훌륭한 스승이 있고, 항시 동기를 부여해 줄 최고의 경쟁자가 있다. 검문의 서고에는 이곳의 삼류 나부랭이들과는 비교도 되지 않는 최고의 무공비급들이 즐비해 있다."

사내의 말은 너무도 엉뚱하고 뜬금없어서 대체 무슨 말을 하려는 건지 알 수가 없었다.

천풍이 멍청한 얼굴로 멀뚱히 사내를 보자 사내가 조금 더 힘이 들어간 목소리로 말을 이었다.

"네 녀석이 좀 더 알고 싶다 했던 그 무공이란 놈, 검문에 가면 네 녀석이 알고 싶은 만큼, 아니 그 이상을 알게 될 것이다. 네가 상상하지도 못할 만큼 깊고 큰 세계를 검문에서라면 분명 볼 수가 있을 것이다. 어떠냐? 나를 따라 검문에 가지 않겠느냐?"

천풍은 여전히 무슨 말을 하는 건지 알아듣지 못했다. 그러자 사내가 보다 직설적으로 말했다.

"내가 너를 내 제자로 받아주겠다는 말이다."

"……!"

이제 무슨 말인지는 알아들었다. 하지만 농담인지 아닌지는 분간이 되지 않았다. 이런 장난 같은 말이 진담일 리는 없을 것인데 사내의 말투와 표정은 즉흥적이긴 했지만 진지했다.

"그 말씀 진담이세요?"

혹시나 해서 물었다.

"네 녀석이 보기엔 내가 네 녀석과 농담 따먹기나 할 만큼 실없는 놈으로 보이느냐?"

"아뇨. 그치만 아까 아저씨가 그러셨잖아요. 검은 저한테 과분한 거라고."

"단전이 없어 내공을 쌓을 수 없는 녀석한테 검이 과분한 거야 당연하지."

"그런데 왜 저더러 제자가 되라는 거예요? 저 같은 거한테 검을 가르쳐 봐야 괜한 헛수고잖아요. 아무리 훌륭한 스승이 있고 좋은 경쟁자가 있고 뛰어난 무공비급이 있어봐야, 저한테는 아무 소용없는 거잖아요."

"내가 그냥 그러고 싶어졌으니까. 내가 하고자 하는 거면 그것으로 된 거다. 달리 이유 따위는 필요치 않다."

"저 같은 거 제자로 거둬봤자 단전도 없는 반편이를 제자로 거뒀다고 창피만 당할 걸요?"

"이 땅에서 감히 누가 내게 창피를 준단 말이냐?"

정말이지 오만 거만 자만 어느 것 하나 부족함이 없는 인간이다. 그런데도 그 오만함이, 그 거만함이 몸에 딱 맞는 옷처럼 잘 어울리는 걸 보면 이 금천우라는 사내가 대단한 사람이긴 대단한 사람인가 보다.

"자, 어쩔 테냐? 나를 따라 검문으로 가겠느냐?"

도무지 종잡을 수 없는 사내의 도무지 감당하기 어려운 제안에 천풍은 잠시 더 사내의 진의를 살폈다. 여전히 속내는 알 수 없었지만 적어도 장난이 아닌 것만은 분명했다. 그래서 천풍도 진지하게 대답했다.

"저한테는 이미 사부님이 계시는데요?"

"스승이 하나이든 둘이든 문제될 것은 없다. 무엇보다 네 스승이 네 녀석의 무공 스승은 아니지 않느냐?"

"그치만 저는 지금 사부님 한 분이면 되요. 여기서 나가고 싶지도 않고요."

"내 제자가 된다는 것이 무엇을 의미하는지 잘 모르나 보군. 내 제자가 된다는 것은 곧 단전도 없는 반편이인 네가 천하를 굽어보게 된다는 의미다. 세상 사람들이 하등 보잘 것 없는 네게 무릎을 꿇고 머리를 조아릴 것이고, 네 그 작은 두 손으로 세상을 쥐락펴락 하게 될 것이다. 즉, 지금이 네 구질구질한 인생을 바꿔줄 단 한 번의 기회라는 말이다. 그래도 싫다는 거냐?"

"싫어요. 저는 천하를 굽어보고 싶지도 않고 세상을 쥐락펴락 하고 싶지도 않아요. 무엇 때문에 저를 제자로 거둬주시려는 건진 모르지만 저는 그냥 여기에서 계속 살래요."

사내가 다시 속내를 알 수 없는 눈빛으로 천풍을 보았다. 그 눈길이 부담스러웠다. 사내의 속내를 알 수 없다는 것도 그렇지만, 어쨌든 사내는 그에게 청을 한 것이고 그는 그 청을 거절한 것이니 그 자체로 미안하고 불편한 마음이었다.

"그럼 전 이제 가도 되는 거죠?"

마음은 벌써 자신의 방으로 향하고 있었지만 미안하고 불편한 마음에 사내의 표정부터 살폈다. 사내의 표정에선 아무것도 읽을 수 없었다. 실망한 것 같지도 않았고 화가 난 것 같지도 않았다.

"정말 더 하실 말씀 없으신 거죠?"

혹여나 또 붙잡지나 않을까 걱정하며 물었다. 다행히 이번만큼은 아무 대답도 들려오지 않았다.

천풍은 내심 안도하며 몸을 돌렸다. 그리고 조급히 걸음을 내딛었다.

한데, 호기심인지 미안함인지는 알 수 없었지만 웬일인지 자꾸만 사내가 마음에 걸렸다.

결국 천풍이 바쁜 걸음을 멈추고 슬쩍 뒤를 돌아보았다.

한참을 멀어진 후였는데도 사내는 그 자리에 그대로 서서 그를 지켜보고 있었다.

'정말 이상한 아저씨야.'

기분이 묘했다. 하지만 이내 사내에 대한 생각을 떨쳤다. 뭐가 뭔지도 모르겠고 어쩌다 이렇게 되었는지도 전부 모를 일투성이지만, 하나 확실한 것은 다시는 저 사내와 마주하고 싶지 않다는 것이었다. 불편함도 불편함이지만 왠지 저 사내와는 더 이상 관계해서는 안 될 것만 같았다. 저 사내와 계속 관계하다가는 그의 앞으로의 인생이 심히 고달파질 것만 같았다. 그것은 마치 본능이 사내를 거부하는 느낌이었다.

사내에 대한 상념을 떨친 천풍은 다시 멈췄던 걸음을 내딛었다. 그래서 보지 못했다. 그 순간 사내의 입가에 떠오른 의미심장하고 장난기 가득한 미소를. 아마도 그 미소를 보았다면 어쩌면 천풍은 본능이란 것에 보다 더 큰 확신을 가졌을지도 몰랐다.

* * *

백연은 의아한 눈으로 금천우를 보았다.

답답하다며 숙소를 나선 것이 불과 한 시진 전이다. 나갈 때는 세상에 불만이라는 불만은 혼자 다 안고 있는 양 오만상을 찌푸렸었는데, 한 시진 만에 돌아와서는 뭐가 그리 좋은지 연신 싱글벙글이다.

검문을 떠나온 이후로 자신의 주군이 이렇게 즐거워 보이는 건 처음이었다.

결국 궁금함을 참지 못한 백연이 금천우에게 물었다.

"무슨 좋은 일이라도 있으셨습니까?"

"좋은 일? 흐흐, 있었지."

백연의 질문에 금천우가 의미심장하게 웃었다.

그 웃음이 왠지 불안했다. 금천우가 저런 웃음을 보일 때면 기상천외한 일이 벌어지곤 했었다. 그리고 그 결과는 한바탕 검문을 뒤집어놓거나 처치 곤란의 골칫거리를 남기거나 둘 중 하나가 되기 일쑤였다.

먼저 눈살부터 찌푸렸다. 또 어떤 사고를 저지르려고 저러나 싶었다.

"이번엔 또 무슨 일입니까?"

체념인지 걱정인지 모를 한숨이 말투에 배여 있었다.

그러거나 말거나 금천우는 신이 나서 말했다.

"제자를 하나 들이기로 마음먹었거든."

금천우의 말에 백연의 눈이 휘둥그레졌다.

"제자라니…… 설마 화산의 그 아이를 말씀하시는 것입니까?"

백연이 떠올린 것은 화산파의 도진(道眞)이라는 아이였다. 이번 여행길에 참여한 구대문파의 열두 제자들 중 금천우가 관심을 보였던 유일한 아이였다. 구대문파와의 관계만 아니라면 제자로 삼고 싶다고도 했을 만큼 그 재능을 탐냈었다.

하지만 안 될 일이었다. 화산파의 제자가 검문으로 오지도 않겠지만, 설혹 온다고 해도 화산파에서 이를 용납할 리가 없었다.

화산파와 원수가 될 심산이 아니라면 정말이지 말도 안 되는 일이었다. 도의적으로나 현실적으로나 상상조차 할 수 없는 일임에도 불구하고, 백연이 이 순간 화산파의 도진을 떠올린 것은 금천우라면 그 말도 안 되는 일을 능히 저질러 버릴 가능성이 있기 때문이었다.

백연이 아는 금천우는 인재에 대한 탐이 지나치게 강한 사람이었다. 마음에 드는 아이를 보게 되면 앞뒤 잴 것도 없이 즉흥적으로 사제지연을 맺곤 했다. 그렇게 받아들인 제자가 벌써 여덟이다. 특히 여덟 제자 중 네 번째 제자는 대호문(大豪門)이라는, 섬서성에서 제법 이름 꽤나 있는 문파의 기명제자(記名弟子)를 거의 반 강제로 강탈하다시피하며 데려온 아이였다. 그 일을 무마하기 위해 들어간 돈이 무려 검문의 1년치 예산을 훌쩍 넘었다. 거기다 검문의 주인인 검황이 대호문의 문주에게 직접 머리까지 조아리는 굴욕을 감내해야 했다.

그런 전력이 있다 보니 상대가 구대문파라 해도 안심할 수가 없었던 것이다.

하지만 다행히 화산파의 도진은 아닌 모양이다.

"뭐? 화산? 미쳤어?"

금천우가 무슨 말도 안 되는 소리냐는 듯 기가 막혀 했다. 적어도 그게 미친 짓이란 걸 알고 있다는 게 적잖이 안심이 되었다.

"그럼 누구를 말씀하시는 겁니까? 구대문파의 제자들 외에 주군께서 탐낼 만큼 재능이 뛰어난 아이가 이곳에 또 있다는 말씀이십니까?"

"재능이 뛰어나진 않아. 재능이 뛰어나지 않은 정도가 아니라 턱없이 모자라지. 단전이 닫혔으니 무인으로서의 자질은 그야말로 꽝이거든."

갈수록 미궁이다. 대체 무슨 말을 하는지 알아들을 수가 없다.

"재능이 뛰어나지도 않은데 어째서 제자로 삼겠다 하시는 겁니까? 게다가 단전이 닫혔다니 그건 또 무슨……?"

의아해하던 백연이 문득 뭔가 떠오르는 게 있는지 미간을 찌푸렸다.

"설마 이곳 주지의 제자라던 그 아이를 말씀하시는 것입니까? 천극의 상이었던……."

백연의 기억에도 천풍이 있었다.

금천우가 히죽 웃었다.

"맞아. 그 녀석."

"대체……."

천풍이란 걸 알게 되고 나자 의문은 더 커졌다.

"대체 왜 하필 그런 반편이 녀석이냐고?"

"천극의 상은 무인으로는 살아갈 수 없는 운명입니다. 재능의 유무를 떠나서 그 아이에게 검을 들리는 것은 너무 가혹한 처사가 아닙니까?"

"그 녀석이 주제도 모르고 검서(劍書)를 뒤적이기에 나도 그렇게 말해 줬지. 천극의 상을 타고난 놈에게 검은 지나친 욕심이다. 저주받은 몸뚱이로 대체 뭘 한단 말이냐. 가당찮은 욕심의 끝에 남는 것은 절망뿐이다. 그랬더니 그 녀석이 뭐라 그러는 줄 알아? 그냥 무공이 좋을 뿐이라더군. 단전이 없다고 좋아하는 것도 하지 말아야 하냐면서 바락바락 대들기까지 하더라고."

"그래서입니까? 그 아이의 열정이 마음에 들어서……."

"열정? 낯간지럽게 왜 그래? 그건 열정이 아니라 세상물정 모르는 거지. 철부지 꼬맹이의 가소로운 치기."

말은 그렇게 하지만 금천우의 입가에 머물러 있는 것은 흐뭇한 미소였다.

"뭐, 유치하긴 해도 그 유치함이 썩 나쁘지는 않았지만. 그 녀석, 묘하게 사람 마음을 잡아끌더란 말이지."

사부 검황에서부터 사형제들, 그리고 그의 제자들까지…… 보이는 건 온통 썩은 내 나는 권력이고, 들리는 건 역겨운 암투뿐이다. 그런 것에 질려 있던 그에게 천풍의 말은 분명 봄날의 풀냄새처럼 신선했다. 제자로 삼고 싶은 충동을 느낀 것도 사실이었다.

하지만 단지 그 때문만은 아니었다.

"솔직히 말하면 말이야. 녀석을 보니까 순간 영감탱이 낯짝이 떠오르지 뭐야. 자신의 사손이 단전도 없는 반편이라면 그 영감탱이의 반응이 어떨까 하고 말이야. 웃기겠지? 큭큭. 진짜 웃길 거야. 어쩌면 그 충격에 노망이 들어 버릴지도 모르지. 영감탱이뿐만 아니라 벌써부터 세상의 주인인 양 거들먹거리는 망할 놈의 내 제자란 녀석들도 그래. 단전도 없는 반편이가 제 놈들과 같은 위치라면 어지간히도 자존심 상해할 거란 말이지. 아니, 이참에 아예 후계로 삼아 버릴까? 그럼 다들 나보고 미쳤다고 하거나 지들이 미치거나 둘 중 하나가 되지 않겠어? 어때? 재밌을 것 같지 않나? 큭큭큭큭큭큭!"

그러니까 결국은 제자들에 대한 불만과 스승에 대한 화풀이용으로 말도 안 되는 조건의 아이를 제자로 삼겠다는 것이다.

그래. 세상 사람들에겐 검문 역사상 최고의 천재라 불리며 존경과 흠모의 대상이지만 자신의 주군은 원래 이런 사람이었다. 좋게 말하면 아이같이 순수하고 나쁘게 말하면 참담할 정도로 제멋대로다.

"더구나 천극의 상이란 건 단전이 닫힌 대신 천문이 열렸지. 천문은 하늘과 통하는 문이라고 했고. 혹시 알아? 그 녀석, 하늘로부터 뭔가 특별한 재능이라도 부여받았을지? 세상만사 새옹지마라고, 그 반편이 녀석이 나중에는 검문의 짐이 되어 있을지 검문의 복덩이가 되어 있을지 그건 또 아무도 모르는 일 아니겠어? 안 그래?"

짓궂게 반짝이는 눈빛을 보고 있자니 백연은 절로 골머리가 지끈거려왔다.

"그나저나 그 녀석을 어떻게 설득시키지? 가진 것도 없고 가질 것도 없는 녀석이 자존심만 남아서는 감히 내 제자가 되는 걸 거부하더라고. 어지간히도 고집불통일 것 같던데 마음을 돌릴 뭔가 좋은 방법이 없을까?"

그렇게 중얼거리며 골똘히 생각에 잠기는 금천우다.

그런 금천우를 보자니 절로 한숨이 나온다.

'후우…….'

이러다 가엾은 인생 하나 덧없이 망가지지나 않을까?

심히 걱정이 되는 백연이었다.

제 5 장

세상에서 두 번째로 이상한 사람

대체 이 아저씬 어쩌자고 이러는 걸까?

천풍은 방문 밖에서 그를 향해 히죽 웃고 있는 금천우를 보며 눈살을 찌푸렸다.

"오늘은 또 무슨 일인데요?"

"내 방 외풍이 너무 심해서 어디 견딜 수가 있어야 말이지. 주인은 따뜻한 방에서 발 뻗고 편히 자고 손님은 찬바람 송송 들어오는 추운 방에서 발만 동동 굴리고 있고, 무례도 정도가 있는 거지 세상에 이런 법이 어디 있느냐?"

그렇게 말하고는 대뜸 방 안으로 들어와 제집 안방인 양 아무 거리낌 없이 털푸턱 엉덩이를 깔더니, 방 안에 가득 쌓여 있는 책 중 손이 가는 대로 아무거나 한 권을 집어 든다.

오늘이 처음이 아니었다. 어제는 바퀴벌레 때문에 더러워서 못 견디겠다고 했고, 그제는 귀뚜라미 울음소리가 시끄럽다며 투덜거렸다. 핑계를 대려면 제대로나 댈 것이지 겨울을 문턱에 둔 시점에 바퀴벌레는 또 뭐고, 날이 훤히 밝은 아침나절에 귀뚜라미 울음소리는 또 뭐란 말인가.

그렇게 무성의한 핑계를 대고서라도 천풍을 찾아오는 데는 분명 그만한 이유가 있을 텐데도, 지금까지 금천우는 별다른 말이 없었다. 기껏 한다는 말이라고는 코딱지만 한 방구석에 뭔 놈의 책이 이렇게나 많냐는 둥 책 냄새가 너무 독해서 욕지기가 다 올라온다는 둥 하며 불평을 늘어놓은 게 전부였다.

지금까지는 천풍도 꾹 참았다. 신경도 쓰이고 불편하기도 했지만 이러다 말겠지 했다. 하지만 오늘로 삼 일째가 되고 보니 그냥 이러다 말 일이 아닌 것 같았다. 이대로라면 이 귀찮은 불청객의 거북한 방문이 언제까지 계속될지 모르는 일이다. 그래서 더는 참지 않고 물었다.

"이유가 뭐예요?"

"뭐가?"

"왜 자꾸 이러시는 거냐고요."

"그러니까 뭘 자꾸 이러냐는 거냐?"

천풍의 물음에 금천우가 전혀 영문을 모르겠다는 표정을 한다.

뻔히 보이는 연극이다. 아무리 수년간 산에서만 살아온 천풍이지만 금천우의 표정이 가식이란 것쯤은 알아차릴 수 있었다.

천풍이 다시 물었다.

"대체 저한테 원하시는 게 뭔데요? 저한테 원하시는 게 있으니까 이러시는 거잖아요."

"내가 네 녀석한테 원하는 거야 이미 말을 해줬을 텐데?"

금천우의 대답에 잠시 어리둥절한 얼굴이던 천풍이 곧 그 말뜻을 깨닫고는 의아해하며 물었다.

"저더러 제자가 되라고 했던 거요?"

"잘 알면서 왜 물어?"

"그치만 전 분명히 싫다고 했잖아요? 그때 아저씨도 마음을 접으신 거 아니었어요?"

"나는 마음을 접은 적이 없다."

"제가 싫다고 하니까 아무 말씀 안 하셨잖아요."

"포기한다고도 안 했지."

금천우가 히죽 웃었다.

당당한 건지 뻔뻔한 건지 모르겠다.

천풍이 나직이 한숨을 내쉬었다.

"그래서 어쩌자는 건데요? 뭘 어쩌시려고 이렇게 매일 저를 찾아오시는 건데요? 전에도 말씀드렸지만 저는 여길 떠나고 싶지도 않고, 아저씨의 제자가 될 마음도 없어요."

"뭘 어쩌려고 찾아오는 건 아니다. 나도 뭘 어찌해야 할지를 몰라서 찾아오는 거지."

금천우가 다시 히죽 웃었다. 다분히 장난스러워 보이는 웃음이었지만 그것이 거짓말은 아니었다.

그는 정말로 뭘 어떻게 해야 할지 모르고 있었다.

이런 경우는 사실 그로서도 처음 겪는 일이었다. 지금까지 여덟 명의 제자를 거두었고, 개중에는 강호의 도의를 어겨가면서까지 무리하게 맞아들인 제자도 있었다. 때문에 더러 분란도 있었고 비난을 받기도 했었지만 적어도 그 여덟 제자들 중 스스로 싫다고 한 경우는 단 한 번도 없었다.

패천일검 금천우의 제자가 된다는 것, 그 꿈같은 일을 과연 어느 누가 싫다고 하겠는가?

오히려 그의 제자가 되기 위해서 부모를 등지고 사문을 배신하는 것까지도 마다하지 않았다. 그래서 설득할 필요도 없었고 설득하기 위해 고민할 필요도 없었다.

한데, 이 조그만 절의 하등 보잘것없는 녀석은 명예도 싫다 하고 지위도 싫다 한다. 성공이 보장된 미래를 거부하고 그냥 이대로 욕심 없이 살겠다고 한다.

살아오면서 누군가에게 아쉬운 소리를 해본 적은 단 한 번도 없었다. 그러니 천풍을 설득하고 회유하는 일이 막연하고 막막한 거야 당연했다. 아무리 머리를 굴려보아도 천풍의 마음을 돌리게 할 방법이 도무지 떠오르지 않았다.

그렇다고 이대로 포기해 버리기엔 앞으로의 재미난 상황들이 너무 아쉽다.

사부 검황의 왕창 구겨진 얼굴도 보고 싶고, 못마땅한 제자들에게 골탕도 먹이고 싶다.

포기하기는 싫고 마땅한 방법은 떠오르지 않고, 결국 금천우가 택한 것은 좋은 방법이 떠오를 때까지 천풍의 옆에라도 바짝 붙어 있자는 거였다.

매일 얼굴을 맞대다 보면 서로 없던 정도 생겨날 테고, 그렇게 친해지다 보면 단단히 채워진 마음의 빗장도 열릴 테고…… 혹시 또 모르는 일이다. 그러다 공략의 해법이라도 발견하게 될지.

하지만 그것은 어디까지나 금천우 혼자만의 지나치게 긍정적인 기대에 지나지 않았다.

사실 정을 주고받기에는 첫인상이 너무 나빴다. 금천우의 이 같은 행동은 첫 만남 때의 불쾌감으로 인해 마음의 빗장을 열게 하기는커녕 경계심만 더욱 두텁게 만들 뿐이었다.

조심스레 경계하고 유심히 살피고, 지금 금천우를 보는 천풍의 눈이 그랬다. 그러거나 말거나 금천우는 대수롭지 않다는 듯 어깨를 으쓱해 보일 뿐이다.

처음에도 그랬지만 천풍으로서는 도무지 그 속을 알 수가 없다.

결국 체념했다. 어차피 강제로 오지 못하게 막을 힘도 없고 오지 말라고 해도 안 올 사람도 아니다. 스스로 지쳐 나가떨어질 때까지 눈 감고 귀 닫고 그렇게 모른 척할 수밖에 없다.

배를 방바닥에 깔았다. 한 손으로는 턱을 괴고 한 손으로는 책을 펼쳤다.

금천우를 싹 무시하고 책에만 집중했다. 먼저 말을 걸지도, 먼저 눈길을 주지도 않으리라 단단히 결심을 했다. 이젠 오기로라도 버텨볼 작정이었다.

그렇게 다시 며칠이 더 지났다.

며칠이 지났지만 달라진 건 아무것도 없었다. 금천우는 여전히 천풍의 방을 제집 드나들 듯했고, 천풍은 그런 금천우를 여전히 없는 사람인 양 못 본 척하고 지냈다.

언제가 되어야 끝날지 모르는 그들만의 지루한 신경전, 변화는 의외로 다른 곳에서 찾아왔다. 그것은 그들만의 지루한 신경전에 대한 오해와 소문에서 비롯되었다.

'패천일검 금천우가 황산사 주지의 제자에게 검술을 가르친다더라.'

그 소문이 시작된 곳도, 그리고 그 소문에 가장 민감해하는 곳도 황산사를 찾은 구대문파의 후기지수들이라는 게 문제라면 문제였다.

* * *

"어떻게 됐어요?"

단화영(丹花瑛)이 졸래졸래 쫓아오며 물었다.

도진이 짧게 대답했다.

"안 계셔."

도진은 지금 금천우를 만나러 다녀오는 길이었다. 황산사에서 너무 오래 지체했으니 이제 그만 떠나자는 말을 하려 했던 것인데 어쩐 일인지 금천우가 보이지 않았다. 백연으로부터도 아무런 말을 들을 수 없었다.

"거 봐요. 내가 뭐랬어요? 지금도 그 소천풍인지 개천풍인지 하는 자식한테 가 계실 거라 했잖아요."

단화영이 그럴 줄 알았다는 듯 목소리를 높였다.

"정말 너무하는 거 아니에요? 우리가 그렇게 청을 할 때는 눈길 한 번 안 주더니 고작 그딴 자식한테는 직접 찾아가기까지 하면서 검술을 가르치신다는 게 말이 되냐고요. 이건 우리 화산파를 무시하는 거예요. 아니, 구대문파 전체를 조롱하고 있는 게 분명해요. 금 대협에 대한 안 좋은 소문이야 익히 들었지만 이렇게까지 개념 없고 안하무인인 인간일 줄은 정말 상상도 못했어요. 금 대협이 그렇게나 대단해요? 검문의 위세가 구대문파를 내려다볼 정도로 그렇게나 대단한 거예요? 아님 대체 검문이 뭔데 감히 구대문파를 이토록 무시할 수 있냔 말이에요!"

그녀가 저렇게 열을 올리는 것은 어딘가에서 들려온 소문 한 자락 때문이었다.

'패천일검 금천우가 황산사 주지의 제자와 자주 만난다더라.'

처음에는 걱정이었다. 금천우가 소천풍이란 아이의 방을 하루가 멀다 하고 뻔질나게 드나든다는 소식을 들었을 때, 그들 모두는 먼저 걱정부터 했다. 워낙에 괴행으로 유명한 위인이고 지금까지의 여정 동안에도 크고 작은 분란의 중심에 항상 금천우가 있었던 터라, 또 뭔가 골치 아픈 사건을 만들지나 않을지 심히 염려스러웠던 것이다.

하지만 그러기를 며칠이 더 지나고, 금천우가 천풍과 여전히 밤낮으로 붙어 지내자 누군가의 입에서 기분 나쁜 의문 하나가 불거져 나왔다.

'혹시 검술이라도 가르치는 거 아냐?'

그것은 삽시간에 소문이 되어 번졌다.

처음에는 모두가 부정했다.

무당, 화산, 청성, 아미. 4대 검파조차도 검에 관해서만큼은 감히 검문과 어깨를 나란히 하지 못하는 것이 현실이고, 그런 검문에서 역대 최고의 천재라 일컬어지는 것이 금천우였다. 금천우와의 동행은 구대문파의 아이들에게는 다시없는 기회였다. 금천우에게서 검술 한 자락이라도 배우게 된다면, 그리해 큰 깨우침이라도 얻게 된다면 그야말로 행운이요 기연인 것이다.

그러나 부푼 기대는 이내 실망으로 바뀌었다.

간곡히 청도 넣어보고, 애원하며 매달려도 보고, 심지어 귀한 영약으로 뇌물을 써보기도 했지만 돌아온 것은 콧방귀와

냉소뿐이었다.

'내 검은 아무나 배울 수 있는 것이 아니다.'

구대문파 제자들 중 그 재능을 인정받아 선별된 최고의 인재들이 졸지에 아무나가 되어 버렸다. 장차 구대문파를 이끌어 갈 재목들조차도 눈에 안 차 그런 굴욕을 안겨줄 만큼 콧대가 하늘을 찌르는 금천우가, 이런 보잘것없는 절의 보잘것없는 아이에게 검술을 가르친다는 게 어디 말이나 될 법한 일인가?

하지만, 시작은 미약하나 그 끝은 창대한 것이 또한 소문이란 놈이었다.

'절대 그럴 리 없다.' 에서 '설마 아니겠지?' 로, '정말 그런 거 아냐?' 에서 '대체 왜? 어째서?' 로 바뀌기까지는 그리 오랜 시간이 필요치 않았다.

그러한 소문에 가장 민감해한 것은 다름 아닌 도진이었다. 겉으로야 태연한 척, 관심 없는 척했지만 어느 누구보다도 더 동요하고 있었다.

도진은 특별한 존재였다. 최고의 인재, 화산의 자랑, 무림의 미래…… 그러한 수식어들 속에서 특별한 관심과 보살핌을 받으며 자랐고, 그 스스로도 자신이 특별한 존재임을 자랑스러워했다. 비록 사문 어른들의 지나친 과보호와 그로 인한 사형제들의 시기와 질투로 가끔씩 외로움을 느낄 때도 있었지만, 그마저도 천재의 고독쯤으로 여기고 기꺼운 마음으로 받아들였다.

그러던 중에 이번 여정에 대해 듣게 되었다. 패천일검 금천우의 동행 소식도 들었다.

패천일검 금천우라는 이름은 도진에게는 기대와 설렘이었다.

검문 최고의 천재라 일컬어지며 무림의 기린아로 등장한 차기 검문의 주인.

어린 날의 우상이자 동경의 대상.

금천우라면 분명 자신을 알아줄 것이다. 천재들만의 교감 같은, 분명 무언가 통하는 것이 있을 것이다. 어쩌면 지금껏 느껴야 했던 검에 대한 타는 갈증과 허전함을, 사문에서 채워주지 못한 그 부족함을 금천우라면 채워줄지도 모른다.

그렇게 부푼 기대로 시작한 여정이었다.

처음에는 모든 게 순조로웠다.

화재와 봉문, 아직 과거의 폐해로부터 완전히 벗어나지 못한 소림과 무당은 이번 여정에 결국 불참을 통보했지만 나머지 일곱 문파에선 하나 빠짐없이 동참했다. 그렇게 모두 열두 명, 각 문파 최고 인재들로 여행단이 짜여졌다.

그 열두 명 중에서도 도진은 단연 돋보였다. 무게감 있는 행동과 힘 있는 말투, 굳이 실력을 겨뤄보지 않아도 기 싸움에서 모두를 압도했다. 그러다 보니 은연중에 모두를 대표하는 위치에까지 서게 되었다.

그런 스스로가 뿌듯했다. 더 한층 자신감도 생겼다. 그러나 모든 것이 다 순조로웠지만 정작 금천우에 관해서만은 생각처럼 되지 않았다.

천재끼리의 교감은커녕 그 역시 금천우의 눈에는 '아무나' 중에 하나일 뿐이었던 것이다.

하지만 실망하지 않았다. 기분 나빠하지도 않았다. 금천우의 자유분방함이, 그 오만함이 오히려 더욱 멋져 보이기만 했다. 도진이 꿈꾸던 미래상이 바로 거기에 있었다.

도진은 각오를 새롭게 했다. 자신이 그저 아무나 중의 하나가 아님을 반드시 증명해 보이겠다고. 금천우로부터 재능을 인정받아 한 수 가르침을 받는 것은 물론이고, 언젠가는 금천우와 마주앉아 검을 논할 수 있을 만큼 성장해 보이겠노라고.

그랬다. 금천우는 그에게 있어 목표이자 꿈이었다.

한데, 그런 금천우가 자신이 아닌 다른 아이를 눈에 담았다고 한다.

믿을 수 없었다. 그래서 사실 여부를 확인하고자 황산사를 떠나자는 핑계를 가지고 금천우를 찾아갔다.

금천우는 없었다. 금천우의 행방에 대해 백연에게 물었지만 들려온 대답은 '모른다.' 였다.

그래서 다시 물었다.

"요즘 이곳 주지 스님의 제자분 처소에 자주 드나드신다 하던데 사실인가요?"

이어진 것은 침묵이었다. 굳게 다문 입은 한참이 지나도 열리지 않았다.

때로는 침묵이 긍정보다도 더 확실할 때가 있다. 도진도 그 정도의 눈치는 있었다.

애써 태연한 척 돌아서 나왔지만 그가 받은 충격은 컸다. 자존심에 상처도 받았고 금천우에게 배신감도 느꼈다. 인정할 수도 없었고 인정하고 싶지도 않았다.

도진은 단화영을 떼어내고 자신의 방으로 돌아왔다.

방으로 돌아오니 만사가 귀찮다.

그대로 드러누웠다.

오늘따라 유난히 천장이 높아 보였다. 오늘따라 방은 또 왜 이렇게 휑하게 느껴지는 건지 모르겠다.

마음이 잡히지 않았다. 기분은 바닥인데 불쑥불쑥 화는 치밀고 금천우가 야속하기도 하고 그런 마음을 갖는 스스로가 한심하기도 했다.

결국 몸을 일으켰다. 땀이라도 빼서 잡생각을 떨쳐 버릴 생각이었다. 그래서 뜀박질도 해보고 검을 휘둘러보기도 하고 심지어 운기행공도 해봤지만 모든 게 허사였다. 금천우와 천풍에 대한 생각으로 머릿속이 꽉 차서는 도무지 떨쳐지지가 않았다. 그렇게 밤새 뒤척뒤척하며 뜬눈으로 밤을 꼴딱 새 버렸다.

이대로는 아무것도 할 수 없다. 직접 눈으로 확인해야 했다. 소문이 정말 사실인지, 소문이 사실이라면 황산사 주지의 제자란 녀석이 대체 어떤 녀석인지, 과연 금천우의 인정을 받을 만큼 대단한 인물인지.

생각이 거기에 미치자 마음이 급해졌다.

도진은 날이 밝자마자 그 길로 곧장 천풍을 찾아 나섰다.

천풍의 처소를 찾는 것은 그다지 어렵지 않았다. 하지만 월동문 너머로 보이는 천풍의 처소에는 인기척이 없었다. 시간이 시간이다 보니 아마도 아침식사를 하고 아직 돌아오지 않은 모양이었다. 그렇게 얼마간 기다리고 있자니 저 멀리서 승복을 입은 소년 하나가 모습을 드러냈다. 무슨 기분 안 좋은 일이라도 있었는지 얼굴은 세상 시름 다 진 듯했고, 걸음새는 터덜터덜 힘이 없어보였다.

'저…… 녀석인가?'

그가 밤새 상상했던 모습과는 전혀 딴판이었다. 적어도 금천우의 선택을 받은 녀석이라면 뛰어난 근골에 재기로 반짝이는 눈, 은연중 뿜어나는 무골천품의 기운 정도는 기본이어야 하는데, 그의 눈에 비친 소년은 그런 것들과는 전혀 거리가 멀었다.

나름 무공을 익히긴 한 모양인지 몸은 제법 단련이 되어 있었지만, 그럼에도 어딘가 둔해 보이고 허약해 보이는 것이 뛰어난 근골은커녕 평범한 이보다도 못해 보였다. 눈빛도 그다지 총명해 보이지는 않았다. 저런 아이가 무골천품의 자질이라면 세상 사람 중 열에 아홉은 무골천품일 것이다.

한마디로 평범 이하.

'저딴 녀석의 어디가 마음에 들었다는 거야?'

실망스러웠다. 만일 모든 면에서 자신보다 뛰어난 아이였다면 그건 그것대로 마음이 상했겠지만, 자신보다 한참 못 미치는 아이가 금천우의 선택을 받았다 생각하니 실망스럽다 못해 울컥 짜증이 치밀었다. 금천우에 대한 배신감도 더 커졌다. 자신을 '아무나'로 취급해 놓고 기껏 선택한 것이 고작 저런 아이라는 게 도무지 이해도 납득도 되지 않았다.

참다못한 도진이 성큼 승복 입은 소년에게로 다가가 길을 막아섰다.

"이곳 주지 스님의 제자라는 애가 너 맞냐?"

대뜸 그렇게 물었다. 나이가 자신보다 두어 살 어려 보이기도 했거니와 지금은 예의를 차릴 만큼 마음이 좋지도 못했다.

소년이 의아히 도진을 올려다본다.

"저기…… 무슨 일이신지?"

"이곳 주지 스님의 제자가 맞아?"

승복 입은 소년이 고개를 끄덕였다. 물론 이 소년은 천풍이었다.

아침식사를 마치고 돌아오는 길이었다. 오늘도 어김없이 치러야 할 금천우와의 불편한 동거에 벌써부터 마음이 심란해서 떨어지지 않는 걸음을 억지로 떼어내고 있는데, 웬 낯선 소년 하나가 갑작스레 나타나 앞을 막아선다.

위압적인 태도와 곱지 않은 눈매, 살피듯 전신을 훑어 내리는 기분 나쁜 시선…… 결코 호의는 아니다. 아무리 기억을 더듬어도 낯설기만 한 얼굴인데 이 영문 모를 적의는 대체 뭘까? 천풍은 그저 어리둥절하기만 했다.

그러거나 말거나 도진은 자기만의 생각에 빠져 있었다.

그의 짐작대로 이 눈앞의 아이는 황산사 주지의 제자가 맞았다. 하지만 몇 번을 살피고 또 살펴보아도 '평범 이하' 라는 처음의 평가는 달라지지 않았다. 구대문파 최고의 인재들조차 성에 안 차 하던 금천우가 고작 이런 아이를 눈에 담았을 리 없다.

당연하게도 이어진 것은 불신이었다.

'그래. 헛소문이었던 거야.'

소문이란 게 아니 땐 굴뚝에도 연기가 날 수 있는 것이다. 돌이켜 생각해 보면 이건 말이 안 되는 일이었다. 그런 헛소문에 휘둘려서 여기까지 달려온 자신이 너무 바보 같았다.

그렇게 부정했다. 그렇게 애써 부정해 버리고 싶었다. 하지만 세상일이란 게 단지 보고 싶은 것만 보고, 믿고 싶은 것만 믿을 수는 없는 일이다.

"어라? 네 녀석이 여긴 무슨 일이냐?"

공교롭게도 때마침 금천우가 등장한 것이다.

도진은 아무 대답도 할 수 없었다. 여기에 금천우가 나타났다는 것, 그것이 뜻하는 바는 하나였다.

소문이 단지 소문으로 끝나지 않았다는 것, 믿고 싶지 않고 믿을 수도 없는 일이 결국은 모두 사실이었다는 것. 이 받아들일 수 없는 현실 앞에 도진은 할 말을 잃었다.

도진을 더욱 절망케 한 것은 금천우의 다음 반응이었다.

도진에게서 아무런 대꾸가 없자 조금의 미련도 없이 눈길을 거둔다. 도진에게서 거둔 눈길은 이내 천풍에게로 향한다.

"안 들어가고 여기서 뭐해? 설마 날 기다리기라도 한 거냐?"

"제가요? 아저씨를요? 그럴 리가요?"

"물론 그럴 리야 없겠지. 허나, 말이라도 그렇다고 해주면 어디가 덧나기라도 하냐? 몇 날 며칠을 밤낮으로 얼굴을 맞대며 지낸 사인데 뭐가 이리 야박해? 말하는 본새는 또 왜 그 따위고?"

"제가 좋아서 아저씨랑 밤낮으로 얼굴 맞대고 있는 건 아니잖아요?"

"나도 좋아서 네놈이랑 이러고 있는 건 아니잖아."

"그럼 안 오시면 되잖아요."

"그 전에 네놈이 먼저 내게 아홉 번의 절부터 해야지."

의미 없이 길게 이어지는 실랑이, 그리고 그 속에서 느껴지는 묘한 유대감.

도진은 아예 없는 사람 취급이다. 눈길 한 번 주지 않는다.

가슴속에서 뜨거운 것이 치밀어 올랐다. 그게 분노인지 설움인지, 아니면 원망인지는 알 수 없었지만 어쨌든 지금 기분이 개 같은 것만은 확실했다.

"금 대협!"

결국 도진이 그들의 실랑이를 끊었다.

그제야 금천우가 다시 도진을 본다.

혼자 끙끙 앓고 미적미적 대는 건 성미에 맞지 않았다. 더 이상 이런저런 생각들로 골머리를 썩기도 싫었다. 그래서 손가락으로 천풍을 가리키며 거두절미하고 금천우에게 물었다.

"금 대협께서 저 녀석에게 검술을 가르친다는 게 사실입니까?"

그러나 들려온 대답은 남아 있던 한 가닥 희망마저도 여지없이 꺾어 버렸다.

"그게 내가 바라는 바이긴 하지. 그러려고 내가 여기 있는 거고."

담담히 흘러나오는 한마디 한마디가 심장을 후벼 파는 것처럼 아프게 느껴졌다. 그래도 차마 미련을 버리지 못하고 다시 물었다.

"하지만 금 대협의 검은 아무나 배울 수 있는 게 아니라 하지 않으셨습니까? 구대문파의 형제들은 안 되는데 어째서 저 녀석은 되는 겁니까? 구대문파의 형제들보다 아니, 저보다 저 아이의 재능이 더 뛰어나다고 생각하시는 겁니까?"

"재능의 차이가 아니라 가치의 차이지. 나를 위해서도 그렇고 검문을 위해서도 그렇고 이 녀석에겐 그만한 가치가 있거든."

금천우가 씨익 웃었다. 의미심장해 보이기도 하고 짓궂어 보이기도 했다.

도진은 이를 악물며 천풍을 노려보았다.

그의 타는 듯한 눈빛에 천풍이 움찔했다.

아무리 눈을 씻고 찾아봐도 특별함이라곤 보이지 않는다. 어째서 이런 녀석이 금천우의 선택을 받은 것인지 도무지 납득할 수 없다. 이런 볼품없는 녀석이 자신보다 뛰어나다는 것 또한 절대로 인정할 수 없다.

하지만 그가 인정하고 안 하고는 중요한 것이 아니었다. 중요한 것은 금천우가 천풍을 인정했다는 것이다.

"뭐 더 할 말 있어?"

금천우가 물었다.

대답하지 않았다. 차마 더 묻지도 못했다. 상황을 인지하기에는 이미 충분할 정도로 들었다. 또 충분할 정도로 상처도 받았다. 여기서 더 구차해지고 싶지는 않았다.

도진에게서 더 말이 없자 금천우는 이번에도 미련 없이 등을 돌렸다. 도진은 그런 금천우를 보며 피가 나도록 입술을 깨물었다. 그것 말고는 지금 그가 달리 할 수 있는 게 아무것도 없었다.

'젠장!'

*　*　*

좌절과 굴욕이라는 두 가지 달갑지 않은 훈장만을 안고 다시 자신의 숙소로 돌아온 도진은 잠이라도 잘 생각이었다. 하지만 어찌된 것이 하루를 꼬박 잠 한숨 못 잤는데도 정신은 말똥말똥하기만 했다.

괜한 걸음이었다. 직접 눈으로 확인을 하면 답답함이라도 가실 줄 알았는데 이건 천풍을 만나러 가기 전보다도 마음이 더 어지럽다. 가슴속엔 무거운 돌덩이라도 하나 얹어놓은 것 같았고 머릿속은 잡생각들이 실타래처럼 엉켜서 뒤죽박죽이었다. 무엇보다 도진을 괴롭게 하는 것은 아직도 귓가에 생생하게 맴도는 금천우의 말이었다.

'나를 위해서도 그렇고 검문을 위해서도 그렇고 이 녀석에겐 그만한 가치가 있거든.'

도진은 금천우의 그 말을 '검문에 꼭 필요한 인재'라는 뜻으로 들었다.

'대체 그딴 녀석의 어디가?'

대체 어딜 봐서 그딴 녀석이 검문에 꼭 필요한 인재란 말인가?

생각하면 할수록 분하고 억울해서 화딱지가 치민다.

그렇게 혼자 분을 삭이지 못해 애꿎은 방구들만 두들기고 있을 때였다.

"사형, 계세요?"

문밖에서 낯익은 목소리가 들려왔다.

문을 열어보니 예쁘장한 소녀 하나가 거기에 서 있었다.

도진은 눈살부터 찌푸렸다. 지금은 어느 누구하고도 만나고 싶지 않았다. 그것은 현 화산파 장문의 무남독녀이자 그와는 친남매와도 같이 지내온 사매 단화영이라 해도 예외가 아니었다.

하지만 그냥 그대로 돌려보내기엔 단화영의 표정이 너무 이상했다.

"무슨 일인데?"

방으로 들인 후 곧바로 물었다.

도진의 질문에 단화영이 도리어 따지듯 물어왔다.

"사형, 오늘 아침에 그 자식 찾아갔었어요?"

"그 자식?"

"소천풍인지 개천풍인지 하는 녀석 말이에요."

도진의 찌푸린 눈살이 더욱 구겨졌다.

단화영이 그걸 알고 있다는 것도 의외였지만 그게 그녀와 무슨 상관이기에 저렇듯 눈물까지 글썽이며 분해하는지 도무지 이해할 수 없었다.

"그 자식 찾아간 거 맞아요?"

"찾아가긴 했는데…… 대체 왜 그래?"

"그럼 거기서 금 대협이랑 만난 것도 맞아요?"

"그걸 사매가 어떻게 알았어?"

"맞아요?"

"의도한 건 아니지만 만나긴 했어."

"그럼 검술을 가르쳐 달라며 금 대협께 무릎까지 꿇고 애원한 것도 맞는 거예요?"

"뭐?"

"금 대협께 무릎까지 꿇고 애원한 게 사실이냔 말이에요!"

감정이 격해져 날카롭게 목소리를 높이는 단화영도, 그녀가 던지는 질문들도 그 모든 게 도진은 뭐가 뭔지 어리둥절할 뿐이다.

"그게 대체 무슨 말이야? 내가 금 대협께 무릎을 꿇고 애원을 했다니?"

"아니에요?"

"아니지 그럼! 그분을 존경하긴 하지만 그렇다고 무공을 구걸하진 않아. 대화산파라는 이름을 짊어지고 있는 내가 어떻게 그런 짓을 해?"

"그럼 그 자식이랑 한판 붙었다는 것도 거짓말이겠네요?"

"그건 또 무슨 말이야?"

도진이 의아해하면 할수록 단화영의 얼굴은 안심이 되어간다.

"내 그럴 줄 알았다니까. 그딴 자식이 사형한테 이길 리가 없지. 아무리 금 대협의 숨겨진 제자라고 해도 그렇지, 사형이 십초지적도 되지 못했다는 게 말이나 되는 소리냐고!"

"아니 대체 무슨 말을 하는 거냐니까!"

답답함을 참지 못해 버럭 소리를 질렀다. 그제야 단화영이 자초지종을 설명했다.

“조금 전에 청성파의 혜선 언니가 절 찾아왔었는데, 사형에 관해서 이상한 말을 들었다지 뭐예요. 사형이 소천풍인지 개천풍인지 하는 녀석을 찾아갔다가 금 대협을 만났고, 그 자리에서 무릎까지 꿇어가며 검술을 가르쳐 달라 애원하며 매달렸다는 거예요. 어디 그뿐인 줄 아세요? 재능이 부족하니 뭐니 하며 단박에 거절당하자, 거기에 화가 난 사형이 자신의 실력을 증명해 보이겠다며 그 소천풍인지 개천풍인지 하는 녀석과 한 판 붙기까지 했다는 거예요. 더 기가 막힌 것은, 아니 글쎄 사형이 그딴 자식한테 십초지적도 되지 못했다잖아요. 그 소천풍인지 개천풍인지 하는 자식이 금 대협의 숨겨진 제자였다나 뭐라나…… 아무리 금 대협의 숨겨진 제자라고 해도 그렇지, 사형이 십초지적도 되지 못했다는 게 어디 말이나 될 법한 소리냐구요!”

그 말도 안 되는 소리에 혹해서 눈물마저 글썽이며 달려온 건 누군데? 라고 말하려다가 참았다. 괜히 이 괄괄한 사매의 성질을 건드리고 싶지도 않았고, 무엇보다 그 말도 안 되는 소문에 도진 역시 꽤나 충격을 받았기 때문이다.

뭔가 짐작 가는 것이 있는 듯 단화영이 이를 바드득 갈았다. 눈물로 글썽이던 눈도 누군가를 향한 분노로 표독스럽게 변했다.

"이런 말도 안 되는 헛소문을 퍼트린 건 분명 위서량(僞鼠亮) 그 인간 짓일 거예요. 이런 말도 안 되는 헛소릴 지껄일 작자가 그 인간 말고 또 누가 있겠어요?"

도진도 단화영의 생각과 같았다.

형산파 16대 제자 위서량. 도진과는 사이가 그다지 좋지 못한 동갑내기였다. 도진이야 위서량에게 별 감정이 없었지만 위서량은 달랐다. 노골적으로 적개심을 드러냈고 사사건건 딴죽을 걸어왔다. 도진이 무리 속에서 두각을 드러내고부터는 더욱 심해졌다.

화산파의 명성이 형산파의 명성보다 위에 있지만 실력만으로 따지면 도진은 자신의 삼초지적도 되지 못한다며 공공연히 떠들어대는가 하면, 뒤에서 도진을 욕하고 없는 소문을 만들어 퍼트리기까지 했다.

하지만 도진은 상관하지 않았다. 누가 뭐라 하던 스스로만 당당하면 된다는 주의였고, 또 위서량의 이간질에 넘어갈 만큼 구대문파의 아이들이 그렇게 어리석지도 않았다. 원체 인물됨이 간사한데다 공감 못할 말로 비방이나 일삼으니, 아이들 사이에선 오히려 위서량을 기피하는 현상까지 일어났다.

그 덕분에 도진의 존재감만 더 커졌으니 위서량으로서야 속이 뒤집히다 못해 환장할 노릇이었다. 일을 터무니없이 부풀리고 말도 안 되게 왜곡하는 데는 타의 추종을 불허하는데다, 도진을 물어뜯을 기회만을 이제나저제나 호시탐탐 노리고 있던 자였으니, 모르긴 몰라도 이번 소문도 십중팔구는 위서량의 소행일 것이다.

단화영이 분에 못 이겨 소매를 걷어붙이며 벌떡 몸을 일으켰다.

"사형이 참으라 참으라 해서 지금껏 참았지만 이제 더는 못 참아요! 그 쥐새끼 같은 인간이 다시는 헛소리 못하도록 이참에 아예 그놈의 주둥이를 오늘 아주 뭉개 버릴 거예요!"

정말이지 당장이라도 달려가 한바탕 엎어 버릴 태세다.

도진이 그런 그녀를 말렸다.

"됐어. 그만둬."

"그만두긴 뭘 그만둬요! 사형은 배알도 없어요? 화도 안 나요?"

"나라고 왜 화가 안 나겠어? 하지만 상대할 가치도 없는 놈이잖아? 두들겨 패봐야 내 손만 더러워질 뿐이야. 어차피 그 자식 개소리야 아무도 안 믿잖아? 우리가 흥분해서 날뛰면 오히려 괜한 의심만 사게 될 수도 있어. 그냥 내버려두면 자연히 사라질 소문인데 굳이 나서서 그 개소리에 힘을 실어줄 필요는 없잖아."

"그렇다고 이대로 가만히 있으라고요? 자연히 사라질 소문인지 아닌지 그걸 사형이 어떻게 알아요? 그 쥐새끼 같은 인간의 말을 그냥 흘려듣지 않았으니까 아까 혜선 언니도 나한테 물은 거잖아요. 이런 문제는 오히려 가만히 있는 게 소문을 더 키우는 것일 수도 있다구요!"

그녀의 말에 도진이 더는 뭐라 반박을 못했다.

단화영의 말에도 충분히 일리가 있었기 때문이다.

하지만 그렇다고 그녀처럼 위서량을 찾아가 다 때려 부수자고 할 수는 없는 노릇이었다. 그 역시 마음 같아서는 위서량의 면상에 주먹이라도 한 방 박아줘야 속이 좀 풀릴 테지만, 그거야말로 그냥 의미 없는 화풀이에 지나지 않았다.

보다 근본적인 문제는 위서량이 아니었다.

직접 목격을 한 건지 아니면 어디서 주워들은 건지는 모르겠지만, 상당 부분 부풀려지고 왜곡되긴 했어도 소문이 완전히 틀린 것만은 아니었다. 적어도 도진은 그렇게 생각했다.

물론 한판 붙지도 않았고 그러니 십초지적이 되지 못했다는 것도 어불성설이다. 하지만 때로는 직접 검을 맞대어 승패를 가르지 않아도 그보다 더 확실한 패배감을 맛보게 될 때가 있다. 도진에겐 금천우의 몇 마디 말이 바로 그랬다.

십초지적의 치욕보다도 더한 수치감. 어쩌면 평생토록 기억에서 지워지지 않을지도 모른다.

"좋아요. 사형이 가만히 있으라니까 가만히 있을게요. 나야 무조건 사형 말에 따른다는 조건으로 이번 여정에 낄 수 있었고, 반드시 그러겠다고 아버님이랑 약속도 했으니까. 하지만 사형은 대화산파의 얼굴이에요. 화산파는 모욕을 당하고도 그냥 넘어갈 만큼 검에 인정이 넘치지 않아요."

단화영의 말대로였다. 그는 대화산파의 제자였다. 앞으로 화산파를 이끌어갈 자가 몇 마디 말 때문에 실의에 빠져서 방구들이나 두들기고 있다는 건 말이 되지 않는다. 검 한 번 맞대보지 못한 채 이대로 패배자처럼 주저앉아 있을 수만은 없다.

금천우에 대한 동경이나 금천우에게 자신의 존재를 인정받고야 말겠다는 오기 같은 건 잊었다. 이젠 순수하게 도진이라는 한 인간의 자존심에 관한 문제였다.

화산파 제자로서의 자부심, 한 사람의 무인으로서의 자존감, 그리고 앞으로를 살아가기 위한 자신감.

되찾아 와야 할 것들이 많았다.

분연히 일어섰다.

"어쩌려구요?"

도진의 눈빛이 심상치 않자 단화영이 의아해하며 물었다.

도진은 대답하지 않았다. 곧장 방을 나서 천풍의 처소로 향했다.

그가 천풍의 처소 앞에 당도했을 때 마침 천풍도 방문 밖을 나서고 있었다.

도진은 망설이지 않고 천풍의 앞을 막아섰다.

자신의 자존심을 되찾고 화산파의 명예를 지키고 말도 안 되는 헛소문을 잠재울, 그래서 스스로에게 당당해질 수 있는 방법. 지저분한 권모술수도 모르고 더러운 정치판 암투도 모르는, 이제 겨우 열다섯의 아직은 어린 소녀이 찾아낸 방법은 지극히 단순했다.

“화산파 17대 제자 도진, 비무를 청합니다!”

*　　*　　*

천풍은 그저 바람이나 쐬러 나온 길이었다. 금천우와의 지루한 신경전이 이제 조금 익숙해지긴 했지만, 여전히 방 안 공기는 어색하고 불편하기만 했다. 그게 답답해서 잠시 땀이나 뺄 요량으로 해심정으로 길을 잡는데, 월동문을 지날 무렵 누군가가 불쑥 앞을 막아선다.

“……?”

고개를 들어보니 아침나절에 잠시 보았던 얼굴이 거기에 있었다. 그러고 보니 그때도 지금처럼 난데없이 길을 막아섰었다. 다만 아침과 다른 것은 아침에는 도진 혼자였지만 지금은 도진의 뒤로 유난히 크고 동그란 눈을 가진 작은 얼굴 하나가 더 보인다는 것이다.

천풍 또래의 여자아이였다. 그리고 천풍은 이 여자아이가 누군지 알고 있었다.

첫날, 구대문파의 후기지수들 틈에 끼어서 작은 입술로 쉴새 없이 재잘거리던 것을 기억하고 있었다. 인사도 제대로 하지 못했고 얼핏 스쳐 지났을 뿐이지만, 그럼에도 천풍이 이 여자아이만은 생생히 기억하는 것은 그들 선남선녀들 중에서도 그 외모가 유난히 빛이 났기 때문이다.

여자아이는 이제 막 사춘기에 접어든 어린 소년의 연심을 흔들어놓기에 충분할 만큼 예뻤고, 그래서 자연스레 마음이 설레였다.

하지만 천풍의 첫 이성에 대한 느낌은 호기심도 신비로움도 아닌 의아함이었다.

'저 애는 왜 날 저런 눈으로 보는 거지?'

살피듯 그를 보는 크고 동그란 눈은 어딘가 거만하고 뭔가 불만에 차 있는가 하면, 무슨 이유인지 단단히 심통이 난 듯 보이기도 했다.

인연이라고 해봐야 그들이 온 첫날, 아주 잠깐 스쳐 지난 것뿐이다. 자신은 여자아이의 이름조차 알지 못한다. 한데 왜 저 여자아이는 저런 눈으로 자신을 보는 걸까?

천풍의 의아해하는 눈과 천풍의 전신을 위아래로 연신 훑어대던 여자아이의 눈이 마침 허공중에 마주쳤다. 그러자,

"흥!"

콧방귀를 뀌고는 고개를 홱 돌려 버린다. 냉기가 풀풀 날릴 만큼 차가운 태도가 천풍을 더욱 혼란스럽게 했다.

그러나 여자아이의 태도에 대해서 깊이 생각할 여유가 없었다.

"화산파 17대 제자 도진, 비무를 청합니다!"

바로 그 순간 도진의 결연한 목소리가 들려왔기 때문이다.

도진을 보니 사뭇 정중하고 비장한 모습으로 포권을 취하고 있었다. 도진에겐 결단이고 용기였지만 천풍에겐 그저 뜬금없고 생뚱맞은 행동일 뿐이다.

"뭐하는 거야? 사형이 비무를 청했으면 가타부타 대답이 있어야 할 거 아냐!"

천풍이 멍청히 도진을 보고만 있자 여자아이가 앙칼진 목소리로 윽박을 질렀다.

천풍은 여자아이와 도진을 두어 차례 번갈아 보다 의아히 물었다.

"정말 저랑 비무를 하자는 거예요?"

도진이 단호하게 고개를 끄덕인다.

"왜요?"

"그야 자웅을 겨뤄보고 싶으니까."

"그러니까 왜 저랑 자웅을 겨뤄보고 싶은 건데요?"

"그냥 그러고 싶어졌으니까!"

도진의 대답에 천풍이 눈살을 찌푸렸다. 도진의 대답이 무성의하게 들리기도 했지만, 이 상황 자체가 여전히 황당하기만 했다.

무엇보다 스스로를 화산파 17대 제자 도진이라고 밝힌 이 소년 자체가 이상했다.

아침 첫 대면에서도 이유 모를 적의를 드러내며 이해할 수 없는 행동들로 사람을 어리둥절하게 하더니 반나절 만에 나타나서는 급기야 비무를 청하기까지 한다. 몇 번이고 더 기억을 뒤져봐도 오늘 처음 보는 얼굴임에 틀림없다. 여섯 살 어린 나이에 산에 들어와 지금껏 사람 구경 한 번 제대로 한 적이 없으니, 애당초 누군가와 원한을 질 만한 일이 있었을 리도 만무하다.

'세상 사람들은 원래 이렇게 다 이상하기만 한 걸까?'

현야를 따라 황산사에 든 이후로 그가 만난 세상 사람이란 금천우와 도진이 전부라 해도 과언이 아니다. 그리고 그들은 모두가 이상했다. 천풍의 작은 세상에서 가장 이상한 사람은 물론 금천우였고 두 번째로 이상한 사람은 도진이었다.

이상한 사람을 만났을 때는 피하는 게 상책이다. 그 같은 교훈을 금천우를 통해서 배웠다. 귀찮고 골치 아픈 일에 휘말리지 않으려면 서둘러 이 자리를 피해야 한다. 한데, 그러고 싶지 않았다.

비무라는 것…… 책으로만 읽었다. 감칠맛 나는 이야기도 손에 땀을 쥐게 하는 현장감도 없는, 딱딱한 무공서적 속의 극히 짧은 문구들이 그가 접한 전부였다. 그래서 비무에 대해서는 한 번도 생각해 본 적이 없었다. 무공을 익힐 때도 책에 적힌 것을 한 동작 한 동작 따라한 것뿐이지, 거기에 상대를 떠올리거나 비무를 결부시키거나 하진 않았다.

그랬다. 그에게 있어 무공이란 상대를 이기기 위함도 강해지기 위함도 아닌, 단지 익히는 것에 지나지 않았다. 그런데 도진의 입을 통해 듣게 된 비무란 단어에 왜 이렇게 심장이 쿵쾅거리는 것일까? 왜 이렇게 가슴이 뜨거워지는 것일까?

천풍이 도진의 눈을 보았다. 장난도, 농담도 아니다. 그 눈은 더없이 진지했다. 더없이 진지한 눈을 보고 있자니 도저히 가만히 있을 수가 없다. 그래서 대답했다.

"좋아요. 비무라는 거, 한 번 해봐요!"

* * *

한편 천풍이 도진과의 비무를 결정지은 그 시각, 주인 없는 방에 홀로 남은 금천우는 여느 때와 같이 방 안에 허다하게 굴러다니는 책들 중 아무렇게나 손에 잡히는 대로 한 권을 집어다 읽고 있었다.

처음에는 그저 지루함이나 달래보자는 심심풀이용이었지만 이것저것 주어다 읽다 보니 의외로 볼 만한 것들이 많았다. 기껏해야 삼류무공이라며 무시하던 마음도 조금은 달라져 있었다. 기껏해야 삼류무공인 것은 맞지만 거기에 달린 주석들은 단지 삼류가 아니었다.

3대 120년의 노력, 쌀독의 쌀을 한 톨 한 톨 세듯이 초식 하나하나를 미련할 만큼 철저하게 파헤쳐 놓은 그 우직함은, 금천우에게도 꽤나 흥미로운 볼거리였다. 물론 모든 책이 다 그런 것은 아니었다. 더러는 얕은 지식 위에 덧대어져 절로 콧방귀가 끼어질 만큼 조악하고 허술한 것들도 있었다. 조금 전 금천우가 집어든 만운검법(晩運劍法)이 그랬다.

금천우는 짜증스레 책을 집어던져 버리고는 이내 다시 손을 뻗었다.

책을 집었다.

“호오? 새 책도 있었던가?”

손에 닿는 감촉이 지금까지의 것들과는 달랐다.

황산사가 보내온 세월만큼 2만 권의 책들도 나이를 먹었다. 한데 지금 집어든 책은 새 책처럼 매끄럽고 빳빳했다. 종이 질감도 질감이지만 은은한 묵향마저 감도는 것이 쓰여진 지 얼마 되지 않은 것이 분명했다.

신기해하며 책을 살폈다. 먼저 표지의 글귀가 눈에 들어왔다.

그 순간, 금천우의 입에서 폭소가 터져 나왔다.

“푸핫! 무슨 놈의 글씨가 이따위야?”

어찌나 엉망인지 도무지 읽으라고 쓴 글로는 보이지 않았다. 아니, 글인지 그림인지조차 구분이 안 간다.

“설마 이 괴상한 걸 적은 게 그 녀석은 아니겠지?”

먹이 채 마르지도 않은 책이 천풍의 방에서 발견되었으니 의심이 가는 거야 당연했지만, 이 말도 안 되는 악필과 곱상한 외모의 천풍은 안 어울려도 너무 안 어울렸다.

능광십팔검(凌光十八劍).

한참이나 헤맨 끝에야 겨우 표지의 다섯 글자를 읽는 데 성공했다. 그 다섯 글자를 읽는 동안만 해도 불쑥 불쑥 치미는 짜증에 그냥 다 때려치우고 싶은 충동을 무려 세 번이나 느껴야 했다. 하지만 참았다.

과연 천풍이 어떤 것을 적었을지 궁금했다. 물론 천풍의 것이 아닐 수도 있지만 어차피 남아도는 게 시간이고, 그 남아도는 시간을 조금 허투루 쓴다 해서 그리 나쁠 것도 없다.

책장을 넘겼다.

그나마 봐줄 만한 그림이 있었다. 그리고 표지의 것과 별다를 것 없는 글씨도 있었다.

다시 글씨와의 사투가 벌어졌다.

다행히 천하에 다시없는 악필도 읽다 보니 눈에 익었다. 비록 악필이긴 했지만 그 안에도 나름의 법칙이 있었고, 거기에 익숙해지자 읽기가 한결 수월해졌다.

그렇게 한 글자 한 글자가 더해져 문장이 되었다. 문장이 더해진 끝에 책장이 넘어갔다. 그리고 금천우의 눈빛이 변했다.

호기심으로 시작된 눈빛이 의아함으로, 의아함은 놀람으로, 놀람이 다시 경악으로 변하기까지는 그리 많은 시간이 필요치 않았다.

"이게 대체……!"

마치 꿈을 꾸는 것 같았다.

능광십팔검.

그래. 들어는 보았다. 검법이라는 이름조차도 부끄러운, 근본도 없는 하오문의 쓰레기 무공. 적어도 패천일검 금천우의 눈높이에서는 그랬다.

한데, 지금 그가 보고 있는 것은 검법이라는 이름조차 부끄러운 것도, 근본도 없는 하오문의 쓰레기 무공도 아니었다.

비록 상승 무공의 깊은 깨달음은 없었지만 그것은 초식으로서 완벽하게 완성되어 있었다. 무림 최고의 천재라는 소리를 듣는 그의 눈에조차 도무지 허점이 보이지 않았다.

그는 완벽한 초식이란 걸 믿지 않았다. 어떤 무공이든 저마다의 장점이 있고 장점과 더불어 단점이 공존하기 마련이다. 장점을 살리고 단점을 보완해 가는 것이 그것을 익히는 자의 몫이고, 거기에 수반되는 것이 노력과 경험 그리고 깨달음이다.

그는 스승으로부터 그렇게 배웠다. 그 또한 그것이 진리라 믿었다.

지금 그 믿음이 송두리째 흔들리고 있었다.

이곳 황산사에 완벽한 초식이 존재하고 있었다. 패천일검 금천우를 경악케 만든 완벽한 초식이 삼류 나부랭이 속에 파묻혀 아무렇게나 굴러다니고 있었다.

손으로 직접 만지고 눈으로 직접 보았다. 믿지 않으려야 믿지 않을 수 없는 현실이다.

"대체 누가 이런 걸 만든 거야?"

지금 기댈 수 있는 것은 천풍밖에 없다. 천풍을 만나서 이 책을 누가 쓴 건지 어떻게 구한 건지 그 출처를 물어야 했다. 필사를 한 것이라면 원본의 소재를, 누군가로부터 구해 온 것이라면 그 누군가의 존재를…… 완벽한 초식을 만들어낸 자, 단서는 오직 천풍에게 있었다.

지금 금천우는 천풍을 철저히 배제하고 있었다. 그도 그럴 것이 검문 최고의 천재라는 그조차 감히 생각도 못했던 것인데, 이 완벽한 초식이 고작 열세 살 소년의 손에서 만들어졌다고 누가 상상이나 하겠는가?

"그나저나 잠깐 바람 좀 쐬고 온다던 녀석이 왜 이렇게 늦어?"

바람을 쐬러 나간 지 반 시진은 족히 넘은 것 같은데 아직도 감감무소식이다. 마음이 조급하니 더 답답했다. 그렇다고 무작정 찾으러 나갈 수도 없는 노릇, 그렇게 천풍을 기다리며 애를 태우고 있을 때였다. 문밖에서 예상치 못한 인물의 예상치 못한 목소리가 들려왔다.

"주군. 계십니까?"

문을 열어보니 거기에 백연이 서 있었다.

"무슨 일이야?"

백연이 이 시간에 그를 찾아올 만한 일이란 두 가지밖에 없었다. 검문에서 무슨 연락이 있었거나 구대문파 아이들에게 무슨 일이 생겼거나. 하지만 표정으로 보면 그리 심각해 보이지는 않았다.

"별건 아닙니다. 그저 재미난 구경거리가 하나 생겨서요."

"재미난 구경거리?"

"정말 별일이 아니라서 그냥 모른 척 넘어갈까도 했었습니다만, 아무래도 주군께선 꽤 흥미로워하실 것 같아서……."

"무슨 일인데? 무슨 일인데 이렇게 뜸을 들여?"

"주군께서 제자로 삼고 싶어 하시는 아이와 주군께서 재능이 탐난다 하셨던 아이가 비무를 한다는군요."

"뭐? 그게 무슨 말이야?"

"저도 자세한 건 모릅니다만 두 아이가 비무를 위해 이미 해심정으로 움직인 것은 분명합니다. 소식을 듣고 구대문파의 아이들도 조금 전 그곳으로 몰려갔구요."

금천우는 그제야 천풍이 늦는 이유를 알았다. 황당했다. 바람이나 쐬러 간다고 나간 녀석이 뜬금없이 비무라니?

"어쩌시겠습니까?"

"어쩌긴 어째? 가봐야지. 해심정이란 곳이 어디야?"

백연의 짐작대로 천풍과 도진의 비무는 금천우의 흥미를 끌기에 충분했다.

어차피 단전도 없는 천풍이 도진의 상대가 되리라고는 생각지 않았지만 그래도 호기심이 동하는 건 어쩔 수 없었다. 게다가 지금 그는 천풍을 만나야 할 이유가 하나 더 있었다.

백연이 앞장서고 금천우가 뒤를 따랐다. 그리고 얼마 지나지 않아 해심정에 도착했다.

넓은 공터에 십여 명의 아이들이 둘러서 있고 그 가운데에 천풍과 도진이 있었다.

숨 막히는 긴장과 뜨겁게 달아오른 흥분의 중심에서 두 아이의 비무는 한창 무르익어가고 있었다.

아니나 다를까 도진의 일방적인 공세와 천풍의 일방적인 수세였다. 하지만 삼류 무공서적이나 뒤적이던 천풍이 단전도 없는 모자란 몸으로 화산파 최고의 재능과 공방을 이어가고 있다는 것만으로도 충분히 놀랄 만한 일이었다.

금천우의 눈에도 놀람이 가득했다. 아니, 그것은 놀람이 아니라 다른 의미의 경악이었다.

조금 전 능광십팔검을 보았을 때와 같은 눈이었다. 그리고 그 불신 가득한 눈은 천풍의 움직임을 하나 놓치지 않고 쫓아가고 있었다.

그제야 알았다.

완벽한 초식을 만들어낸 자가 누구인지. 천풍에게 그자의 행방을 물으려 했던 자신이 얼마나 바보 같았는지.

'이걸 지금 나더러 믿으라는 거야?'

불신이 아니었다. 소름이 돋을 정도의 전율이 지금 이 순간 금천우를 휘어 감고 있었다.

제6장

적수(敵手)가 되다

천극의 서

햇살이 따갑게 비추는데도 겨울의 문턱이라 공기가 찼다. 숨을 내쉴 때마다 뽀얀 입김이 볼에 닿아 기분 좋게 간질거렸다. 그러고 보면 올해 첫눈은 유난히 늦다. 눈이 내리고 쌓인 눈이 세상을 덮고, 세상이 온통 하얗게 변하면 마음이 왠지 들뜬다. 부드럽게 녹아내리는 그 차가운 감촉도 좋다.

천풍은 하늘을 올려다보았다. 구름 한 점 없는 하늘이 유난히 높고 푸르다. 아무래도 첫눈은 조금 더 늦어질 것 같았다. 아쉬움에 입맛을 다시며 시선을 내렸다.

높고 푸른 하늘 아래로 도진이 있었다.

이제 곧 비무가 시작된다. 한데, 마음은 이상하리만치 평온

했다. 도진에게 비무 신청을 받았을 때만 해도 아니, 비무를 위해 이곳 해심정으로 오는 동안까지도 쿵쾅대는 심장과 떨리는 가슴을 진정시킬 수가 없었는데, 막상 해심정에 당도해 도진과 마주하자 스스로도 신기할 만큼 몸과 마음 모두가 차분히 가라앉았다. 다만 한 가지 그를 불편케 하는 것은 주위를 에워싼 많은 시선들이었다.

구대문파의 아이들이 하나같이 흥미진진한 눈빛을 빛내고 있었다. 생전 처음 받아보는 이 따가운 시선들이 거북하기도 하고 부담스럽기도 했다.

그런 아이들의 시선이 탐탁지 않은 건 도진 역시 마찬가지였다.

지금의 이 번잡함은 그의 뜻이 아니었다. 단화영이 벌인 일이었다. 도진은 그저 천풍을 꺾어 그 스스로 당당해지고자 함이었지만 단화영은 단지 그거로는 만족할 수 없었던 것이다. 위서량의 말이 말도 안 되는 거짓이었음을 모두가 보는 앞에서 증명해 보이고 싶었던 것이다. 그 때문에 일이 커졌다.

"이러다 날 저물겠네. 어이, 도진. 뭘 그렇게 미적대는 거야? 설마 대화산파의 제자께서 겁을 드신 건 아니겠지?"

도진과 천풍 사이에 숨고르기가 길어지자 위서량이 비아냥거렸다.

무시했다. 그가 아니래도 이미 다른 아이들이 위서량을 짜증스레 노려보고 있었다. 게다가 꿩 잡는 게 매라고 위서량을 상대하는 건 언제나 단화영의 몫이었다.

"흥! 겁은 늘 그쪽이 먹으면서 누가 누구한테 겁을 먹었네 마네 하는 거예요? 꼭 이럴 때만 큰소리지 도진 사형이랑 단둘이 있으면 꼬랑지 내리기 바쁜 게 누군데?"

"뭐? 내가 언제 꼬랑지를 내렸다는 거야!"

"영은사에서 기억 안 나요? 도진 사형이 비무 한번 하자니까 몸이 안 좋다느니 뭐니 하면서 꼬랑지 내렸잖아요!"

"그땐 진짜로 고뿔이 심해서 그런 거지!"

"아하? 그래요? 그럼 차라리 지금 여기서 한판 붙어보는 건 어때요? 설마 오늘도 고뿔이 걸린 건 아니겠죠?"

단화영의 비아냥에 아이들이 키득키득 거렸다.

위서량의 얼굴이 붉으락푸르락했다. 하지만 더는 대꾸하지 않았다. 여기서 단화영과 더 말을 섞다가는 정말로 도진과 맞붙어야 하는 상황이 될지도 모른다는 위기감 때문이었다.

도진의 상대가 되지 못한다는 건 그 스스로가 더 잘 알고 있었다. 이기지도 못할 싸움에 뛰어들었다가는 더 큰 창피만 당할 뿐이란 것도 잘 알고 있었다. 그리고 무엇보다 도진과 검을 맞대는 순간 그것은 서열이 되어 버린다.

위서량은 속이 좁은 만큼 영악한 아이였다. 한순간의 창피함을 참지 못해 씻지 못할 치욕을 감당할 만큼, 어리석지도 무모하지도 않았다.

그렇게 작은 소란은 끝이 났다.

도진이 검을 쥐지 않은 손을 허리 뒤로 숨기고 목검을 들어 올려 검 끝을 눈과 평행이 되도록 자세를 잡았다. 그리고 그 자세 그대로 시간이 멈춘 듯 미동도 하지 않았다.

이십사수매화검법의 첫 번째 초식 매화노방(梅花路傍), 매화노방의 첫 번째 식 매화정(梅花貞). 이십사수매화검법의 기수식이고 이는 선수를 양보하겠다는 뜻이다.

선수필승이라 했다. 도진이 선수의 중요성을 모를 리 없다. 천풍의 실력을 가늠할 수 없는 상황임에도 불구하고 이렇듯 선뜻 선수를 양보한 것은, 화산파 제자로서의 자부심과 도진이라는 이름 위에 올려진 자존심 때문이었다.

하지만 도진의 그 같은 결단도 천풍을 상대로는 별의미가 없었다.

어차피 비무란 걸 해본 적이 없는 천풍이다. 도진의 기수식에 담긴 뜻을 알아차리기엔 비무에 대해서 너무 무지했다. 선수 양보에 대한 고마움은커녕 왜 저렇게 장승처럼 가만히 서 있기만 하는 건지 도리어 의아해하고 있었다.

'비무란 건 원래 저런 자세로 시작해야 하는 건가?'

그렇게 생각한 천풍은 도진을 따라 왼손을 허리 뒤로, 목검을 눈높이에 맞춰 들어 올렸다. 그리고 도진이 하고 있는 그대로 꼼짝도 하지 않았다.

천풍이 도진의 행동을 잘못 이해한 것처럼 도진 또한 천풍의 행동을 오해했다.

'날 놀리는 건가?'

이십사수매화검법을 천풍이 알고 있을 리 없다. 하필이면 다른 무공이 매화정과 같은 기수식을 가지고 있을 리도 없다. 그런데도 지금 천풍의 동작은 분명 매화정이다. 도진의 동작을 그대로 따라하고 있는 것이 틀림없다.

비무를 위해 마주한 상대의 동작을 그대로 따라한다는 것, 놀림의 의미 말고 달리 뭐가 있겠는가.

얕보고 있는 것이다. 감히 자신을 얕보고 있는 것이다.

울컥 화가 치밀어 올랐다. 자신의 선의가 이따위로 놀림 당했다 생각하니 모멸감마저 느껴졌다. 그러나 참았다. 피가 나도록 이를 악물어 화를 가라앉혔다.

지금의 이 모멸감을 되갚아주는 길은 오직 이기는 것뿐이다. 이기기 위해서는 냉정해져야 했다. 다른 건 둘째치고라도 화산파 제자를 앞에 두고 저런 건방을 떤다는 것만으로도 상대가 만만치 않다는 뜻이었다.

마음을 새롭게 했다. 목검을 고쳐 잡았다.

상대가 자신의 선의를 거부하고 선수를 넘겨주겠다면 기꺼이 받아들이겠다. 천풍과의 승부에서 유리한 고지를 점령하는데 조금이라도 도움이 된다면 얼마든지 몸을 낮추겠다. 대화산파 제자로서의 자부심과 도진이라는 이름 위에 올려진 자존심은 천풍을 무릎 꿇리는 것으로 지켜내면 된다.

그래. 이젠 이기는 수밖에 없다. 먼지 한 올만큼의 자만심도 사치다.

결단은 빨랐다. 행동은 그보다 더 빨랐다.

"매화노방!"

도진의 목검이 무시무시한 기세로 천풍을 몰아쳐갔다.

도진의 공격은 천풍에겐 너무 갑작스러웠다. 갑작스러울 뿐만 아니라 눈으로 쫓기에도 버거울 만큼 빨랐고 또 그 기세가 흉흉했다.

"헛!"

헛바람이 절로 삼켜질 정도로 당황한 천풍은 마땅히 대처해야 할 방법을 떠올리지 못했다. 손발은 어지럽고 머릿속은 마치 바보가 된 것처럼 멍했다. 지금 상황에서 천풍이 할 수 있는 최선은 피하는 것뿐이었다.

'걸음아 나 살려라.' 라는 식의 뒷걸음질에 자라목이 되어 잔뜩 움츠리는가 하면, 꼴사납게 나뒹굴기도 했다.

여기저기서 웃음과 환호성이 터져 나왔다. 압도적인 공세만큼이나 일방적인 응원이 도진에게 쏟아졌다. 그런 와중에도 위서량 하나만큼은 도진에게 야유를 퍼붓고 있었지만, 어차피 다른 응원의 열기에 묻혀 목소리조차 제대로 들리지 않았다.

그렇게 모든 상황이 천풍을 궁지로 몰아넣고 있었다. 도망 다니는 것도 이젠 힘에 부쳤다. 여기까지 버텨낸 것도 지난 수년간 수련을 게을리 하지 않은 덕분이겠지만 이젠 그것도 한계였다.

그런 급박한 상황에서 포기라는 단어를 떠올리는 그 순간, 불현듯 도진의 검법이 눈에 익다는 생각이 들었다. 매화노방에서 매화접무(梅花蝶舞), 다시 매화토염(梅花吐艶)으로 이어지며 허공중에 화려하게 수놓는 아름다운 매화를 천풍은 이미 알고 있었다.

'칠절매화검이랑 똑같잖아?'

천풍이 황산사에 들어와 처음으로 접했던 무공.

아니, 완전히 똑같지는 않았다. 칠절매화검보다 훨씬 더 다양하고 훨씬 더 화려했다. 하지만 검의 흐름이나 변화의 틀은 칠절매화검과 크게 다르지 않았다. 그도 그럴 것이 칠절매화검은 과거 화산파의 영광을 있게 한 화산의 독문검법이었고, 이십사수매화검법 또한 칠절매화검을 그 뿌리로 두고 있었기 때문이다.

상대의 검을 알고 있다는 것, 그래서 한 수 앞을 예측할 수 있다는 것은 최고의 무기가 될 수 있다. 아니, 지금 천풍에겐 도진을 대적할 수 있는 유일한 무기라 해도 과언이 아니었다. 그 유일한 무기가 천풍의 뒷걸음질을 멈추게 했다.

빠각!

비무가 시작된 후 처음으로 목검과 목검이 맞부딪쳤다.

"큭!"

하마터면 목검을 놓칠 뻔했다. 마치 바위라도 친 것처럼 손바닥이 얼얼했고, 밀려드는 힘에 다리가 꺾였다. 자칫 엉덩방아마저 찧을 뻔한 것을 간신히 버텨냈다.

그것으로 끝이 아니었다. 천풍이 검을 부딪쳐오자 도진의 검은 물 만난 고기같이 더욱 거세졌다.

그야말로 숨 돌릴 틈도 없이 퍼부어지는 공격이었다. 어떻게든 막아내고 있는 게 신기할 정도로 위태롭기 그지없었다. 하지만 온몸이 땀으로 범벅이 되고 당장에라도 쓰러질 듯 휘청거리긴 했지만, 보이는 모습과는 달리 천풍은 오히려 심리적으로 점차 안정을 찾아가고 있었다.

도진의 공격이 차츰 눈에 익는 것도 익는 거지만, 비무란 것 자체에 적응해 가고 있었다.

그러한 심리적인 안정이 천풍의 눈에 보이지 않던 것을 보이게 했다.

폭풍우가 되어 퍼부어지는 포악한 공격 속에서 천풍이 지금까지 떠올린 것은 칠절매화검이었다. 보다 강화되고 보다 다변화된 형태라 처음에는 조금 헤매기도 했지만, 그것도 검을 계속해서 맞부딪치다 보니 이젠 이십사수매화검법의 검로(劍路)가 제대로 다 눈에 들어왔다.

그리고 다른 것이 보였다.

허공을 화려하게 수놓는 이십사수매화검법, 그 화려함 속에서도 선명히 드러나는 허점들…….

그것은 너무나도 익숙한 감각이었다.

익숙하지만 또한 새롭다. 익숙한 것은 자신이 보고 익히고 펼치는 중에 늘 보았던 것이기에 익숙했고, 새로운 것은 자신이 아닌 상대의, 도진의 이십사수매화검법에서 그것이 보이기 때문에 새로웠다.

물론 그가 그동안 익힌 삼류 무공들과는 분명 달랐다. 삼류 무공들에서는 헤아릴 수도 없을 만큼 무수히 많은 허점들이 보였었지만, 도진이 펼치는 이십사수매화검법에선 초식마다 기껏해야 한둘이었다.

그렇다곤 해도 허점은 허점이다. 하나든 둘이든 허점이 있다는 것은 또한 이 눈앞의 상대를 얼마든지 넘어뜨릴 수 있다는 뜻이었다.

하지만, 물 흐르듯이 자연스럽고 그러면서도 빠르게 변화되는 초식의 연환 속에서 허점을 공략하기란 생각처럼 그리 간단한 것이 아니었다.

마치 신기루처럼 눈에는 보이지만 막상 손을 뻗을라치면 금세 사라져 버린다.

그렇다 해도 단 하나의 희망을 포기해 버릴 수는 없다.

찰나 간에 나타났다 사라지는 환상과도 같은 신기루를 잡아내야 한다.

마음에 날을 세웠다.

보다 집중했다.

온 신경을 곤두세워 도진의 움직임을 두 눈에 담았다.

그리고 드디어 기회가 왔다.

'저기다!'

찰나 간에 나타난 신기루…… 천풍은 그 찰나의 기회를 놓치지 않고 힘껏 목검을 찔러 넣었다.

순간, 그토록 무섭게 휘몰아치던 도진의 공격이 거짓말처럼 뚝 멈췄다. 뿐만 아니라 그토록 기세등등하게 공격을 퍼부어 대던 도진이 화들짝 놀란 눈을 하며 훌쩍 뒤로 물러나기까지 했다. 그 얼굴에는 당황한 기색이 역력했다. 하지만 그것도 잠시, 이내 자세를 바로잡고 다시 천풍을 향해 달려들었다.

"매화낙섬(梅花落暹)!"

매화가 온 사방을 뒤덮었다. 도진의 검은 더욱더 현란하게, 물샐 틈 없이 천풍을 에워쌌다.

물러서지 않았다. 겁을 먹지도 않았다.

한 번의 경험과 이어진 성공은 천풍에겐 최고의 공부가 되어 있었다.

더구나 천풍에겐 최고의 공부가 된 그 한 번의 경험이 도진에겐 평상심을 잃을 정도의 충격으로 다가온 모양이다. 그가 펼쳐내는 이십사수매화검법은 조금 전과는 판이하게 달랐다.

기세도 한풀 꺾였고 화려함도 죽었다.

그로 인해 허점도 더욱 도드라지고 그 수도 많아졌다.

적어도 지금 이 순간만큼은 그것이 신기루가 아니었다.

천풍의 두 번째 공격이 주저 없이 도진을 향해 짓쳐들었다.

"헉!"

도진이 헛바람을 삼키며 다시 훌쩍 뒤로 물러섰다. 도진의 얼굴은 당황을 넘어 이젠 마치 귀신이라도 본 듯한 얼굴이 되어 있었다. 천풍과 천풍의 목검을 향하는 두 눈에는 불신이 가득했다.

반대로 천풍은 그런 도진을 보면서 확신을 가졌다.

'이길 수 있다!'

지금껏 그저 막연히 허점이라고만 생각했던 그것, 하지만 과연 그게 허점이 맞는지는 확인할 길이 없었기에 확신은 못하고 있었던 그것.

한데, 이제 확신이 생겼다.

확신은 곧 자신감으로 이어졌다.

그것을 도진도 보았다.

이어진 것은 분노였다.

'제깟 놈이 감히!'

지금까지 도망만 다닌 주제에 고작 두 번의 공격으로 감히 자신을 이길 수 있다는 희망을 품었다는 것에 화가 났다. 그러한 희망을 품게 한 자신에게도 화가 났다. 하지만 분노보다 앞선 것은 이해할 수 없는 상황에 대한 의아함이었다.

대체 어떻게 된 상황인지 전혀 감을 잡지 못하고 있었다. 천풍의 공격은 정말이지 별거 아니었다. 무식하다 싶을 만큼 단순한 찌르기였다.

한데 왜 자신이 그토록 기겁을 한 것일까?

머리로 생각하고 움직인 것이 아니었다. 머리에 앞서 몸이 먼저 반응했다. 지금도 그 별거 아닌 공격에 대체 왜 그토록 겁을 먹었던 건지 도무지 이해가 되지 않는다.

마음은 번잡하고 머릿속은 그보다 더 복잡했다.

'흥! 무슨 사술을 부리는 건지는 모르겠지만 대화산파의 검은 사술이 통할 만큼 호락호락한 것이 아냐!'

그는 스스로를 믿었고 스스로가 믿는 화산파의 검을 믿었다.

마음을 차분히 가라앉혔다. 잡다한 생각들을 털어냈다.

천풍이 무엇을 하던 간에 늘 그래 왔듯 자신은 자신의 검만 믿으면 된다.

호흡을 가다듬었다. 목검을 고쳐 잡고 이번엔 신중히 천풍과의 거리를 좁혔다.

* * *

당장이라도 천풍의 패배로 끝날 것 같던 비무는 해가 넘어가고 석양이 내려앉을 무렵까지도 도무지 승부가 나지 않았다. 비무의 양상도 처음과는 사뭇 다르게 흘러가고 있었다.

도진의 일방적인 공세와 천풍의 일방적인 수세는 여전했지만 간간이 찔러오는 천풍의 검에 도진의 공격 흐름이 번번이

끊겼다. 그러다 보니 현란함도 한풀 꺾였고 위력도 죽었다.

아무런 기복 없이 시간만 흘러가는 만큼 흥미는 반감될 수밖에 없었다. 구경 중이던 아이들의 얼굴에도 지루함이 엿보였다. 도진을 응원하는 아이들은 그 아이들대로 어떻게 봐도 실력의 차가 완연한데 대체 왜 그렇게 미적대는 거냐며 짜증을 드러냈고, 천풍을 응원하는 위서량은 위서량대로 무기력하게만 보이는 천풍을 답답해했다.

구경꾼들이 그러니 직접 검을 맞대고 있는 비무의 당사자들이야 오죽할까?

천풍은 정말이지 애가 탔다.

도진의 변화무쌍한 이십사수매화검법에서 허점을 보고 그것을 공략할 수 있게 되었을 때만 해도 이길 수 있을 거라 생각했다. 하지만 허점을 보고 찰나의 틈 사이로 회심의 일격을 찔러 넣을 때마다 닿을 듯 닿을 듯 간발의 차로 닿지 않았다.

이유는 간단했다. 천풍이 검을 찔러 넣는 속도보다 도진이 그것을 피해 물러나는 속도가 더 빨랐다는 것, 비록 단순한 차이지만 오히려 단순하기에 극복할 수 없는 명백한 힘의 차이가 거기에 있었다.

그 가슴 아플 정도로 명백한 힘의 차이 앞에 천풍이 할 수 있는 거라곤 혹시라도 있을지 모를 단 한 번의 기회를 위해 그저 버텨내는 것뿐이었다. 허점은 이제 이기기 위한 수단이 아니라 버텨내기 위한 수단이 되어 있었다.

천풍만큼이나 도진도 답답해하는 건 마찬가지였다.

도무지 마음대로 되지 않았다. 기선을 제압하고 이제 한 걸음만 더 내딛으면 승리를 쟁취할 수 있는데, 그 한 걸음이 내딛어지지가 않았다. 천풍의 무모하다 싶을 정도의 단순한 찌르기에 번번이 방해를 받았다.

그것은 사술이 아니었다. 자신의 검이, 화산의 검법이 약점을 노출한 것이다. 천풍의 찌르기에 그 약점이 공략당하고 있는 것이다.

이십사수매화검법은 수백 년 유구한 역사 속에서 갈고 닦여진 완전무결한 검법이었다. 또한 그의 이십사수매화검법은 사문의 어른들도 극찬할 정도로 완성되어 있었다. 한데 약점이 노출됐다. 그것도 일개 이름 없는 절의 이름 없는 소년에게.

인정할 수도, 믿을 수도 없는 일이었다. 처음에는 애써 부정도 했다. 하지만 아무리 부정해 보아도 현실은 언제나 냉정한 법이다. 천풍의 찌르기에 담긴 의미를 누구보다도 도진이 더 잘 알고 있었다.

이십사수매화검법을 익히며 느꼈던 막연한 허전함, 이십사수매화검법에 능숙해지면 능숙해질수록 더해만 가던 허전함을 사문의 어른들은 아무도 이해하지 못했다.

금천우에게 배움을 얻고 싶었던 것도 그 때문이었다. 금천우라면 자신의 그 같은 갈증을 이해해줄지도 모른다. 금천우를 통해서라면 어쩌면 갈증의 원인을, 그 해법을 찾을 수 있을지도 모른다.

한데, 그의 가려운 곳을 긁어준 것은 금천우가 아니라 천풍이었다.

천풍이 검을 찔러올 때마다 그가 느꼈던 막연한 허전함이 점차 실체화되어 가고 있었다.

이젠 허전함의 실체가 무엇이었는지 어렴풋이나마 알게 되었다. 허전함의 실체를 알게 되었지만 가슴속 답답함은 전혀 나아지지 않았다. 전혀 기쁘지도 않았다. 그토록 알고 싶어 했던 허전함의 실체보다 더욱더 난해한 문제가 새로이 생겨났기 때문이다.

천풍의 검이었다. 천풍의 검은 단지 그의 약점을 공략해 오는 게 전부가 아니었다. 단지 그것뿐이라면 비무가 이토록 길어지지도, 그가 이토록 난감해하지도 않았을 것이다.

어찌된 건지 막을 방도가 없다. 약점을 찔러오는 것이라 해도 결국은 그저 단순한 찌르기일 뿐인데도 그것을 쳐낼 수가 없다. 피할 수도 없다. 천풍의 검을 보고 있노라면 그 순간 마치 바보가 된 것처럼 머릿속이 텅 비어 버린다. 결국 도망치듯 뒤로 물러서 거리를 벌리는 게 그가 할 수 있는 최선이었다.

도무지 어떻게 된 건지도 모르겠고 어찌해야 하는지 막막하기만 했다. 공방을 계속하며 머리에 쥐가 나도록 방법을 궁리해 봤지만 마땅한 방법은커녕 마치 거대한 벽과 마주선 듯, 감당하기 힘든 압박감만이 가슴을 짓눌러댈 뿐이었다.

하지만 언제까지 이러고 있을 수는 없는 일이다.

시간을 너무 오래 끌었다. 체력이 거의 한계에 와 있었다.

분명 천풍도 그 못지않게 지친 기색이 완연했지만, 힘의 소모는 공세를 취한 자신이 수세로 일관한 천풍에 비해 훨씬 더 클 수밖에 없다. 체력적으로 절대로 유리한 상황이 아니라는 것이다.

반 시진이 한계였다. 이대로 공방이 반 시진만 더 이어지면서 있는 것조차 힘들어질지도 몰랐다.

더 늦기 전에 결말을 지어야 했다.

결말을 짓기 위해서는 거추장스러운 것들은 다 잊어야 했다.

그래서 잊었다. 주위를 둘러싼 구경꾼들의 시선도 잊었고 체면도 잊었고 자존심도 잊었다. 오직 이기기 위한 최선만을 생각했다. 노출된 약점을 한 치의 틀림도 없이 찔러오는 천풍으로부터 승리를 취할 수 있는 방법은 그리 많지 않았다. 그리 아름답지도, 그리 완벽하지도 않았다. 적어도 지금 도진의 실력으로는 위험 없이 깔끔한 승리는 불가능했다.

'지금은 진흙탕 싸움이라 해도 마다할 처지가 아냐!'

각오를 다졌다. 이를 악물었다. 그리고 천풍을 향해 거침없이 달려들었다.

"매화만리향(梅花萬里香)!"

매화가 온 하늘을 뒤덮었다. 이십사수매화검법의 마지막 초식은 화려함을 넘어 장엄하기까지 했다. 그러나 천풍의 검은 그 장엄한 그림을 단번에 찢어발기며 이십사수매화검법 최고의 절초 속으로 여지없이 파고들어왔다.

지금까지처럼 이라면 곧바로 공격을 멈추고 훌쩍 뒤로 몸을 날렸겠지만 이번만큼은 그러지 않았다. 공격을 멈추기는커녕 오히려 땅을 박차며 공격해 들어가는 속도를 더 한층 높였다.

천풍의 검을 완전히 무시해 버린 듯한 행동.

살을 내어주고 뼈를 깎는다.

도진이 천풍을 이기기 위해 선택한 방법이란 바로 육참골단(肉斬骨斷)이었다.

천풍의 검이 지척까지 이른 것은 그야말로 순식간이었다. 그래도 무시했다.

진검이었다면 꿈도 꿀 수 없는 시도지만 지금 천풍의 손에 들린 것은 목검이었다. 게다가 수차례 목검을 맞대어본 결과, 어쩐 일인지 천풍의 검에는 기가 실리지 않았다. 오직 완력으로만 검을 휘두르고 있었다.

그렇다면, 그 정도의 충격이라면 충분히 버텨낼 수 있다.

이윽고 천풍의 검이 도진의 복부를 가격했다.

퍽!

"크윽!"

오장육부가 죄다 찢어지는 듯한 아찔한 충격에 정신마저 순간 아득해지는 느낌이었다. 하지만 참아냈다. 그의 계산대로 참아내지 못할 만큼의 고통은 아니었다.

이어진 것은 도진의 반격이었다.

이번 기회를 놓치면 다시는 기회가 없다. 결단코 이 한 번으로 끝내야 한다. 필사의 각오와 그 절박함이 고스란히 도진의 검에 실렸고 그것은 곧장 천풍의 전신을 휘몰아쳤다.

퍼퍼퍼퍼퍼퍼퍽!

천풍은 무방비였다. 그에 비해 그에게 퍼부어지는 한바탕 폭풍은 포악하기 그지없었다.

"와아!"

함성이 들끓었다. 들끓는 함성의 중심에 도진이 서 있었다.

도진을 추켜세우는 말들이 여기저기서 쏟아져 나왔다. 유언비어를 퍼트린 위서량에 대한 성토의 목소리도 있었다. 어떻게 보면 당연한 승리다. 비무 자체가 성립되었다는 게 이상할 만큼 실력도 재능도 신분도 모든 면에서 비교가 되지 않았다.

명명백백한 압도적인 힘의 차이, 힘의 차이만큼 싱겁게 끝이 났다면 지금처럼 환호하지도 기뻐하지도 않았을 것이다. 비무가 길어지면서 혹시나 하는 불안감이 생겼던 것이다.

도진이 패할지도 모른다. 그것은 단지 도진만의, 그리고 화산파만의 치욕이 아니었다. 도진을 마음으로 인정한 그들 모두의 자존심과도 직결되는 문제였다.

이 너무나도 당연한 승리에 그래서 더 열광하는 것이고, 그래서 더 도진을 자랑스러워하는 것이다.

하지만 그런 아이들의 마음과는 전혀 다른 시선으로 도진을 보는 눈이 있었다.

"저 화산파의 제자 놈…… 망가질 거야."

금천우가 도진을 보며 혀를 끌끌 찼다.

너무 뛰어난 재능은 때로는 독이 되기도 한다. 지금 도진이 그랬다.

재능이 너무 뛰어나서 보지 말아야 할 것까지 보고 말았다.

사람에겐 저마다 타고난 그릇이라는 게 있다. 적당한 것을 담으면 문제가 없지만 넘치는 것을 담게 되면 그 안에 담겨 있던 것들까지도 쏟아지게 된다.

도진에겐 천풍의 검이 바로 그 넘치는 것이었다.

단순하기 그지없는 천풍의 검을, 그 속에 담긴 의미를 다른 아이들이 전혀 눈치 채지 못한 것처럼 재능이 조금만 모자랐더라면 도진 역시 보지 못했을 것이다. 그랬더라면 비록 비무에서는 패했을지언정 어린 천재의 가슴에는 '절망'이 아니라 '절치부심' 네 글자가 새겨졌을 것이다.

그러나 하늘은 도진에게 남들보다 뛰어난 재능을 주었다. 남들이 보지 못하는 것을 볼 수 있는 눈도 주었다. 하지만 잔인하게도 그것을 극복할 만큼의 재능은 주지 않았다.

분에 넘치는 물건은 항상 화를 부르기 마련이다. 천풍의 검은 그의 뇌리 깊숙이 각인되어 떨쳐지지도 지워지지도 않을 것이다. 절망이라는 이름의 망령이 되어 번번이 도진의 발목을 잡을 것이다. 그 극복할 수 없는 재능의 벽이 화산파의 미래이자 자랑을 화산파의 골칫거리로 전락시킬 것이다.

금천우가 다시 한 번 혀를 끌끌 찼다. 그러다 이내 눈을 돌렸다.

어린 천재가 겪게 될 앞으로의 시련이 안타깝긴 했지만, 그거야 어차피 화산파의 문제지 그와는 무관한 일이다. 무엇보다 지금 관심의 대상은 도진이 아니다.

달뜬 흥분과 뜨거운 열기, 그 모든 관심으로부터 철저히 소외되어 한쪽 바닥에 죽은 듯 널브러져 있는 아이.

"저 녀석…… 뭘 거 같아?"

금천우가 백연을 보며 물었다.

"모르겠습니다. 천재라고 하기엔 부족한 듯도 하고 그러면서도 또한 넘치는 듯도 해서……."

"천재?"

금천우가 피식 비웃음을 흘리며 백연에게 어떤 물건 하나를 건넸다.

"그걸 보고 나면 천재란 말이 얼마나 가소로운 건지 알게 될 거야."

금천우가 건넨 것은 천풍의 방에서 발견한 능광십팔검이었다.

"저 녀석은 말이야. 천재 같은 게 아냐. 그냥 괴물이지!"

* * *

도진과의 비무가 있은 지 나흘이 지났다.

물론 천풍은 죽지 않았다. 그동안 수련을 게을리 하지 않은 덕분인지, 아니면 그 와중에도 도진이 손속에 사정을 두었던 건지 다행히 뼈가 상한 곳은 없었다. 뼈가 상한 곳은 없었지만 워낙에 난타를 당한 터라 꼬박 이틀을 누워 지내서야 겨우 거동을 할 수 있게 되었다.

천풍은 비무를 하기 전이나 비무를 하고 나서나 똑같았다. 때가 되면 밥을 먹었고 때가 되면 책을 읽었고 때가 되면 잠을 잤다.

달라진 거라곤 어쩐 일인지 비무 이후로 금천우가 보이지 않는다는 것뿐이다.

그날도 여느 날과 같았다. 다람쥐 쳇바퀴 돌 듯 무미건조한 일상의 반복 속에서 저녁이 되었다.

날이 어둑어둑 해졌을 무렵, 저녁식사를 마친 천풍이 그렇게 자신의 방으로 터덜터덜 걸음을 옮기고 있을 때였다.

낯익은 목소리가 천풍의 걸음을 붙들었다.

"이거 원, 허깨비가 따로 없군."

돌아보니 금천우가 서 있었다.

매일 얼굴을 맞대야 했을 때는 그렇게도 싫더니 며칠 못 봤다고 반가운 마음부터 든다.

"어떻게 된 거예요?"

"뭐가?"

"그동안 왜 안 오신 거예요?"

"네놈 얼굴이나 보고 말해."

선뜻 이해가 안 되는지 천풍이 의아해한다.

금천우의 냉소가 바로 이어졌다.

"화산파 떨거지한테 한 번 졌다고 마치 인생 다 산 얼굴이나 하고 있는 네놈, 그 한심한 낯짝 말이다."

"보셨어요?"

"왜? 새삼 창피하기라도 한 거냐?"

"아뇨. 그분은 무림에서 엄청 유명한 문파의 제자라고 하던데 제가 지는 게 당연하죠 뭐."

"그래서 아무렇지 않다고?"

"예. 아무렇지 않아요. 오히려 저 같은 거랑 비무를 해준 것만으로도 고맙기만……."

천풍의 말이 다 끝나기도 전이었다.

덥석!

금천우가 천풍의 볼을 엄지와 검지로 꼬집어서는 아프도록 흔들어댄다.

"왜 으허헤여?"

천풍이 놀라서 물었다. 하지만 발음이 새서 무슨 말인지 알아듣기도 힘들 뿐더러 애초에 금천우는 천풍의 말을 듣고 있지도 않았다.

"이게 뚫린 입이라도 나오는 대로 잘도 지껄이네. 그딴 말은 먼저 네놈 그 한심한 꼬락서니나 돌아보고 나서 하란 말이야! 혼백이 반쯤은 빠져나간 얼굴을 하고는 허깨비같이 숨만 쉬고 있는 주제에 뭐? 아무렇지 않아? 비무를 해준 것만으로도 고마워? 아주 지랄을 해요 지랄을! 눈만 감으면 그때 그 순간이 떠오르지? 눈을 떠도 머릿속이 온통 그때 생각뿐이지? 아무리 잊어버리려고 발버둥 쳐도 잊히지가 않지? 왜냐! 이길 수 있었으니까. 이길 수 있었는데 졌으니까. 그래서 억울하잖아! 이길 수 있었는데, 네놈 그 빌어먹을 몸뚱이 때문에 진 게 억울하고 분해서 미칠 지경이잖아! 안 그래?"

천풍의 눈에 물기가 어렸다. 볼을 꼬집혀서가 아니었다. 금천우의 말이 가슴 저 밑바닥에 묻어두었던 낯설고 싫은 감정들을 끄집어 올렸기 때문이었다.

금천우의 말 그대로였다.

이길 수 있었다. 그런데 졌다. 도진이 보여준 상상도 못할 빠름과 민첩함을 자신이 따라가지 못해서였다.

단지 신체의 단련만으로는 그토록 폭발적인 속도를 만들어내지 못한다. 천풍이 앞으로 수련에 수련을 거듭해 더욱더 몸을 단련시킨다고 해도 도진의 움직임을 따라잡는 건 불가능했다.

천풍은 불가능한데 도진은 가능한 이유가 뭘까?

답은 지극히 간단했다.

내공이 있고 없고의 차이.

결국 천풍의 태생적 한계가 승패를 가른 것이다. 그리고 그 태생적 한계가 앞으로의 미래마저도 결정지어 버렸다.

천풍은 도진을 영원히 이길 수 없다.

그의 아비가 왜 그토록 그를 못마땅해하고 급기야 가문에서 내치기까지 했는지 이제야 알았다.

'천극의 상을 타고난 자에게 검은 지나친 욕심이다. 가당찮은 욕심의 끝에 남는 것은 결국 절망밖에 없다.'

지난날 한 귀로 듣고 한 귀로 흘려버렸던 금천우의 말이 이기고자 하는 마음을 알아 버린 지금은, 비수가 되어 가슴에 박혔다.

이젠 책을 봐도 재미가 없다. 목검을 휘둘러도 아무런 흥이 나지 않았다. 금천우의 말대로 허깨비처럼 그저 밥을 먹고 그저 숨을 쉬고 있다.

이기고자 하는 마음을 몰랐었던 그때로 돌아가고 싶었다. 책을 보고 목검을 휘두르고 그러는 것만으로도 좋았던 그때로 돌아가고 싶었다. 무공 그딴 것, 차라리 몰랐었더라면 좋았을 것이다. 그런 생각마저 들었다.

서러움이 가득 차 가슴을 막았다. 목이 메었다. 그래서 눈물이 흘렀다.

펑펑 울음이라도 터트리고 싶었다. 하지만 크게 소리 내어 울어댈 의욕조차도 없었다.

금천우가 꼬집어 흔들어대던 천풍의 볼을 그제야 놓아주었다. 그리고 몸을 돌렸다.

"따라와."

"어딜…… 요?"

"잔말 말고 따라와!"

금천우가 천풍을 데리고 도착한 곳은 해심정이었다. 천풍으로서는 다시 떠올리고 싶지 않은 기억의 장소였다. 수년간 하루도 거르지 않고 매일매일 드나들었던 곳이지만, 오늘은 그 낯익은 풍경들마저 괴롭기만 했다.

"여긴 왜……?"

자신을 왜 해심정에 데려왔는지 의아해하며 금천우를 보았다. 금천우는 아무 말 없이 천풍과 도진이 비무를 했던 공터 중간에 가서 자리를 잡았다.

그리고 허리에 차고 있던 검을 뽑아들었다.

어느덧 날이 저물어 어둠이 내려앉은 공간, 달빛을 받은 검신에 푸른 검광이 서린다.

이윽고 어둠을 가르며 검이 움직였다.

때로는 학의 날갯짓처럼 우아하게, 때로는 섬전처럼 빠르게, 때로는 파도처럼 거칠고 맹렬하게…….

그것은 한바탕의 춤사위였다. 공기를 찢는 파공음은 귀곡성 같이 섬뜩했지만, 어둠을 찬란하게 수놓은 푸른 검광은 불꽃 놀이처럼 눈이 부시도록 아름다웠다.

천풍은 넋마저 놓고 한바탕의 춤사위에 빠져들었다.

춤사위는 한 번으로 끝나지 않았다. 두 번, 세 번, 네 번…… 마치 검법을 수련하듯 계속해서 반복되었다. 그런데도 지겹다거나 지루하다는 생각은 전혀 들지 않았다. 오히려 열두 번을 채운 끝에 한바탕 길었던 춤사위가 비로소 마무리 되었을 때,

"아!"

천풍의 입에서는 아쉬움 가득한 한숨이 절로 토해져 나왔다.

금천우가 그런 천풍을 보며 물었다.

"할 수 있겠어?"

조금은 뜬금없는 질문에 천풍이 의아히 금천우를 바라보았다.

"……?"

"지금 내가 한 걸 그대로 따라할 수 있겠느냔 말이야."

금천우의 질문이 너무 갑작스러워 잠시 멍청하게 있던 천풍은 조금 전 금천우가 펼쳤던 한바탕 춤사위를 머릿속으로 떠올려 보았다.

열두 번이나 반복해서 보다 보니 동작 하나하나가 선명히 그려졌다. 옆에서 볼 때는 넋을 잃을 만큼 화려하고 아름다웠

지만, 막상 차분히 되짚어 가보니 의외로 단순하고 쉬운 동작들로 이루어져 있었다. 따라하려고 한다면 따라할 수는 있을 것 같았다. 하지만 천풍은 고개를 저었다.

"똑같이는 못하겠어요."

물론 흉내는 낼 수 있다. 하지만 그가 아무리 동작을 똑같이 흉내 낸다 하더라도 그것은 그가 넋을 놓고 보았던 그 아름다운 춤사위는 되지 못한다.

"왜지? 내가 보여준 것은 깊은 깨달음이 필요한 상승의 무공도 아니었고 화산의 검처럼 초식이 복잡한 것도 아니었는데, 그저 시전에서 흔히 볼 수 있는 그저 그런 검무일 뿐이었는데 왜 못한다는 거지?"

"그야 저한테는 단전이 없으니까요. 단전이 없어서 내공도 없으니까요. 내공이 없어서 아저씨처럼 빠르게 움직이지도 못하고 아저씨처럼 강하게 검을 휘두르지도 못하니까요!"

대체 자신한테 왜 그러는 걸까? 자신에게 단전이 없다는 것을 뻔히 알고 있으면서, 그래서 금천우를 똑같이 따라한다는 게 애당초 불가능하다는 것도 뻔히 알고 있으면서 왜 자꾸 잊고 싶은 것을 되새기게끔 하는 것일까?

단지 고약한 취미라면 정말이지 사양하고 싶었다. 지금은 그의 고약한 취미에 장단 맞춰줄 만큼 마음이 좋지도 못했고 그럴 기력도 없었다.

금천우는 그런 천풍의 마음을 헤아려주기는커녕 도리어 콧방귀를 꼈다.

“흥! 착각을 해도 아주 단단히 하고 있구만.”

“제가 무슨 착각을 하고 있다는 건데요?”

이번에는 또 무슨 말을 하려고 그러나 싶어 시큰둥하게 물었다.

“단전이 없어서 나처럼 빠르게 움직이지도 못하고 강하게 검을 휘두르지도 못한다고 하지 않았느냐? 나는 단전의 내공을 단 한 줌도 사용하지 않았는데 그런 말을 하니 그게 착각이 아니면 뭐냔 말이다.”

금천우의 말에 천풍은 혼란에 빠졌다.

“단전의 내공을 한 줌도 사용하지 않았다구요?”

“그래. 단 한 줌도 사용하지 않았다.”

“거짓말!”

천풍은 금천우가 또 자신을 놀리는 거라 생각했다. 하지만 금천우의 얼굴에선 평상시의 짓궂음이나 장난기가 전혀 보이지 않았다. 오히려 그 어느 때보다도 진지한 눈빛을 하고 있었다.

“거짓말이죠?”

그래도 혹시나 싶어 물었다.

“네놈을 여기까지 데려와 되도 않는 거짓말이나 할 만큼 내가 그리 할 일 없는 놈으로 보이느냐?”

“그치만 말이 안 되잖아요. 내공을 사용하지도 않았는데 사람이 어떻게 그렇게 빠르게 움직일 수가 있어요? 검을 휘두를 때마다 뻗어 나오던 아지랑이 같은 거…… 한 번도 본 적은 없지만 그게 검기(劍氣)라는 것 정도는 저도 알아요. 그리고 내공이 없이는 검기를 만들 수 없다는 것두요. 그런데 어떻게……."

"흥! 그런 걸 두고 얕은 지식이라고 하는 거지. 기(氣)가 쌓이고 쌓여 모인 것이 내공이고 내공을 다시 기의 형태로 바꾸어 검에 실으면 그것이 곧 검기가 되는 것인 만큼, 내공으로 검기를 만들 수 있다는 것은 틀린 말이 아니다. 허나 내공이 없이는 검기를 만들 수 없다는 말은 분명 틀렸다. 내공이 없이도 검기는 만들 수가 있다. 사람의 몸에는 굳이 단전의 내공이 아니어도 검기를 만드는 데 필요한 기 정도는 얼마든지 있으니까."

천풍은 금천우의 말을 이해할 수 없었다. 검기라는 건 수십 년 부단히 내공을 쌓아야 겨우 가능하다고 알고 있었다. 그만큼 많은 양의 내공이 필요하고 또 소모되는 것이 검기였다. 수십 년 부단히 노력해야 겨우 얻을 수 있는 엄청난 양의 기를 단전 말고 또 어디에서 얻을 수 있단 말인가?

믿을 수 없었다. 하지만 믿고 싶었다. 금천우의 말이 사실이라면 어쩌면 극복할 수 있을지도 모른다. 아비로부터 버림받고 그와 도진 사이에 넘을 수 없는 벽을 만들어 버린 이 저주받은 몸뚱이에도 한 가닥 희망이란 게 생겨날지 모른다.

그래서 실낱같은 기대를 품고 물었다.

"단전 말고 그게 대체 사람의 몸 어디에 있는 건데요?"

금천우가 대답했다.

"혈(穴)이다."

"혈…… 이요?"

"혈을 왜 혈이라 하는지 아느냐? 혈은 풍수적으로는 용맥(龍脈)의 정기(精氣)가 모인 곳을 뜻한다. 천지와 사람이 결국은 하나이듯 생명의 기운이 모이고 그 기운을 담는 것은 사람의 인체와도 크게 다르지 않다. 혈이란 기가 흘러 지나는 곳이기도 하지만 또한 머무르는 곳이기도 하다. 그리해 기를 담는 그릇이라 하여 혈이라 부르는 것이다.

비록 네겐 단전이 없고 그래서 내공도 없다. 허나, 살아서 숨을 쉬는 만큼 생명 본연의 기운이야 남들과 다를 게 뭐가 있겠느냐. 당연히 네 저주받은 몸뚱이 안에도 혈은 있을 것이고 그 안에는 너를 살게 하는 생명의 기운이 깃들어 있을 것이다. 그것을 '혈정(穴情)'이라 한다. 물론 혈 하나하나에 깃든 혈정은 단전과는 비교도 되지 않을 만큼 작다.

허나, 단전은 하나뿐이지만 인체에는 무려 365개나 되는 혈이 있고 또한 그것은 가공되지 않은 생명 본연의 기운이기에 단전의 내공과는 정순함의 정도가 다르다. 무슨 말인지 알겠느냐? 그 숨겨진 기운을 이끌어낼 수만 있다면, 그리해 잘만 사용할 수 있다면 네 저주받은 몸뚱이로도 조금쯤은 사람 구실을 할 수 있게 될 거라는 말이다."

금천우의 한마디 한마디는 천풍을 흥분시켰다.

반신반의 하는데도 실낱같은 기대가 실타래처럼 커졌다. 천풍이 조급히 물었다.

"혈정이라는 걸 이끌어내려면 어떻게 해야 하는 건데요? 어떻게 해야 잘 사용할 수 있는 건데요?"

"내가 아까 보여준 검무, 한번 끈덕지게 물고 늘어져 봐. 답은 거기에 있을 테니까."

금천우의 말은 그것으로 끝이었다. 더 이상 볼 일 없다는 듯 홱 몸을 돌려서는 해심정을 떠나 버렸다.

천풍은 금천우를 잡지 않았다. 지금 천풍의 머릿속은 온통 검무에 대한 생각으로 가득 차 있었다.

언제 마음이 바뀔지 모르는 괴팍한 인간이다. 다시 시범을 보여줄지도 장담할 수 없다. 머릿속에 있는 기억이 조금이라도 흐트러지면 어둠뿐인 세상 속에서 드디어 찾아낸 빛 하나를 다시 잃어버리게 될지도 모른다. 기억이 온전할 때 단단히 몸에 새겨둬야 했다.

천풍은 기억을 더듬어 금천우가 보여준 검무를 되짚었다.

금천우가 보여준 검무가 천풍을 통해서 재현되기 시작했다. 비록 목검조차 갖추지 못한 빈손이었지만 천풍의 검무는 금천우의 검무를 그대로 따라가고 있었다. 심지어 손가락 모양새 하나 틀리지 않을 만큼 완전히 똑같았다.

큰 좌절 후의 작은 희망, 천풍의 발버둥은 그렇게 절박했고 또 필사적이었다.

"거짓말이 참으로 천연덕스럽더군요."

금천우가 천풍을 홀로 남겨두고 그렇게 해심정을 벗어났을 때였다.

백연이 금천우를 기다리고 있었다.

"봤어?"

금천우가 물었다.

"주군의 사기 행각을 물으시는 거라면 이 두 눈으로 똑똑히 보아두었습니다. 대체 풍파결(風破缺)이 언제부터 시전에서 흔히 볼 수 있는 그저 그런 검무가 되었는지 무척이나 궁금하더군요."

백연의 비꼬는 말에 금천우가 계면쩍게 웃었다.

그런 금천우를 보며 백연이 고개를 잘래잘래 저었다.

풍파결은 검무가 아니었다.

흑야백영적혈암(黑夜白影赤血唵).

어둠이 깔리고 세상이 잠들 때 순백의 그림자가 붉은 피를 머금는다.

200년 전 천하를 공포에 떨게 했던 신비살수 현천(玄天)이 남긴 심법이 바로 풍파결이었다.

하지만 현천의 이름에 비해 그가 남긴 풍파결은 사람들로부터 그리 사랑받지 못했다.

풍파결이 심법임에도 불구하고 내공의 증진이라는 심법 본연의 목적과는 완전히 그 궤를 달리했기 때문이었다.

그것은 운기토납의 호흡법도 아니고 운기조식의 행공법도 아니었다. 그저 검무를 추듯 몸을 움직여 인체 365개 혈 속에 잠재되어 있는 기운을 끌어내는 것이었다. 다시 말해 풍파결을 백날 붙들고 있어봐야 내공은 한 줌도 얻지 못한다는 것이다.

무림인들이 오매불망 꿈에도 그리는 것이 뭐겠는가?

오기조원(五氣朝元), 삼화취정(三華聚頂), 등봉조극(登峯造極)의 경지에 이르러 검강(劍罡)을 뿌리고 이기어검(以氣馭劍)을 날리는 것이 아니겠는가.

그러기 위해 가장 근본이 되는 것이 내공이다. 제아무리 현천이 남긴 심법이라 해도 그것이 내공을 쌓을 수 없는 것이라면 무림인들로부터 외면 받는 거야 당연한 일이었다.

더구나 풍파결은 단순한 동작들로 이루어졌음에도 결코 만만히 익힐 수 있는 심법이 아니었다.

혈정이라는 것, 혈 속의 잠재된 기운을 끌어다 쓴다는 것, 어찌 들으면 그럴 듯해 보이기도 하지만 사람이 자신의 몸속 혈들을 하나하나 인식한다는 것은 말처럼 쉬운 일이 아니었다. 게다가 설혹 풍파결의 효능으로 혈을 인식하는 데 성공을 했다손 치더라도, 그것을 실제적인 힘으로 만드는 것은 실로 난해하고 어려운 일이었다. 지난 200년간, 그래도 현천의 이름을 믿고 혹시나 하는 기대로 풍파결에 손을 댄 사람들 중 그 것을 제대로 익힌 사람이 단 한 명도 없을 정도라면 더 말해 뭣하겠는가.

제대로 익힌 사람이 단 한 명도 없으니 풍파결이 대체 어떤 건지, 그 위력은 또 얼마나 되는지 아무것도 증명된 것이 없었다.

결국 이어진 것은 의심이었다.

풍파결에 과연 내공심법을 대체할 만큼의 효력이 있기나 한 건지, 사람이 익힐 수 있기나 한 건지…… 아니, 다른 걸 다 떠나서 신비살수 현천이 남긴 심법이 과연 맞기나 한 건지조차 의심스러웠다. 그러한 불신 속에서 풍파결은 자연스레 사람들의 관심에서 멀어질 수밖에 없었다.

백연도 풍파결을 미심쩍어하는 사람들 중 하나였다. 백연뿐만 아니라 금천우도 마찬가지였다. 백연이 금천우에게 사기 행각이라 했던 이유가 거기에 있었다.

금천우는 사실 풍파결에 대해서 그리 잘 알지 못했다.

과거 많은 사람들이 그랬던 것처럼 호기심으로 풍파결을 접하긴 했지만 또한 많은 사람들이 그랬던 것처럼 그 역시 그 난해함에 막혀 풍파결에 대한 미련을 버려야 했고, 때문에 그가 풍파결에 대해 내세울 수 있는 거라고는 고작해야 형(形)을 외우고 있다는 것 정도에 불과했다. 365개의 혈이 어떠니 잠재된 기운이 어떠니 한 것도 그저 책에서 본 걸 그대로 읊조려댄 것에 지나지 않았다.

풍파결을 펼친 후 천풍에게 단 한 줌의 내공도 사용하지 않았다고 했던 말, 그 역시 당연하게도 거짓말이었다. 단 한 줌도 사용 안 하기는커녕 검을 휘두르다 보니 저도 모르게 흥이 돋아서, 있는 내공을 죄다 끌어다 한바탕 춤사위를 벌였다. 그래서 그 단순했던 동작들이 그토록 화려하게 느껴졌던 것이고, 천풍이 감탄에 감탄을 거듭하며 넋을 놓고 보았던 것도 바로 그 때문이었다.

백연이 물었다.

"그렇게까지 해서 풍파결을 전해 준 이유가 무엇입니까? 설마 그 아이라면 풍파결에서 뭔가를 얻을 수 있다고 생각하시는 겁니까?"

금천우가 피식 실소를 흘렸다.

"글쎄? 힘들겠지? 나 패천일검 금천우조차 두 손 두 발 다 들어 버렸는데 그깟 놈이 가능할 리가 없지. 기적이라도 일어나지 않는 다음에는 말이야. 허나, 세상일이란 건 또 기적이 일어나지 말라는 법도 없는 거거든. 만에 하나라도 기적이란 것이 일어난다면? 괴물이긴 한데 수족 다 잘린 병신 괴물이 그래서 다시 팔다리를 얻게 된다면? 어때? 궁금하지 않아? 앞으로 10년 후, 혹은 20년 후 그 괴물이 과연 어떤 모습을 하고 있을지……."

"주군께선 기적이 일어날 거라 확신이라도 하고 계신 듯합니다."

"그야 나도 모르지. 기적이 일어날지 안 일어날지, 기적이 일어난다 해도 풍파결이 과연 그 녀석에게 팔다리가 되어줄 만한 물건인지 아닌지…… 내가 부처님도 아닌데 그걸 어떻게 알겠어? 다만 그리되었으면 하는 것뿐이지. 그 녀석이 병신인 채로 있는 것보다야 기적이라도 일어나서 세상을 다 불태워 버릴 만큼 무시무시한 괴물이 되는 쪽이 훨씬 더 재밌지 않겠어?"

굳이 믿는 구석 하나를 더하자면 사실 확인은 되지 않았지만 현천 또한 천극의 상이었다는 풍문이 있었다.

금천우의 입 꼬리가 조금 더 위로 말려 올라갔다. 하지만 그도 잠시, 이내 말문을 돌렸다.

"그건 그렇고 이제 그만 떠날 채비를 해야겠어."

금천우의 말에 백연이 의아히 물었다.

"그 아이가 검문에 들겠다 수락을 했습니까?"

"아니."

"한데 어째서 벌써 떠나시려는……."

"제자로 거두겠다는 거, 관두기로 했거든."

"진심…… 이십니까?"

"진심이 아니면?"

"수족 다 잘린 병신이든 세상을 다 불태워 버릴 만한 무시무시한 괴물이든 그런 건 차치하고라도, 그 아이가 가진 재능이라면 분명 검문에 힘이 될 터인데 그 재능을 이런 곳에서 썩

게 내버려두기엔 너무 아깝지 않습니까? 더욱이 풍파결까지 전해 주신 마당인데…….”

“아깝긴 개뿔!”

백연의 말에 거칠게 콧방귀를 날린 금천우가 품속에서 뭔가를 꺼내어 흔들었다.

지난번 천풍의 방에서 가져온 능광십팔검의 무공책자였다.

“이걸 보고도 그런 소리가 나와? 지금 그 녀석은 누가 가르치고 말고 할 계제가 아냐. 이미 자신만의 길에 서서 자신만의 무공을 완성해 가고 있단 말이야. 개파(開派)를 하지 않았다뿐이지 그 녀석은 이미 일문(一門)의 종사(宗師)라고! 그런 놈을 제자로 삼으라고?

내가 가고자 하는 길에 나보다 먼저 발을 내딛은 놈인데, 그런 놈을 제자로 삼아서 대체 뭘 가르치란 거야? 아니면, 영감탱이처럼 내 꿈을 사랑스러운 제자에게 모두 맡기고 제자의 성취를 그저 대견해하면서 뒷방 늙은이 신세로 그렇게 볼품없이 늙어가라고? 흥! 어림 반 푼어치도 없는 소리지. 나는 말이야. 지금의 내 심정은 말이야. 괴물이 될지도 모르는 녀석을 제자로 거두고 싶은 게 아니라 훗날 괴물이 되어 있을 녀석과 제대로 한판 붙어보고 싶은 거라고!

풍파결은 그날을 위한 내 나름의 안배인 거고! 물론 너무도 불확실해서 기적이란 것에 기댈 수밖에 없는 것이 마음에 안 들긴 하지만, 그만큼 내가 뜨거워진 거야. 기적이란 것에 기대어서라도 완성된 녀석과 겨뤄보고 싶을 만큼 지금 내가 뜨거워져 있는 거야. 무슨 말인지 알겠어? 이 천하의 금천우가 그 단전도 없는 망할 놈의 꼬맹이 녀석을 적수로 인정했다 이 말이야!"

제7장

현야의 폭탄선언

천극의 서

첫눈이 내렸다. 새하얀 눈이 지붕을 덮고 나무를 덮고 땅을 덮었다.

온통 하얗게 탈색되어 버린 세상, 고즈넉하고 차분히 가라앉은 산야, 그렇게 시간이 멈춰 버린 것 같은 풍경 속에 눈밭을 가로지르는 산토끼 한 마리만이 살아 있는 생명의 숨결을 느끼게 한다.

하지만 그 같은 황산의 풍경과는 달리 황산사는 이른 아침부터 분주했다.

툭탁툭탁 짐을 꾸리는 소리에 간간이 고함소리가 섞여 들려오고, 여기저기 바삐 움직이는 사람들은 소복소복 눈이 내리는데도 연신 이마의 땀을 훔쳐댔다.

대규모 인원이 한 달 동안이나 머물렀으니 머문 자리를 정리하는 게 간단치 않은 거야 당연했다.

물론 모두가 그처럼 바쁜 것은 아니었다. 떠나는 사람들의 분주함과는 동떨어져 얄미울 만큼 홀로 유유자적인 사람도 있었다. 그동안 번잡함을 피해 자신의 방에서 두문불출했던 현야가 그랬다.

지난 한 달 동안 현야의 일상은 그야말로 신선놀음이었다. 심심풀이 삼아 바둑을 두고 소일거리 삼아 불경을 외웠다. 생각보다 오래 머물게 된 것이 미안했던지 열흘 전에는 종남파 제자로부터 철관음(鐵觀音)이라는 복건성 특산의 귀한 차를 선물 받아 다도도 즐겼다.

지금도 마찬가지였다. 밖은 온통 시끌벅적 소란스럽기가 이를 데 없는데 현야의 방은 완전히 딴 세상인 양 은은한 차향만이 여유롭게 떠다니고 있었다.

또르르르.

다관에서 떨어진 찻물이 영롱한 소리를 내며 찻잔을 채웠다. 찻잔 속에는 한 송이 매화가 새겨져 있었는데 찻물이 일렁일 때마다 색깔이 바뀌어 어떨 때는 홍매화가 되기도 했고, 또 어떨 때는 백매화가 되기도 했다.

대륙 최대의 도요인 경덕진요(景德鎭窯)의 다기였다. 종남파의 제자가 철관음과 함께 선물한 것인데 그 신기하고 아름다운 광경은 볼 때마다 경이로웠다.

'경덕진요의 다기에는 신묘한 힘이 깃들어 있다더니 과연 명불허전이로군.'

찻잔을 들었다. 금황색의 찻물이 작은 파문을 일으키고 맑고 풋풋한 차향이 코끝을 스쳤다. 명차는 명차인 모양이다. 그저 향일 뿐인데도 정신이 맑아지고 마음이 차분히 가라앉는다.

스스로가 생각해도 지나치게 여유다. 이 추운 날, 밖에서 고생하고 있는 사람들을 생각하면 마냥 마음이 편하지만은 않다. 하지만 달리 도울 일이 있는 것도 아니고 도움을 필요로 하지도 않는다. 괜히 나가서 얼쩡거려봐야 방해만 될 뿐이다. 그러니 이렇게 홀로 어울리지 않는 다도를 즐기며 신선놀음 중인 것이다.

하지만 현야의 쑥스러운 신선놀음은 그리 오래가지 못했다.

"현야 사숙님 계십니까?"

예기치 못한 손님의 방문이 있었다.

40대 초반의 승려가 문을 열고 들어섰다. 언젠가 한 번 본 적이 있는 얼굴이었다.

'정각(正角)이라 했었지 아마?'

일전에 영은사 방장 공현의 서신을 전해 주러 온 것이 바로 이 사내였다.

당시 전해 받은 서찰의 내용은 별로 좋은 기억으로 남아 있지 않았지만 그 서찰을 전해 주러 온 정각에 대해서는 그리 나쁜 기억이 없었다. 몸가짐은 반듯했고 예의도 발랐다. 속되어 보이지 않는 말투도 차분하고 좋았다.

"그래. 사질께서 내겐 또 무슨 볼일이신가?"

정각이 자리에 앉기를 기다려 현야가 물었다.

정각이 살짝 고소를 머금었다. 현야의 말투에서 경계하고 꺼려하는 마음을 읽었기 때문이다. 현야가 그를 반기지 않는 이유야 잘 알고 있었지만, 어차피 그는 그저 일개 심부름꾼일 뿐인 것을 어찌하겠는가.

"본사에서의 전갈이 있었습니다."

"본사에서?"

"올해가 가기 전에 본사로 돌아오시라는 방장 스님의 말씀이 있으셨습니다."

"본사로 돌아오라니? 나더러 말인가?"

"예. 이제 그만 이곳에서 짊어지고 계셨던 짐을 내려놓으시고, 본사로 복귀하셔서 불도에만 정진하라 하셨습니다."

정각은 심부름을 마쳤다. 하지만 바로 자리를 뜨지는 못했다.

현야가 미간을 있는 대로 찌푸린 탓이다.

선자불래(善者不來)요 내자불선(來者不善)이라 했다.

선한 자는 오지 않고 오는 자는 선하지 않다.

현야에겐 정각이 그랬고 정각이 가져온 본사에서의 전갈이란 것이 그랬다.

"이보게. 내가 영은사를 떠나 이곳에 머문 것이 근 60년 세월이네. 평생이라 할 만큼의 시간을 황산사에서 보냈는데, 그런 내게 내 보금자리를 버리고 한 톨의 인연도 남아 있지 않은 영은사로 돌아오라는 게 어디 말이나 될 법한 소린가? 다시 돌아가기엔 이미 너무 많은 시간이 흘러버리지 않았는가 말일세."

현야가 기가 막혀 하자 정각이 송구스럽다는 기색으로 고개를 떨어뜨렸다.

웃전의 명이라 전달을 하긴 했지만 이번 일은 정각의 생각에도 너무한 처사였다. 불문에 입문을 하고 구족계(具足戒)를 받아 정식 불제자가 된 지 이제 근 70여년. 현야의 뿌리가 영은사임에는 사실이지만 이미 반백년이 넘는 세월을 영은사가 아닌 황산사의 사람으로 살아온 그였다.

게다가 지난 십수 년 동안은 아예 버린 자식 취급하며 나 몰라라 해놓고 이제와 근본을 내세우고 뿌리를 들먹여 평생을 지내온 삶의 터전을 떠나라 하는 건, 너무 일방적일 뿐더러 이치에도 맞지 않았다.

하지만 윗분들의 결정이다. 정각의 생각 따위는 중요하지 않았다. 그가 나서서 왈가왈부할 사안도 아니었다.

정각에게 따져서 될 일이 아니라는 것 정도는 현야도 알고 있었다. 그래서 더 추궁하지는 않았다. 대신 궁금한 것을 물었다.

"본사에선 아무 짝에도 쓸모없는 이 늙은이를 대체 뭐에 써

먹으려고 부르신단 말인가? 아니, 그 전에 내가 본사로 돌아가면 여긴 또 어찌하고?"

"곧 대신할 사람들을 보낸다 하셨습니다. 뿐만 아니라 앞으로 대대적인 보수 공사도 있을 거라 하셨습니다. 낡은 건물을 허물어 새 건물을 짓고 십여 채의 전각을 더 증축하여 사찰의 규모도 키우고……."

정각으로서는 성실히 대답한다고 대답한 거였지만 현야에겐 죄다 이해 못할 말들뿐이었다.

현야가 조금 더 진지해진 눈빛을 하고 다시 물었다.

"정확히 본사의 뜻이 무언가? 지금 본사의 사정이 그리 좋은 편이 아니란 것쯤은 나도 귀가 있으니 들어 알고 있네. 건물을 새로 짓고 증축을 하고…… 한두 푼으로 될 일이 아니지 않은가? 딱히 보수가 필요할 정도로 심하게 낡은 것도 아니고 증축이 더 필요할 만큼 찾아오는 손님이 많은 것도 아닌데, 그렇게 무리를 해가면서까지 여기에 돈을 쓰려 하는 이유가 뭐란 말인가? 본사에선 이곳 황산사를 대체 어떻게 써먹으려 하는 것인가?"

지금껏 성의를 다해 대답을 해주던 정각이 어쩐 일인지 이번만큼은 바로 대답을 하지 않고 머뭇거렸다. 얼굴에는 곤란해하는 기색까지 엿보였다.

정각의 표정으로 보건대 아무래도 영은사에서 황산사를 통해 하려는 일이 그리 당당한 일은 아닌 것 같았다. 그러니 더 궁금했다.

"이보게. 이곳은 내 사부님이 평생을 바친 곳이고 내가 평생을 다해서 지켜온 곳이네. 이곳이 앞으로 어떻게 쓰일지 정도는 내게도 알 권리가 있지 않은가?"

현야가 이렇게까지 말을 하는데 마냥 입을 닫고 있을 수만은 없다. 정각이 결국 조심스럽게 입을 열었다.

"저도 자세한 것까진 알지 못합니다만…… 구대문파의 이번 방문으로 이곳에 대한 사람들의 관심이 부쩍 늘었습니다. 2만 권이나 되는 무공서적에 대한 호기심도 호기심이지만, 말하기 좋아하는 사람들이 없는 말까지 지어내 떠들어대는 통에 말도 안 되는 소문들까지 나돌고 있는 실정입니다."

"말도 안 되는 소문이라니?"

"영은사의 학승들이 수백 년 연구 끝에 최고의 비전절예를 만들어 이곳 황산사에 숨겨두었다는 둥, 그 비전절예가 소림의 역근세수경(易筋洗髓經), 무당의 태극혜검(太極慧劍)에 버금가는 무공이라는 둥…… 전설이니 비사(秘事)니 몽상가들이 좋아하는 그런 소문들 말입니다. 아무튼 그 때문에 최근 들어 많은 무림인들이 이곳의 방문을 문의해 오고 있습니다. 개중에는 소문의 진상을 확인하려는 사람들도 있고, 또 소문에 미혹되어서 혹시나 하는 기대를 품은 자들도 있습니다."

"그래서?"

"사숙께서도 말씀하셨듯이 본사의 사정이 많이 힘든 상황입니다. 소림의 명성이 높아지고 무림이 날로 강성해지는 만큼 무(武)를 버린 본사는 불자들에게마저도 외면을 받아 매해 참배객의 수가 급속도로 줄고 있습니다. 제자들이 탁발을 해서 공양을 받아오는 것으로 하루하루 살아가고는 있지만, 영은사라는 이름이 무색할 만큼 교세가 약해졌습니다. 교세가 약하니 설법도 힘을 잃었습니다.

이대로는 과거의 영화는 고사하고 명맥을 유지하기에도 버거운 실정입니다. 그런 차에 부처님의 보살핌인지 다행히도 이곳 황산사가 무림인들의 큰 관심을 받게 되었습니다. 윗분들께서는 이것을 마지막 기회라 생각하고 계십니다. 마지막 기회라 생각하고 황산사에 본사의 사활을 걸기로 결정하신 거지요."

"뭘 어떻게 사활을 걸기로 했다는 건가?"

"구대문파에서 이곳에 머무는 동안 본사에 시주한 돈이 무려 은자 600냥입니다. 본사의 반년치 예산에 이르는 막대한 돈을 아무렇지 않게 내놓더군요. 그런 곳이 바로 무림입니다. 2만 권의 무공서적이라는 것, 그것이 만들어내는 환상이라는 것…… 무림인들의 호기심을 잘만 이용해 그들의 발걸음을 황산사로 향하게 할 수만 있다면, 본사는 정말이지 더없이 든든한 자금원을 마련하게 되는 것입니다."

"그러니까 자네 말인즉슨, 황산사를 돈벌이에 이용해 먹겠다는 거로군."

"물론 돈에 연연해하는 것이 불제자의 도리에 맞지 않는다는 것을 왜 모르겠습니까? 허나 불제자에게 있어 최고의 덕은 중생의 구제가 아닙니까? 무엇보다 간사한 것이 사람의 마음입니다. 예쁜 것만 보고 아름다운 것만 듣고 향기로운 것만 맡으려 합니다. 먼저 귀가 열려야 마음이 열리고 마음이 열려야 믿음도 생겨나는 법인데, 지금의 영은사는 예쁘지도 아름답지도 향기롭지도 못합니다. 피를 토하며 설법을 늘어놓아도 그저 시주 몇 푼 더 얻어내려는 수작으로밖에 여기지 않습니다. 안타깝지만 그게 영은사의 현실입니다.

사람들의 닫힌 귀를 열고 마음을 얻기 위해서는 교세를 확장하여 영은사가 여전히 큰 불법을 행하는 곳이라는 믿음을 심어줘야 합니다. 교세를 확장하는 데 필요한 것이 뭐겠습니까? 소림처럼 무림을 압도하는 무력이 있는 것도 아니고, 그렇다고 권력을 등에 진 것도 아닙니다. 결국은 금력뿐이지 않겠습니까? 황산사를 통해 바로 그 금력이란 것을 얻을 수 있다면, 그래서 바른 설법으로 보다 많은 중생들을 옳은 길로 인도할 수 있다면 그것이 최고의 선이 아니겠습니까?"

역시 팔은 안으로 굽는 건가 보다. 자세한 것까지는 알지 못한다며 조심스럽게 입을 뗀 것과는 달리, 말을 하면 할수록 열을 올려 이젠 아예 영은사를 대표하듯 목소리를 높이는 정각이다.

변명이라면 변명일 수도 있지만 사실 정각의 말은 틀린 것이 없었다.

황산사를 통해 돈을 벌고 그 돈으로 교세를 키워 중생 구제에 힘쓰겠다는 것, 과거 중생을 구제하는 데 칼을 들어야 한다면 마땅히 칼을 들겠노라며 무공서적을 모았던 선대의 뜻과도 크게 다르지 않다.

하지만 그건 어디까지나 정각의 생각이고 바람일 뿐이다.

영은사 방장 공현도 과연 정각처럼 그렇게 순수한 마음일까? 돈에 대한 욕심 없이 불법을 행하기 위한 수단으로만 황산사를 보고 있을까?

그렇지는 않을 것이다. 글은 마음을 비추는 거울이라 했다. 비록 한 번도 만난 적은 없지만, 그래서 얼굴조차 모르지만 지난 번 전해 받은 서찰만으로도 공현의 인물됨은 충분히 짐작할 수 있었다.

애당초 공현이 불제자로서 바르고 올곧은 인물이었다면 현야에게 황산사를 떠나라는 그런 말도 안 되는 명을 내리지도 않았을 것이다. 조금 전 영은사의 뜻을 묻는 현야의 질문에 정각이 그처럼 곤란해하지도 않았을 것이다.

정각도 알고 있는 것이다. 공현의 인물됨이 어떠한지, 어떤 마음으로 황산사를 보고 있는지, 보다 큰 대의를 위한 어쩔 수 없는 선택인지 아니면 그저 욕심이고 탐욕인 건지…….

무거운 정적이 흘렀다. 현야는 복잡한 머릿속을 정리하느라 입을 닫았고, 그런 현야의 마음을 엿본 정각은 죄스러움과 부끄러움으로 할 말을 찾지 못했다.

정적은 그렇게 오랫동안 이어졌다.

"얼마 전에 종남파의 제자분께서 선물로 가져온 것인데, 한 잔 마셔보겠는가?"

현야가 정각의 앞으로 찻잔을 내밀었다. 꽤 오랫동안 이어진 불편한 침묵이 그렇게 끝났다.

상황과 어울리지 않는 뜬금없는 제안에 어리둥절한 정각이다. 그러는 사이 이미 찻잔에는 찻물이 채워지고 있었다.

"자, 한번 마셔보게."

현야의 권유에 정각이 마지못해 찻잔을 들었다.

"어떤가?"

"향이 참 좋습니다."

예의상 하는 말이 아니라 정말이지 향이 좋았다. 청차(青茶) 특유의 달콤한 과일 향에 풋풋함까지 더해져, 그저 향기만으로도 벌써 무겁던 마음이 한결 나아지는 것 같았다.

"철관음이라는 차라더군. 차에 대해 잘 아는가?"

"차에 대해서는 문외한입니다만, 철관음이 명차라는 건 들어 알고 있습니다."

"혹시 철관음이 왜 철관음이라 불리게 되었는지도 아는가?"

"그것까지는 알지 못합니다. 거기에 무슨 사연이라도 있습니까?"

"사연이라기보다는 일종의 전설 같은 거지. 종남파 제자분이 차를 선물하며 재미삼아 들려주신 이야기인데 말이야. 한번 들어보겠는가?"

정각이 가타부타 대답을 하기도 전에 이미 이야기는 시작되고 있었다.

대체 이 무슨 말도 안 되는 여윤가 싶었다. 영은사의 그릇된 욕심으로 평생을 지켜온 삶의 터전을 하루아침에 잃게 된 현야다. 아무리 달리 방법이 없다지만 화를 내고 욕설을 퍼부어도 모자랄 판에 한가하게 차 얘기나 하고 있다니?

그저 바보처럼 속이 좋은 걸까? 아니면 진정으로 탈속하여 어떤 것에도 미련을 두지 않게 된 것일까? 그도 아니면 지나치게 단순한 사람이라 그 일을 벌써 까맣게 잊어버리기라도 한 것일까?

'하긴, 하소연을 하고 푸념을 늘어놓는다고 내가 뭘 할 수 있겠는가마는…….'

오히려 이렇게 아무 분란 없이 넘어간 것이 그저 다행일 뿐이다. 혹시라도 현야가 본사의 명을 따르지 않겠다고 고집을 부리기라도 했다면 참으로 난감할 뻔했다.

영은사의 뜻을 전한 것으로 그의 할 일은 끝났다. 현야도 영은사의 뜻을 순순히 받아들이기로 한 것처럼 보이니 걱정도 덜었다.

정각은 마음을 편히 먹기로 했다. 마음을 편히 먹고 현야의 이야기에 귀를 기울였다.

철관음의 유래인즉슨 이랬다.

과거 복건성 안계현에 조상 대대로 차를 재배하며 살아온 위음(魏飮)이라는 농부가 있었다. 위음의 차밭 근처에는 관음묘(觀音廟; 관세음보살을 모시는 사당)가 있었는데 평소 불심이 깊었던 위음은 지극정성으로 예불을 올리는 것은 물론이고, 매일 하루도 거르지 않고 사당의 안팎을 깨끗이 청소하며 아침저녁으로 차를 타서 관음에게 공양도 올렸다.

그러던 어느 날이었다. 그의 정성에 감복한 관음이 위음의 꿈에 나타나 이르기를 '관음묘 뒤에 차 묘목 한 그루가 있을 것인데, 그것을 너의 차밭에 옮겨 심으면 비할 바 없는 복을 받게 될 것이다.' 라고 하였다.

꿈에서 깨어 그 길로 관음묘의 뒤를 찾아보니 정말로 차 묘목 한 그루가 있었다.

위음은 관음이 말한 대로 차 묘목을 자신의 차밭에 옮겨 심고 관음을 대하듯 정성들여 그것을 키웠다.

묘목은 금세 잎이 무성하게 자랐는데 그 잎을 따다가 차를 만드니 그윽한 향을 가진 최고의 차가 되었다. 어찌나 향이 좋고 맛이 깨끗한지 대륙 각지에서 소문을 듣고 차를 맛보고자 수많은 사람들이 안계현으로 몰려들 지경이었다.

그렇게 부자가 된 위음은 관음이 주신 은덕에 감읍하여 차의 이름을 관음이라 짓고, 그 앞에 차엽(茶葉)의 무게가 쇳덩이처럼 무겁다 해서 쇠 철(鐵) 자를 붙였다.

"철관음이란 이름은 그렇게 만들어진 것이지. 한낱 차에도 부처님의 자비로움이 숨어 있는 것이니, 그 은혜가 참으로 놀랍지 않은가?"

"부처님의 자비와 은혜를 비롯되게 한 그 위음이라는 농부의 정성과 불심이 저는 더 갸륵합니다."

"그렇지. 나도 그 이야기를 듣고 부처님을 모시는 불제자로서 내 안의 불심을 돌아보게 되더군. 그저 부끄러울 뿐이었지. 한데 말이네. 문득 이런 생각이 들었어. 위음이 철관음을 옮겨 심고 그것을 번식시켜 차밭을 온통 철관음으로 가득 채웠다면, 그래서 관음의 말씀대로 큰 복을 받아 부유해졌다면 원래 거기에 있던 차나무는 어떻게 되었을까? 버려졌겠지? 철관음으로 인해 큰돈을 벌게 되었으니 한낱 이름 없는 차 따위는 미련 없이 버렸을 거네. 어쩌면 불에 태워서 철관음의 거름으로나 써먹었을지도 모르지.

조상 대대로 이어온 차밭이든 어쨌든, 선조들이 어떤 마음으로 그 차밭을 일구어 온 것이든, 이름 없는 차가 제대로 된 차 맛을 내기까지 거기에 들어간 선조들의 피와 땀이 어떠하든 그런 건 상관이 없지. 보다 큰 이득 앞에서 그런 사소한 것들은 그리 중요한 게 아니니까. 새 것이 생기면 낡고 오래되어 소용없어진 것은 버리는 게 세상의 당연한 이치니까 말일세."

지금까지 마치 어느 시골 촌부가 손자를 무릎에 앉혀놓고 옛이야기를 들려주듯 조근조근 여유롭던 현야의 목소리에 돌연 가시가 돋쳤다.

처음에는 그저 기분 탓인가 했다. 하지만 현야의 말을 곱씹어보니 기분 탓이 아니었다. 현야는 황산사에 대한 영은사의 결정이 얼마나 독선적이고 또한 도리에 어긋난 것인지 철관음에 빗대어 말하고 있었다.

백여 년에 걸쳐 2만 권이나 되는 무공서적을 모은 것이 무엇 때문이었는지, 그것을 모은 선대의 뜻이 어떤 것이었는지, 거기에 얼마나 많은 사람들의 얼마나 많은 노력이 깃들어 있는지…… 선대의 유지를 받드는 것이 마땅히 후손된 자의 도리인데 영은사는 당장의 이득 때문에 그 도리를 저버리려 하고 있다. 현야는 그리 말하고 있었다.

철관음에 빗대어 에둘러하는 말이었지만 그 말에는 정각의 가슴을 서늘히 젖어들게 만드는 날카로움이 있었다.

착각하고 있었다.

눈앞의 늙은 승려는 결코 바보처럼 속이 좋은 것도, 지나치게 단순한 것도, 진정으로 탈속하여 어떤 것에도 미련을 두지 않게 된 것도 아니었다.

세사에 물들지 않아 잘못을 잘못이라 말할 수 있는 자유로움이 있었고, 자유로운 만큼 싫은 것을 싫다 할 수 있는 고집이 있었다.

"그건 그렇고…… 내게 제자 놈이 하나 있는데 말이네."

또다시 뜬금없이 불쑥 던져오는 말에 정각은 바짝 긴장했다. 이쯤 되고 보니 어떤 말도 허투루 흘려들을 수가 없었다. 무슨 말을 할지, 그 말이 또 무슨 의도를 가지고 있을지 걱정부터 앞섰다.

"혹시 만난 적 있는가?"

정각이 조심스레 현야를 살피며 고개를 저었다.

"사숙님께서 제자를 거두셨다는 건 들어 알고 있습니다만 아직 만나보지는 못했습니다. 하온데 제자분은 왜……?"

"본사에서 나를 불렀으니 당연히 그 아이도 데려가야 할 텐데, 인연이 닿아 제자로 거두기는 했지만 아직 정식으로 입문 절차를 밟은 것도 아니고 머리를 깎은 것도 아니라서 말이네."

"그거야 본사로 돌아가면 본사에서 자연히 구족계를 내리지 않겠습니까?"

"그 아이가 부처님과는 인연이 닿지 않은 아이라면?"

"무슨…… 말씀이신지?"

"그 아이는 불제자가 될 팔자가 아니라는 말일세. 불제자를 만들려고 거둔 것도 아니고. 그 아이를 불제자로 만들 생각 또한 당연히 없네."

"하오나 본사는 소림처럼 무(武)와 불(佛)을 같이 하는 곳이 아닙니다. 속가제자가 인정될 리 없습니다. 사숙님의 제자가 되었고 그로 인해 본사에 들어 구족계를 받게 되면, 이미 그로

써 불제자가 될 팔자인 것이 아니겠습니까?"

"선택의 여지가 없다는 말인가?"

"적어도 사숙님이 영은사의 지붕 아래 있는 한은, 또한 그 아이가 사숙님의 제자로 있는 한은 그렇습니다."

"그렇군. 하긴, 그렇겠지."

두어 차례 고개를 주억거리는 현야다. 한데, 그런 현야의 입가에는 의미를 알 수 없는 미소가 걸려 있었다. 그 미소를 보자니 이번에는 정각의 등줄기에 서늘한 바람이 훑고 지나갔다.

심상치 않았다. 사람 좋아 보이는 얼굴 뒤로 고래심줄 같은 노인네의 옹고집 같은 것이 보였다. 무언가 마음을 비운 듯도 하고 결심을 단단히 다진 듯도 한 눈빛도 예사롭지 않았다.

'설마 다른 마음을 품고 계신 것은 아니겠지?'

영은사의 명을 순순히 따르지 않을지도 모른다. 왠지 모르게 그런 생각이 들었다.

만에 하나 정말 그런 거라면 현야를 위해서라도 결코 바람직한 일이 아니었다.

영은사는 누가 뭐라 해도 수백 년 전통이 살아 숨 쉬는 선종 최대의 교파였다. 비록 과거의 영광을 잃었다고는 하나 제자의 불경과 독단이 용납될 만큼 허술한 곳이 아니었다. 교세가 무너진 만큼, 오히려 내부의 규율과 규범에는 더욱 엄격해서 작은 잘못에도 큰 벌이 내려지곤 했다.

정각은 혹시나 하는 생각에 조금은 강압적인 말투로 미리

으름장을 놓았다.

"사숙님께서 본사의 결정을 탐탁지 않게 여기시는 것은 잘 알고 있습니다. 저 또한 본사의 이번 결정이 바른 길이라 생각지는 않습니다. 허나 세상사라는 것이 마음에 기꺼운 것만 하고 살아갈 수는 없는 것 아니겠습니까? 옳고 그름을 따지는 것은 사숙님의 몫도 저의 몫도 아니지 않습니까?

어차피 사숙님이 뭐라 한들 한 번 내려진 명이 다시 거두어질 리 없습니다. 방장 스님의 생각이 바뀔 리도 없습니다. 혹시라도 다른 마음을 품고 계신 거라면 그 마음 거두십시오. 소용없는 일에 매달려 괜한 화를 자초하는 것은 그저 어리석음일 뿐입니다!"

"괜한 화라…… 언제 눈감을지도 모르는 늙은 몸이네. 이제 얼마 남지도 않은 이생에서의 고초 따위가 뭐가 두렵겠나? 내가 진정으로 두려운 것은 당신의 유지를 제대로 받들지 못한 채 죽어 다시 만나게 될 내 사부님의 분기와, 내 무능함으로 인해 원치 않은 삶을 살아가게 될 내 제자의 원망이네."

아니나 다를까 다른 마음을 품고 있다. 이젠 그 마음을 숨기지도 않는다.

'결국 본사의 뜻에 따르지 않겠다는 건가?'

정각이 현야의 눈을 똑바로 주시하며 물었다.

"그래서 어쩌시겠다는 것입니까?"

"어쩌시겠다라…… 글쎄? 나도 잘 모르겠네. 뭘 어찌해야 할까? 뭘 어찌해야 내 사부님께도, 내 제자에게도 당당할 수 있을까? 혹시 마땅한 방법이 있다면 자네가 좀 가르쳐 주지 않겠는가?"

현야가 허허거리며 웃었다.

농담처럼 혹은 실소처럼 가볍게 웃어넘기는 모습이었지만 그것이 더 불안했다.

의미심장하다는 것…… 지금 현야의 말이, 현야의 웃음이 바로 그랬다.

* * *

정각이 현야의 의미심장한 웃음을 보았던 그날로부터 사흘 후, 꽤 긴 시간 머물렀던 손님들이 드디어 모든 준비를 마치고 황산사를 떠나려 하고 있었다.

백여명의 영은사 승려와 수십의 구대문파 제자들…… 처음 왔던 그대로의 대행렬이 꼬리에 꼬리를 물며 길게 이어졌다.

만남이 있으면 반드시 헤어짐이 있기 마련이고, 또한 그 만남이 반가운 것은 아니었을지라도 이별은 항상 섭섭함을 남긴다. 행렬을 배웅 나온 천풍의 마음도 그랬다. 물론 그 섭섭함이 시원하고 후련한 마음에야 비할 바는 아니지만 말이다.

처음에는 많은 사람들의 방문이 그저 두렵고 불편해서 현야의 뒤에만 숨어 있었지만, 낯익은 얼굴이 늘어난 만큼 딱 그만큼의 여유를 가지게 된 천풍은 길게 늘어선 사람들의 면면을 살피고 있었다.

별다른 감흥 없이 사람들을 훑어가던 천풍의 시선에 이채가 띤 것은 그의 첫 비무 상대이자, 첫 패배의 아픔을 알게 해준 화산파의 도진이 시야에 들어왔을 때였다.

공교롭게도 도진도 마침 천풍을 보고 있었다.

비무가 있은 지 칠 주야가 지났다. 그 짧은 시간 동안 도진의 모습은 몰라보게 달라져 있었다. 세상에서 두 번째로 이상한 사람, 그것이 첫인상이긴 했지만 올곧게 반짝이던 두 눈은 당당하고 호기가 넘쳤었다. 그래서 빛이 났고 그래서 부러웠다. 한데 지금 천풍을 보는 도진의 눈은 올곧게 반짝이지도 호기가 넘치지도 않았다.

이긴 자의 오만이나 자부심도 보이지 않았다. 초점 없이 흔들리는 눈은 퀭했고, 퀭한 눈은 무언가 복잡하게 엉켜 있었다. 그리고 그 뒤로 보이는 것은 깊은 탄식이었다.

영문을 알 수 없는 도진의 눈길에 어리둥절해하고 있을 때,

"뭘 그리 멍청한 얼굴을 하고 있는 거냐?"

누군가 천풍의 시야를 막아섰다. 금천우였다. 금천우가 도진과 천풍을 번갈아 보며 피식 웃는다.

"왜? 지난번의 패배를 곱씹고 있기라도 한 거냐? 그래서 설욕전이라도 한판하려고? 아서라. 지금은 백 번 싸워도 백 번 다 신나게 두들겨 맞기밖에 안 할 테니까."

"그런 거 아니에요."

"그런 게 아니면? 왜 저 녀석을 소박맞은 여편네, 시댁 지붕 쳐다보듯 쳐다보고 있는 거냐?"

"소박맞은 여편네 시댁 지붕 쳐다보는 게 어떤 건데요? 그게 어떤 건진 잘 모르겠지만, 전 그냥 저분이 좀 이상해서 보고 있었던 것뿐이에요."

"이상해? 뭐가 말이냐?"

"비무에서 진 건 전데, 저분이 저런 눈으로 저를 보고 있는 게 이상하잖아요."

"저런 눈이라니?"

"저를 미워하는 눈이요."

복잡하게 엉켜 있는 감정들을 모두 다 들여다볼 수는 없었지만 그중 하나가 미움인 것은 분명했다.

"미움이라기보다는 질투에 가깝겠지."

"질투요?"

"두려움이기도 하고 불신이기도 하지. 하지만 지금 저 녀석의 머릿속에 무엇보다 크게 자리 잡은 것은 한낱 시기나 질투 따위가 아냐. 의문이지. 대체 왜? 어째서? 어떻게? 도저히 답을 찾을 수 없는 의문들이 지금 저 녀석을 미치게 만들고 있는 거다. 그리고 결국은 무너지겠지. 아니면 부서지던가."

"그게 무슨 말이에요? 도저히 답을 찾을 수 없는 의문이란 건 또 뭐구요?"

"무슨 말은 무슨 말이야. 네놈으로 인해 앞날이 창창한 인재 하나가 완전히 못쓰게 망가졌다는 거지."

"그건 또 무슨 말인데요?"

"아아, 다른 건 다 필요 없고. 네놈은 네놈이 화산파에 씻을 수 없을 만큼 큰 죄를 지은 죄인이라는 것만 기억하고 있으면 돼."

뭔가 거창하기도 하고 위협적으로 들리기도 했지만 그게 무슨 뜻인지는 전혀 알아들을 수가 없었다. 천풍이 멀뚱히 금천우를 보자 금천우는 거기에 대해선 더 할 말 없다는 듯 이내 말문을 돌렸다.

"그건 그렇고, 성과는 좀 있었나?"

금천우의 질문에 천풍이 눈을 반짝였다.

금천우가 묻고 있는 것은 그가 던져놓고 간 검무에 관해서였다.

그렇잖아도 온통 그 생각뿐이었다.

당연히 열심히 익히고 있다. 열심히 익히는 정도가 아니라 눈을 뜨고 눈을 감고 다시 눈을 뜨기까지 단 한순간도 놓치지 않고 오직 검무 그 하나에만 매달렸다. 하지만 아무런 변화도 없었다. 아무것도 느껴지지 않았다. 혈정이라는 것, 혈 속에 담긴 잠재된 기라는 것, 그것을 끌어다 쓴다는 것…… 필사적인 몸부림에도 불구하고 그것은 언제나 뜬구름 잡기일 뿐이었다.

"얼굴을 보아하니 잘 안 되는 모양이군. 하긴 고작 사나흘의 노력으로 그렇게 간단히 되는 거였다면 이미 무림의 역사부터가 달라졌겠지."

"그럼 얼마나 더 해야 아저씨가 말한 것처럼 될 수 있는데요?"

"그야 나도 모르지. 1년이 될지 10년이 될지, 어쩌면 평생을 해도 되지 않을지도 모르고. 운명을 바꾼다는 게 손바닥 뒤집는 것처럼 쉬운 거였다면 운명이라 하지도 않았을 테니까."

"결국 제가 하기 나름이라는 거네요?"

"글쎄…… 네놈 하기 나름이기도 하지만 무엇보다 천운이 따라줘야겠지. 어차피 하늘로부터 받은 저주이니 거기에서 벗어나려면 또한 하늘의 뜻이 있어야 할 테니까."

그렇게 말을 맺으며 천풍의 앞으로 무언가를 건넨다.

"받아라."

얼핏 보니 손바닥만 한 크기의 둥근 옥패였다. 옥패의 중앙에는 금(金)이라는 글자가 정교하게 양각되어 있었다.

"이게 뭔데요?"

"나 금천우의 신표다. 기적이라는 것이 있어 네놈이 그 저주받은 운명으로부터 벗어나는 날이 오거든, 그리해 세상으로 나오게 되거든 반드시 검문으로 나를 찾아오거라. 그 신표를 보여주면 나를 만날 수 있을 것이다."

그것으로 끝이었다. 할 말을 마친 금천우가 지체하지 않고 몸을 돌렸다. 그리고 행렬의 이동이 시작되었다.

금천우도, 도진도, 구대문파의 다른 아이들도 행렬 속에 묻혀 사라졌다.

천풍은 길게 이어진 행렬의 꼬리가 시야에서 아득히 멀어진 후에도 그 자리에 그대로 우두커니 서 있었다.

귀찮고 불편한 손님들이었다. 그들이 남기고 간 기억도 그다지 유쾌하지 못했다. 하지만 돌이켜 생각해 보면 그 유쾌하지 못한 기억들이 그리 싫지가 않았다. 화도 내보았고 울어도 보았다. 절망도 했고 희망도 품었다. 현야와 더불어 살아가는 한적함도 좋지만, 사람 속에서 부대끼며 여러 마음들을 알아가는 것도 썩 나쁘지 않을 것 같았다.

그래서일까? 떠나는 그들이 조금은 부럽다는 생각이 들었다.

그런 천풍의 마음을 알아차린 것일까?

"저들을 따라가고 싶은 게냐?"

현야가 천풍의 어깨에 손을 얹으며 물었다.

"아니에요."

천풍이 고개를 저었다. 그런 천풍을 현야가 지그시 내려다본다.

"그러고 보니 너를 이곳에 데려와 부처님을 알게 해놓고는 정작 네 뜻은 한 번도 물어보질 않았구나. 네 마음은 어떠하냐?"

"……?"

"중이 되고 싶으냐?"

느닷없는 질문이었다. 그래서 선뜻 대답할 말을 찾지 못했다.

"깊이 생각할 것 없다. 지금의 네 마음을 솔직히 말하면 된다. 중이 되고 싶으냐?"

잠깐의 머뭇거림이 있었지만 천풍은 이내 고개를 저었다.

'불제자가 될지 못 될지는 어디까지나 부처님의 소관이오. 소승과 인연이 닿았다고 해서 부처님과도 인연이 닿았다고는 할 수 없는 일이오.'

현야에게 거두어지던 날, 그날 현야가 그의 아비에게 했던 말을 생생히 기억하고 있다.

그래서인지 현야에게 거두어졌을 때도, 그리해 황산사에 들게 되었을 때도, 그리고 지금까지도 단 한 번도 중이 되겠다고 생각해 본 적이 없었다.

부처님상을 보아도, 불경을 읽어도 마음이 울리지 않았다. 그의 마음을 설레게 하는 것은 무공서적의 글귀였고, 그의 가슴을 떨리게 하는 것은 무공의 초식들이었다.

천풍은 자신의 손을 내려다보았다. 거기에는 조금 전 금천우가 남기고 간 옥패가 들려 있었다. 그것을 보고 있자니 어렴풋하고 막연하던 것에 확신이 생겼다.

천풍은 현야의 눈을 마주하며 단호히 말했다.

"저는 중이 되지 않을래요."

"그래. 그렇군. 역시 너는 부처님의 제자가 될 팔자는 아니었던 게야."

그럴 줄 알았다는 듯 고개를 주억거린 현야가 툭 던지듯 말했다.

"그럼 이제 여기를 떠날 때가 된 게로군."

"제가 중이 되지 않으면 여길 떠나야 하는 건가요?"

"아니다. 그것과는 상관없이 너와 내가 그저 이곳 황산사와의 인연을 다한 것뿐이다."

잠시 생각을 정리하는 듯하던 현야가 정각으로부터 들었던 것을 천풍에게 그대로 말해 주었다.

해가 가기 전에 영은사로 복귀하라는 명과 앞으로의 거취, 영은사가 황산사를 통해 하려 하는 일, 그들의 욕심, 그리고 영은사로 복귀하게 되면 천풍은 어쩔 수 없이 구족계를 받아 출가를 해야 한다는 것까지도.

"그럼 이제 어떻게 해야 하는 거죠?"

"나는 영은사로 돌아갈 마음이 없고 너는 중이 될 마음이 없다. 그러니 떠나야겠지. 그것 말고는 달리 길이 없으니까. 허나, 그 전에 반드시 처리해야 할 일이 하나가 있다."

"처리해야 할 일이요?"

"나는 이곳 황산사가 단지 돈벌이를 위해 사람들의 구경거리가 되는 것이 싫다. 이곳 황산사를 그저 돈벌이로 이용하려는 영은사도 싫고, 백여 년에 걸쳐 2만 권이나 되는 책을 모으고 거기에 일생을 바친 선대의 뜻이 후대의 그릇된 욕심에 더럽혀지는 것도 볼 수가 없다. 그 후대가 그릇된 욕심에 스스로를 망가뜨리려 하는 것 또한 보고 싶지가 않다. 모름지기 돈이란 바른 마음을 가진 사람이 가지게 되면 100개의 복을 낳지만, 바르지 않은 사람의 그릇된 욕심에 보태어지면 세상에 만 가지 해를 남기는 법이다. 선대가 온 마음을 다해 피땀으로 이루어놓은 것이 세상에 만 가지 해를 끼치게 둘 수는 없지 않겠느냐? 그래서…….”

현야가 웃었다.

며칠 전 정각이 보았던, 정각을 불안케 했던 그 의미심장한 웃음이 거기에 있었다.

“팔아 버릴 것이다.”

“……?”

“이곳에 있는 2만 권의 무공서적을 단 한 권도 남기지 않고 죄다 훔쳐서 죄다 팔아 버릴 것이다. 나중에 부처님께 크게 혼이 날지도 모르지만, 책을 판 돈으로 세상에 100개의 복을 남겨 100개의 덕을 쌓는다면 혼을 내시더라도 조금은 예쁘게 봐주시겠지. 설마하니 모질게 죄를 물으시기야 하겠느냐? 그리고 무엇보다…… 이제는 집도 절도 없이 떠돌아야 하는 처지, 우리도 먹고는 살아야 하니까 말이다.”

현야가 이번엔 참으로 기분 좋게 웃었다.

그 웃음이 너무 천진난만해서 선대에 대한 도리나 불제자로서의 책임감이 아닌, 영은사에 대한 자신의 그 같은 반항을 그저 통쾌해하는 것만 같았다.

어쨌든 그렇게 정각을 불안케 했던 의미심장한 웃음의 실체가 드러났다.

그야말로 폭탄선언이다. 만일 정각이 그 말을 들었다면 목숨을 걸고서라도 현야를 뜯어 말렸겠지만 그는 여기에 없었다. 이미 모두가 떠나고 지금 황산사에는 현야와 천풍뿐이다. 그리고 천풍은 현야의 폭탄선언에 단 한마디의 반박도 하지 않았다. 현야의 제자로서 그가 할 일은 지금까지 그래 왔듯 무엇이 되었든 그것이 현야의 결정이라면 그저 믿고 따르는 것뿐이니까.

제8장

장사꾼이 욕심을 부릴 때, 스님이 욕심을 부릴 때

염장(閻獎)은 본시 이름 있는 무가의 장남이었다. 가문의 든든한 후원 덕에 종남파의 속가제자가 되기도 했다. 그러나 안타깝게도 그에겐 가문이 기대한 만큼의 재능이 없었다. 애당초 무인이 될 팔자가 아니었던 건지 무공에 대한 재능뿐만 아니라 흥미도, 재미도 느끼지 못했다.

당연하게도 가문의 기대는 곧 실망으로 바뀌었고 가문의 후계 자리도 동생에게 넘어갔다. 하지만 그는 스스로가 불행하다고 생각하지 않았다.

그에겐 무공을 대신할 만한 것이 있었기 때문이다.

그것은 장사였다.

그가 처음 장사에 눈을 뜬 것은 종남파의 속가제자였을 때였다. 철저히 세상과 단절되어 지내는 정식 입문제자와는 달리 속가제자는 바깥출입이 비교적 자유로웠다. 때문에 한 번씩 외출을 하고 돌아올 때면 그때마다 사문 어른들의 눈을 피해 사형제들에게 필요한 물건들을 가져다주곤 했다. 처음에는 단순한 심부름에 지나지 않았지만 차츰 요구하는 물건이 많아지고 그만큼 위험부담이 커지자, 자연스레 체계가 잡히고 이문도 남기게 되었다. 그러면서 장사라는 것을 알게 되었다.

싼 값에 사서 비싼 값에 팔고, 남은 차익으로 다시 장사를 해서 더 큰 이문을 남긴다.

그에겐 소질이 있었다. 무공에서는 느끼지 못했던 재미도 느꼈다.

차곡차곡 돈이 모아지는 것도 좋았고 그 돈으로 사업 구상을 하며 미래를 그려보는 것도 좋았다. 사람의 마음을 움직여 큰 거래를 성사시켰을 때는 세상을 다 얻은 듯한 짜릿한 쾌감마저 느꼈다.

염장은 비로소 자신의 길을 찾았다.

하지만 세상살이라는 게 그렇게 호락호락하지가 않았다. 장사의 맛을 제대로 알기도 전에 첫 번째 시련이 찾아왔다.

꼬리가 길면 밟힌다고, 사형제들을 상대로 한 장사가 사문의 어른들에게 들켜 버리고 만 것이다. 규율이 엄격한 종남파에서 제자들 간의 상거래 행위가 용납될 리 없었다. 한낱 속가

제자에게 측은지심을 가질 리도 없었다. 결국 이어진 것은 가차 없는 파문이었다.

실력도, 재능도 없는 그에게 파문제자라는 낙인은 무인에게 사형선고나 다름없었다. 무림도 그를 버렸고 가문도 그를 버렸다.

한 사람의 인간으로서 감당하기 어려운 시련이었지만 그는 좌절하지 않았다. 오히려 몸에 맞지 않은 옷을 벗은 듯 홀가분했다.

그는 힘들게 찾은 자신의 길에 주저 없이 뛰어들었다.

당연하게도 몇 번의 실패가 있었다. 믿었던 사람에게 배신도 당했고, 지나치게 이문에만 집착하다 원한을 만들어 그 때문에 죽을 고비를 맞기도 했다.

그렇게 세상을 알았고 장사를 알았다. 그리고 장사꾼이 되었다.

비록 아직 큰 이름을 얻지는 못했지만, 그래서 아직 자신의 상단 하나 꾸리지 못하고 있지만 그는 강남 상계에서 나름의 기반을 차곡차곡 쌓아가고 있었다.

염장이 현야를 알게 된 것은 5년 전 태평현에서의 일이었다.

당시 몇 군데의 포목점을 운영하던 그는 거래처에서 일을 마치고 돌아오는 길이었다. 잠시 짬이 나서 인근 장터에 구경을 나섰는데, 대로변 구석에서 웬 늙은 승려 하나가 책을 늘어놓고 장사를 하고 있었다.

고승의 풍모는 아니었지만 그래도 제법 불심이 깊어 보이는 승려가 시전에서 좌판을 깔고 있으니 눈길이 가는 거야 당연했다. 자연스레 발길이 그쪽으로 향했다.

그리고 두 번 놀랐다.

우선 늙은 승려가 파는 책이 불경이 아니라 무공서적이라는 것에 놀랐고 그 무공서적의 내용에 또 한 번 놀랐다.

비록 재능도 열정도 부족해 중도에 포기하긴 했지만 그래도 한때 무인의 길을 걸었던 그였다. 빼곡히 적힌 주석들이 그저 낙서가 아니라는 것쯤은 한눈에 알아차렸다. 장사꾼의 감이 발동한 것은 그와 동시였다.

'이건 분명 돈이 된다.'

오랜 탄압 후에 얻은 자유라서일까? 세상 사람들의 무공에 대한 관심은 그 유례를 찾아볼 수 없을 만큼 높았다. 때문에 스무 가구도 안 되는 촌락에조차 도장이 세워질 정도로 많은 도장들이 난립해 있는 실정이었다.

수많은 도장이 난립해 있으니 도장들 간의 경쟁은 치열해지기 마련이다.

도장의 경쟁력은 곧 그곳의 무술사범이 누구냐에 있었다. 무술사범이 누구냐에 따라, 또한 얼마나 능력이 있느냐에 따라 도장의 성패가 갈렸다. 그러니 경쟁이 치열해지면 치열해질수록 능력 있는 무술사범의 가치가 올라가는 거야 당연했다.

무술사범이라는 직업은 이제 부와 명예의 상징이었다.

하지만 그래 봐야 삼류였다. 명문 문파의 문턱은 턱없이 높기만 하고 그렇다고 농사나 짓고 살기엔 피가 너무 뜨겁고…… 그런 삼류 인생들 중에 개중 나은 삼류가 어깨 우쭐거리며 아이들에게 얕은 지식이나 뽐내는 것에 지나지 않았다.

그들이 뽐내는 얕은 지식에 비하면 늙은 승려가 파는 무공서적은 같은 삼류라도 수준이 달랐다. 그 정도면 시골 도장의 무술사범들에겐 조금 과장을 보태 절세비급이었다. 게다가 워낙에 낮은 눈높이에서 설명되어 있어 독학을 하고자 하는 무림 초년생에게도 충분한 상품성을 가지고 있었다.

먼저 늙은 승려에게 무공서적들의 출처를 물었다.

늙은 승려는 숨김없이 말해 주었다.

자신의 이름이 현야라는 것과 책들의 출처가 황산사라는 것, 그리고 황산사에는 그것 외에도 2만 권의 책이 더 있다는 것까지.

그는 그 자리에서 권당 은자 한 냥이라는 거금으로 열 권의 무공서적을 모두 다 구입했다. 그리고 다음에도 다시 거래할 일이 있으면 반드시 자신에게 연락을 달라 당부도 했다. 기껏 삼류 무공서적 한 권에 은자 한 냥이면 지나치게 비싼 금액이었지만 다음의 거래를 위한 투자이기도 했고, 또한 '거금 은자 한 냥'이 '고작 은자 한 냥'이 되게끔 만들 자신도 있었다.

그의 감은 정확했다. 아니 그의 생각보다 훨씬 더 반응이 좋았다. 책을 모두 팔고 나자 무려 120냥이나 되는 돈이 수중에 들어와 있었다. 10냥에 사서 120냥에 팔았으니 열 배가 넘는 장사를 한 셈이다. 특히 검, 도, 권, 창에 관한 책은 그야말로 부르는 게 값일 정도로 인기가 많았다.

그가 다시 현야를 만난 것은 그로부터 여섯 달이 지난 후였다. 책을 팔러 내려온 현야가 첫 거래 때의 당부를 잊지 않고 그를 찾아왔고, 그는 현야로부터 검, 도, 권, 창에 관한 책 위주로 권당 은자 두 냥에 사들였다.

하지만 현야와의 거래는 항상 아쉬움을 남겼다. 한 번씩 거래를 할 때마다 큰 이문이 남기는 했지만 매번 거래하는 권수가 너무 적었다.

거의 버려지다시피 한 책이 무려 2만 권이나 된다 하지 않았던가? 그것을 돈으로 환산하면 가히 천문학적인 액수인데 그 어마어마한 돈이 외진 절간에서 먼지와 함께 썩어가고 있다 하니, 장사꾼 된 입장에서 애가 타지 않을 수 없었다.

안타까운 마음에 하소연도 해보았고 설득도 해보았다. 하지만 현야는 요지부동이었다.

"허허허. 불제자에게 필요한 것은 부처님의 말씀과 부처님을 섬기는 마음과 먹고사는 데 필요한 만큼의 양식이면 족한 게지요. 그 이상 욕심을 부리게 되면 그것은 도적질이 되는 것인데 부처님의 제자가 도둑놈이 될 수는 없지 않겠소이까?"

늘 되풀이되는 거절의 말이었다.

결국 아쉬움을 뒤로하고 마음을 접을 수밖에 없었다. 현야의 말마따나, 부처님의 제자가 도둑놈이 될 수는 없는 것처럼 장사꾼이 그렇다고 도둑질을 할 수는 없는 거니까.

그날도 지금까지와 다르지 않을 거라 생각했다. 그저 쌀독의 쌀이 떨어져 산을 내려온 거라 그리 생각했다. 하지만 현야의 입에서 나온 말은 그가 그토록 바라던, 그리고 듣고 싶어하던 것이었다.

"혹시 아직 마음이 변하지 않으셨소? 마음이 변하지 않으셨다면 한번 거래를 해볼까 하는데 말이오. 염 시주. 무공서적 2만 권, 사실 의향이 있으시오?"

현야의 마음이 갑자기 변했다. 스스로 도둑놈이 되기로 결심을 했다.

이유가 뭘까? 당연히 돈 욕심 때문은 아닐 것이다.

이유야 어찌되었던 일생일대의 기회가 찾아온 것만은 분명했다.

이번 기회를 잘만 활용한다면 상단도 꾸리지 못한 변두리 장사치에서 단번에 상계의 중심으로 도약할 수 있다. 황산사 2만 권의 무공서적은 그만한 가치가 있었다.

하지만 문제가 하나 있었다.

자금이 턱없이 부족했다. 지금까지 거래해 온 것을 토대로 계산하면 적게 잡아도 은자 2만 냥은 있어야 했다. 여기저기

뿌려둔 돈을 모두 회수하고 그간 꾸려온 점포들을 모두 처분한다 해도 불가능한 돈이었다. 아무리 궁리를 해보아도 지금 그의 재력으로는 7천 냥이 한계였다.

"형님. 그게 어디 고민거리나 되는 일입니까? 평생 절간에만 처박혀 산 땡초에게 금전 감각이 제대로 박혔을 리가 없잖습니까? 한 2, 3천 냥 찔러주면 입을 헤벌레 해서는 무공서적은 물론이고 절간 기둥뿌리마저 죄다 떠넘기려 할 텐데 뭘 걱정을 하시오?"

그가 돈 마련을 위해 골머리를 싸매고 있는 것이 답답했는지 조충이 그리 말했다.

가문에서 쫓겨난 후 거친 시장바닥에서 장사를 배우던 중 만나 인연을 맺은 의동생이다. 생긴 것만큼 성정이 급하고 다혈질이지만 주먹도 제법 썼고, 시장바닥에서의 인맥도 두터워 꽤 쓸모가 많았다. 무엇보다 믿을 수 있는 사람이었다. 한 번 마음을 주면 목에 칼이 들어와도 그 마음을 거두지 않는 우직함이 있었다.

사실 머리 쓰는 일과는 잘 맞지 않는 조충이었고 그래서 지금껏 제대로 된 의견을 낸 적이 없었다. 하지만 이번만큼은 조충의 의견이 염장의 귀를 솔깃하게 했다.

도사가 간음을 하고 중이 술과 고기를 즐긴다. 온통 사이비투성이인 세상이지만 그가 겪어본 현야는 적어도 승려다운 승려였다. 무슨 이유로 책을 처분하려는 건지는 모르지만 금전 감각이 어떻고를 떠나서 돈에 집착해서 크게 욕심을 부릴 만한 인물로는 보이지 않았다.

그렇다면 조충의 말대로 이건 고민거리도 아니었다.

'내가 그깟 세상물정 모르는 늙은 중 마음 하나 구슬리지 못할까?'

장사꾼으로서의 오기마저 발동했다.

염장은 보름에 걸쳐 5천 냥을 준비했다. 사실 마음만 모질게 먹으면 그만큼도 필요 없었지만, 단지 이문을 위해 원칙 없이 남을 속이는 것은 그가 추구하는 바가 아니었다. 그가 하고자 하는 것은 사기가 아니라 어디까지나 장사고, 또한 그는 사기꾼이 아니라 장사꾼이니까.

그러나 세상일이란 게 늘 그렇듯 뜻한 바대로만 흘러가지는 않는 법이다.

고단한 산행 끝에 어렵게 어렵게 황산사를 찾았고, 현야의 앞에 자신만만하게 5천 냥의 거금을 내밀었건만 첫 반응부터가 기대했던 것과는 판이하게 달랐다.

5천 냥이면 현기증이 일 만큼의 거금이다. 그 어마어마한 거금을 보았으면 입을 헤벌레까지는 아니더라도 놀란 기색이라도 보여야 정상인데, 어찌된 것이 눈살을 잔뜩 찌푸린 채 불쾌한 기색을 여지없이 드러내는 현야다.

"왜…… 그러십니까?"

"뭔가 잘못 알고 계셨던 모양이구려. 소승은 분명 2만 권의 책 전부를 처분하겠다고 말씀드렸었는데…….”

“그야 저도 그렇게 알고 있습니다만?”

“허면 염 시주께서 계산을 잘못 하셨거나 소승이 목록을 전할 때 잘못 기재를 했나 보군요. 다시 확인차 말씀드리자면 검, 도, 권, 창에 관한 책이 6천 권 정도에 그 외의 책이 대략 일만 삼천 권이외다. 작년에 시주께서 말씀하시기를 검, 도, 권, 창에 관한 것들은 은자 두 냥, 그 외의 다른 것은 은자 한 냥에 매입하시겠다 하셨으니 그것을 모두 합하면 은자 5천 냥이 아니라 은자 2만5천 냥이 되어야 맞는 계산이 아니겠소?”

말을 마친 현야가 염장을 똑바로 주시해 왔다.

‘뭐야 이거?’

그래도 부처님을 받드는 승려인데 이렇게 대놓고 돈 얘기를 꺼낼 줄은 미처 생각지 못했다. 꺼려하는 기색 하나 없이 조목조목 짚어가며 돈 계산을 하리라고는 더더구나 생각지 못했다.

승려가 책장사를 한다는 것 자체가 결코 떳떳한 일은 아니기에 설혹 5천 냥이라는 돈이 만족스럽지 못하더라도 쉽게 입을 열지 못할 줄 알았다. 입을 연다 해도 한참을 머뭇거리다 아주 조심스럽게 운을 떼는 정도일 거라 생각했다.

그러면 현야의 그 떳떳하지 못한 마음을 약점으로 삼아 승부수를 띄울 심산이었다. 그로 인해 파생되는 온갖 경우의 수와 그에 적합한 대응책들도 머릿속에 완벽하게 준비해 놓고 있었다.

한데, 떳떳하지 못하기는커녕 지나치게 당당한 현야의 태도에 준비해 온 모든 것들이 아무 소용없게 되어 버렸다.

적잖이 당황했다.

하지만 산전수전 다 겪으며 살아온 염장이다. 당황을 감추는 것도, 그 위에 웃음을 덮어씌우는 것도 그에겐 그리 어려운 일이 아니었다.

염장은 최대한 친근한 웃음을 입 꼬리에 걸고 차분히 말했다.

"물론 스님의 계산이 틀리지는 않습니다만 이 많은 책들을 처분하기가 저로서도 그리 만만한 일이 아닙니다. 인력과 시간의 소모가 열 권 스무 권 내다팔 때와는 차원이 다르지요. 그러니 스님께서도 어느 정도의 손해는 감수해야 하지 않겠습니까?"

"2만5천 냥에서 2만 냥을 뚝 떼고 5천 냥만 주겠다는 건 어느 정도가 아니지 않소이까?"

"2만5천 냥이 아닙니다. 요즘 시장 상황이 전과 같지가 않아서 무공서적이 그리 잘 팔리지가 않습니다. 지금 같은 불황에서는 5천 냥도 거진 이문을 포기한 금액이라 이 말씀입니다."

"지난 번 거래 때는 그런 말씀이 없었잖소? 불과 반년 만에 2만5천 냥짜리가 5천 냥이 된다는 게 어디 말이나 될 법한 소리요?"

"그게 그렇지가 않습니다. 지난 번 거래 때도 사정이 좋지 못하기는 마찬가지였습니다. 다만 그간 거래해 온 정리도 있고 해서 부처님께 공양한다는 마음으로 손해를 무릎 쓰고 가격을 맞춰드린 것이었지요."

"장사꾼이 손해나는 장사를 한다는 것만큼 믿을 수 없는 말도 없다 하더이다만…… 허허."

현야가 사람 좋게 웃었다.

그 웃음을 보자니 염장은 짜증이 나면서도 한편으로 경계심이 돋았다.

잘못 생각하고 있었다. 세상물정 모르는 어수룩한 늙은이라 생각하고 현야를 너무 우습게 봤다.

아무래도 어린아이 사탕 뺏어먹기 식으로 구슬려서는 될 일이 아닌 것 같았다.

염장은 어설픈 말장난으로는 현야의 마음을 움직일 수 없다 판단하고 보다 직설적으로 말했다.

"스님. 이런 것 저런 것 다 차치하고 현실적으로 냉정하게 한번 생각을 해보십시오. 고작 삼류 무공을, 그것도 새 책도 아니고 낙서까지 덕지덕지 되어 있는 낡아빠진 책을 누가 그만한 돈을 주고 사겠습니까? 스님께서 하루 종일 고생고생하며 발품을 판다고 책 한 권이나 제대로 팔수가 있겠습니까? 하물며 2만 권이나 되는데 말입니다. 스님. 물건이란 그 가치를 아는 자에게 가야 제값을 하는 법입니다. 그리고 저는 여기 있는 책들의 가치를 알고 있습니다. 저한테 주십시오. 속는 기분이 드시면 속는 셈치고, 손해 보는 것 같으면 인심 한번 쓰시는 셈치고 그냥 저한테 주십시오. 어차피 이 많은 책들을 한번에 처분할 만한 곳은 저밖에 없지 않습니까?"

직설적인 만큼 그 속에는 진정이 담겨 있었다.

현야의 반응도 확실히 처음과는 달랐다. 눈빛이 살짝 흔들렸고 그 속에는 갈등이 있었다. 하지만 그뿐이었다. 이내 고개를 저어 버린다.

"도저히 그렇게는 안 되겠소이다."

"그러지 마시고 다시 한번 잘 생각해 주십시오. 고집을 부리실 일이 아니지 않습니까?"

"고집을 부리는 게 아니라 안 되는 일을 그저 안 된다 말하는 것뿐이외다."

"5천 냥이 적은 돈이 아닌데 왜 자꾸 안 된다고만 하십니까? 황제처럼 사시고 싶으면 황제처럼 사실 수도 있고 신선처럼 사시고 싶으면 신선처럼도 사실 수 있는 돈인데, 부처님을 모신다는 분께서 무슨 욕심이 그리 많아서……."

말을 하다 보니 열이 올랐다. 그래서 자신도 모르게 하지 말아야 할 말까지 내뱉어 버렸다. 뒤늦게 아차 싶기도 했지만 따지고 보면 틀린 말을 한 것도 아니다. 정말이지 무슨 놈의 중놈이 돈 욕심이 그리도 많아서 5천 냥이란 거금에도 만족을 못한단 말인가?

현야가 허허허 웃는다.

"염 시주께서 오해를 해도 단단히 오해를 하고 계신 모양이구려. 책을 팔려는 것은 내 개인의 사욕이나 채우려는 것이 아니외다. 그런 거였다면 시주의 말씀대로 5천 냥이면 평생을 쓰고도 남을 돈인데 거기서 무슨 욕심을 더 부리겠소? 자세한 사정까지야 말씀드릴 수 없지만, 소승이 책을 팔아서 돈을 마련하려는 것은 그것을 세상을 위해 쓰기 위함이외다.

책을 팔아서 세상에 100개의 복을 남기겠다. 소승이 부처님과 그리 약조를 했소이다. 그러니 그 돈은 애초부터 소승의 것이 아니라 세상을 위해 쓰여야 할 세상의 돈인 게지요. 그러니 어찌 소승의 마음대로 인정을 베풀 수 있겠소이까? 제가 인정을 베풀어 염 시주의 사정을 봐드리면 딱 그만큼 세상에 폐를 끼치게 되는 것이니 말이외다."

현야는 웃었지만 염장은 있는 대로 눈살을 찌푸렸다.

'100개의 복이라고?'

숭고한 자비심인지 가소로운 영웅심인지는 모르겠지만 어쨌든 그가 겪어본 현야는 이런 일로 거짓말을 할 사람은 아니었다. 정말로 책을 팔아서 세상을 위해 쓰려 하고 있다.

'젠장!'

상황이 더 어려워졌다. 사리사욕이나 채우고자 하는 거라면 흥정도 하고 절충도 해서 욕심만 충족시켜주면 되지만, 채우고자 하는 것이 사리사욕이 아니라 불심과 사명감이라면 달리 방법이 없다. 인정에 호소하는 것도, 달콤한 언변으로 마음을 움직이는 것도 모두 공염불이다. 뜻이 올바르기에 더더욱 실질적인 이득을 보여주어야만 한다.

염장은 급히 머리를 굴렸다. 그리고 산전수전 다 겪은 노련한 장사꾼답게 지금 상황에서 그와 현야, 양측이 모두 만족할 수 있는 최적의 방법을 생각해냈다.

"좋습니다. 그럼 이렇게 하는 게 어떻겠습니까? 스님께서 일단 5천 냥에 책을 넘기시면 제가 책을 처분해서 남는 이문 중 1할을 어려운 사람들을 위해 기부하겠습니다. 일종의 후불제인 셈인데, 어쨌든 그리되면 세상이 손해를 보지도 않을 뿐더러 스님께선 그걸로 이미 세상에 한 가지 복을 남기시게 되는 거니 그야말로 최고의 거래가 아니겠습니까?"

"허면 이문의 1할이라는 게 2만 냥의 가치가 된다는 말씀이시오?"

현야가 믿지 못하겠다는 얼굴을 한다.

염장은 주저 없이 고개를 끄덕였다.

이문의 1할이 2만 냥의 가치라는 건 2만 권을 모두 팔았을 때 최소한 20만 냥의 이문을 남겨야 된다는 뜻이다.

충분한 자신이 있었다. 그의 능력이라면 20만 냥은 물론이고 30만 냥 아니, 그 이상도 가능했다. 즉, 이문의 1할은 2만 냥도, 3만 냥도, 혹은 그 이상도 될 수가 있다는 뜻이다.

염장 딴에는 정말이지 크게 양보를 한 셈이었다. 하지만 딴에는 크게 양보를 했는데도 현야의 의심은 조금도 누그러들지 않았다. 오히려 더욱 미심쩍어하며 묻는다.

"정말 2만 냥의 가치가 있는 것이오?"

"물론입니다."

"허나 아까는 5천 냥도 거진 이문을 포기한 금액이라 하지 않으셨소? 이문이 남지 않는데 어떻게 이문의 1할이 2만 냥의 가치가 된다 하시는 게요?"

"그거야……."

현야의 질문은 꽤나 날카로웠다. 그래서 어떻게 대답해야 할지 잠시 고민했다. 하지만 이렇게까지 된 마당에 더 잴 것도, 숨길 것도 없다 생각하고 솔직하게 말했다.

"그거야 장사치의 세 치 혀에서 나오는 흔하디흔한 거짓말 아니겠습니까? 스님도 말씀하셨지 않습니까? 장사꾼이 손해나는 장사를 한다는 것만큼 믿을 수 없는 말도 없다고……."

"흠…… 역시 거짓말이었던 것이구려."

"그래도 이문의 1할을 어려운 사람들을 위해 쓰겠다는 말은 거짓이 아닙니다."

"그걸 소승이 어찌 믿겠소? 이문의 1할을 세상을 위해 쓰겠다는 것도, 이문의 1할이 2만 냥의 가치가 있다는 것도 이 또한 전부 장사치의 세 치 혀에서 나오는 흔하디흔한 거짓말일 수도 있는 것 아니오?"

"절대 아닙니다! 저는 장사꾼입니다. 필요에 따라 거짓말은 하지만 거짓 거래는 하지 않습니다!"

"미안한 말이지만 솔직히 시주의 그 말씀조차 믿을 수가 없구려."

"맹세라도 해보일까요? 여기 부처님 앞에 맹세라도 해보이면 믿으시겠습니까?"

염장이 현야의 눈을 똑바로 주시했다. 현야가 말만 하면 부처님 앞에 삼천 배라도 올리겠다는 각오를 두 눈에 담았다. 그러나 그마저도 현야의 마음을 움직이기에는 역부족이었다.

"아무래도 아니 되겠소이다. 그릇이야 깨어져도 다시 붙일 수 있지만 신뢰란 것은 한 번 깨어지면 다시 붙이기가 힘든 것이니……."

"그래서 저랑은 절대로 거래를 못하시겠다는 말씀입니까?"

"믿음도 없이 선대의 소중한 유품을 넘겨드릴 수는 없는 일 아니겠소?"

현야가 심히 유감스럽다는 표정을 한다.

유감스럽기로 따지면야 염장에 비할 바가 아니다.

'뭐 이런 개 같은 경우가 다 있어?'

이쯤 되고 보니 화가 안 날라야 안 날 수가 없다.

지금까지만 해도 진짜 많이 참았다. 물론 따지고 보면 조충의 말에 혹해서 얕은꾀를 부리려 했던 것부터가 잘못이었고, 한편으로는 자기 꾀에 자기가 빠진 격이니 남 탓할 자격도 없지만 그래도 이건 아니다 싶었다.

지난 수년간의 정리를 생각해서라도 한 번의 실수 정도는 너그럽게 넘어가줘도 되는 일 아닌가? '부처님 앞에 맹세라도 하겠다.' 그렇게까지 말을 했는데 그런 중생의 간절한 마음을 어떻게 그리도 냉정하게 뿌리칠 수가 있단 말인가?

"좋습니다! 저한테 섭혼술이 있는 것도 아니고 물건의 주인이 물건을 팔지 않겠다는데 제가 뭘 더 어찌하겠습니까. 허면 책은 이제 어떻게 처분을 하실 계획이십니까? 아까도 말씀드렸다시피 2만 권이나 되는 책을 선뜻 사가겠다는 사람이 있을 리도 없고, 설혹 그런 사람이 있다 하더라도 스님께서 원하시는 가격에는 절대로 응하지 않을 겁니다. 오히려 저보다도 더 후려치면 후려쳤지 덜하지는 않을 거라 이 말씀입니다. 상사꾼이란 게 다 그런 족속들인데 스님 입맛에 맞는 거래가 과연 가능이나 하겠습니까?"

"그거야 이제부터 궁리를 해봐야겠지요."

"궁리를 해서 해결될 일이 아니니까 말씀을 드리는 겁니다!"

"아니면 염 시주께서 정직하고 양심 있는 장사꾼으로다가 마땅한 사람 있으면 하나 소개해 주시면 되지 않겠소?"

"예?"

"허허허. 농담이외다. 농담. 소승도 염치라는 게 있는데 염 시주께 설마 그런 부탁까지야 드리려고요? 그저 너무 심려치

마시라는 뜻에서 드린 말씀입니다. 세상을 위해 하는 일이고 부처님과 약조도 했으니 부처님께서 어련히 알아서 도와주시겠지요. 제가 모시는 부처님은 그리 야박한 분이 아니니 말이외다."

세 번째 보는 웃음이다. 그리고 앞서 두 번의 웃음이 그랬던 것처럼 이번에도 현야의 웃음은 염장의 신경을 긁었다.

'지금 내가 놀림을 당한 거 맞지?'

놀림을 당했다 생각하니 화가 나기에 앞서 정신이 번쩍 들었다.

'시전에서 잔뼈가 굵은 내가 놀림을 당하고 있는 거라고? 저런 세상물정 모르는 호구한테? 이게 말이 돼?'

물론 말이 안 된다. 말이 안 되는 일이지만 그는 분명 놀림을 당했다.

둘 중 하나였다. 염장이 시전에서 잔뼈가 굵은 노련한 장사꾼이 아니던가, 현야가 세상물정 모르는 호구가 아니던가.

당연히 염장은 시전에서 잔뼈가 굵은 노련한 장사꾼이다. 그러니 결국 현야가 호구가 아니라는 거다. 호구가 아닐 뿐더러 염장의 머리꼭대기에서 놀 만큼 간교한 능구렁이인 거다.

돌이켜 생각해 보니 처음부터 이상했다.

불제자답지 않게 대놓고 돈 얘기를 꺼내던 것도 그렇고, 지나치게 2만 냥에 집착하던 것도 그렇고, 부처님 앞에 맹세까지 하겠다고 했는데도 그릇이니 신뢰니 하면서 야멸치게 거절하던 것도 그렇다.

지금까지 그가 알아온 현야라는 인물과는 분명 달랐다. 적당히 계산적이기는 했지만 뻔뻔하지는 않았고, 욕심이 없지는 않았지만 지나치지 않았다. 또한 스스로에게도 남에게도 그리 엄격한 위인으로 보이지 않았었다.

어떤 것이 진짜 본모습인지는 모른다. 하지만 현야가 처음부터 염장의 속을 훤히 꿰뚫어보고 있었던 것만은 분명했다. 그리고 염장을 자신의 손바닥 위에 올려놓고 마음대로 가지고 논 것도. 자신을 등 처먹으려 했던 염장이 괘씸해서인지 아니면 정말 돈 욕심 때문인지는 모르지만, 어쨌든 지금껏 저 순진해 빠진 얼굴에 깜빡 속았다.

저 순진해 빠진 얼굴 뒤로 수십 마리의 능구렁이가 똬리를 틀고 있는데, 그런 현야를 상대로 그저 세 치 혀로 등을 처먹으려 했으니 얼마나 가소로워 보였겠는가?생각하면 할수록 낯이 뜨겁다. 그만큼 화가 치민다. 속이 부글부글 끓다 못해 주먹이라도 한 방 날려주고 싶을 지경이다. 하지만 감정 내키는 대로 저질러 버리기에는 이성이란 놈이 너무 완고하다.

그는 아직 포기하지 않았다. 무슨 일이 있더라도, 무슨 수를 써서라도 현야와의 거래를 성사시켜야 한다. 그에게 있어 이번 거래는 돈 이상의 의미였다.

자신의 이름으로 자신의 상단을 꾸리는 것, 그리해 장사꾼으로서 최고가 되는 것…… 꿈이자 목표였다.

이번 거래를 성사시키면 상단을 꾸리는 데 필요한 자금을 마련할 수 있다. 뿐만 아니라 상단의 이름을 내걸고 책을 판다면 책이 가진 가치만큼 상단의 이름을 높일 수 있다. 그리되면 그의 이름을 내건 상단은 지극히 폐쇄적이고 지극히 이기적이며 지극히 배타적인 상계에서, 그 유례를 찾아볼 수 없을 만큼 빠르게 자리를 잡을 수 있다.

이미 염장은 10년 후의 계획까지 모두 다 짜놓고 있었다.

포기할 수 없다.

여기에 사활을 걸었다. 장사꾼으로서, 사내로서, 그리고 한 사람의 인간으로서.

그러니 할 수밖에 없다. 거래만 성사시킬 수 있다면 그깟 분노쯤이야, 그깟 굴욕쯤이야 얼마든지 참아낼 수 있다. 어떠한 희생도 감내할 수 있다.

어쩌면 그것마저도 계산에 넣고 있는 것인지도 모른다.

염장이 어떠한 희생도 감수하리라는 것을 알고 일부러 더 야멸치게 줄다리기를 하는 것일 수도 있다.

차라리 그런 거라면 희망이 있다. 줄다리기를 한다는 것은 어쨌거나 거래의 여지를 남겨두고 있다는 것이니까.

염장은 그 한 가닥 희망에 매달려보기로 했다.

이왕지사 이렇게까지 된 마당에 더 재고 자시고 할 일이 아니다. 능구렁이를 상대로 괜히 더 머리를 굴리고 얕은 수를 써봐야 다시 놀림만 당할 뿐이다.

인정할 건 빨리 인정해야 했다. 칼자루를 쥐고 있는 것은 현야다. 현야의 앞에 자신은 약자일 수밖에 없다. 약자가 강자를 이기려면 자신의 것을 아끼지 말아야 한다. 내줘야 한다면 줄 수 있는 최대한의 것을 내줘야 비로소 얻고자 하는 것을 얻을 수 있다.

"솔직히 딱 까놓고 말씀드리겠습니다. 처음부터 스님을 속이려고 속인 것이 아닙니다. 지금의 제 능력으로는 마누라 속곳 저고리까지 다 뒤져도 5천 냥이 한계입니다. 그러니 2만5천 냥은 애당초 현실적으로 불가능한 일이었습니다. 그래서 스님을 속여 볼 마음까지 먹었던 거구요. 제 생각이 짧았던 거니 더 무슨 할 말이 있겠습니까마는, 여기에 이미 제 꿈을 걸어 버렸기에 염치없지만 저는 스님과의 거래를 이대로 포기할 수가 없습니다. 다시 한 번만 생각해 주십시오. 스님께서 생각만 돌려주신다면 스님을 속이려 했던 제 경솔함에 대한 대가는 제 나름의 방식으로 치르겠습니다."

"나름의 방식이라면……?"

"상단의 지분 3할을 스님께 드리겠습니다!"

"상단의 지분이라니? 염 시주께선 아직 상단을 꾸리지도 못하고 있다 하지 않으셨소?"

"물론 지금은 제 상단을 갖고 있지 못합니다. 하지만 스님과의 거래가, 여기 2만 권의 책이 제게 상단을 만들어줄 것입니다."

"허허. 이상한 말씀을 다 하시는구려. 아무리 세상이 허(虛)와 실(實)이 따로 있지 않고 아(我)와 상(相)이 분명치 않다지만 아직 존재하지도 않는 상단의 지분으로 거래를 하자시는 건 너무 무리한 요구가 아니오? 상단이 과연 만들어질지도 확실치 않은데다 만들어진다고 해도 그것이 성공하리라는 보장도 없지 않소?"

"그러니까 3할이나 드리겠다는 겁니다! 불확실하니까 지분의 3할이나 드리겠다는 거지 이미 자리를 잡은 거였으면 2만 냥 아니라 20만 냥이라 한들 상단의 지분으로 거래를 하자했겠습니까?"

염장으로서는 거의 죽기 아니면 살기란 심정으로 내지른 거였다. 목숨 줄이 간당간당할 지경까지 양보를 한 것이었다. 아마 조충이 들었다면 '형님. 완전히 미친 거 아니오?' 라며 염장의 정신 상태부터 의심했을 것이다. 염장 스스로도 미친 짓이라 생각하고 있었다.

그럼에도 이 말도 안 되는 제안을 내놓은 것은 자신의 상재에 대한 믿음 때문이었다.

비록 지분의 3할은 잃게 되지만 잃은 3할이 전혀 아깝지 않을 만큼 세상의 부란 부는 모조리 쓸어 담아 버릴 것이다!

마음가짐부터가 달라졌다. 각오도 새로이 했다. 꿈도 더 커졌다.

염장은 여전히 탐탁지 않아 하는 현야에게 보다 호소력 짙은 목소리로 힘주어 말했다.

"저라는 놈, 장사꾼이 되기 위해 가문도 버리고 핏줄도 등진 놈입니다. 혈혈단신 알몸으로 나와서 그 누구의 도움도 없이 이만큼 자리를 잡았습니다. 돈의 유혹이란 게 사람을 추악하게도 만들고 사람으로서 하지 말아야 할 짓을 하게도 만들지만, 저는 지금껏 돈을 위해 사람의 도리를 저버린 적은 없습니다. 앞으로도 그럴 것입니다. 아무리 많은 돈을 가지게 되더라도 사람의 도리는 저버리지 않겠습니다.

아니, 베푸는 즐거움도 배우겠습니다. 스님. 세상에 도움 되는 장사꾼 하나 키운다 생각해 주십시오. 그게 아니라면 투자를 한다 생각하셔도 좋습니다. 그간 저를 보아오셨으니 아시겠지만 제가 스님께 손해를 끼칠 만큼 무능한 놈은 아니지 않습니까?"

탐탁지 않아 하던 현야의 얼굴에 처음으로 제대로 된 고민의 빛이 어렸다. 그리고 그것은 이내 체념으로 바뀌었다.

"이거 참…… 시주께선 소승을 너무도 곤란케만 하시는구려. 좋습니다. 제가 졌습니다. 시주께서 그렇게까지 말씀을 하시는데 소승의 심장이 금강석으로 만들어졌다 한들 어떻게 거절을 하겠습니까?"

"제 제안을 받아들여주시는 겁니까?"

"물론 아까 한 약조는 유효한 거겠지요? 5천 냥과 이문의 1할을 기부하겠다는 것 말이외다."

"물론입니다. 각서를 쓰라시면 각서를 쓰고 계약서를 쓰라시면 계약서를 쓰겠습니다."

"그럼 그렇게 하십시다. 염 시주께 책을 넘기도록 하지요."

드디어 길었던 싸움이 끝이 났다.

그러나 환호는 없었다. 환호를 하기에는 너무 많은 것을 잃었다. 게다가 큰 선심이라도 쓴다는 듯, 스스로의 자비심이 참으로 대견스럽다는 듯 근엄하게 고개를 주억거리는 현야를 보고 있자니, 다시금 속이 부글부글 끓어올라 도저히 즐거워할 수가 없었다.

염장은 계약서에 현야의 도장을 받자마자 그동안 꾹꾹 눌러두었던 질문을 현야에게 던졌다.

"현야 스님, 스님은 정말 스님이 맞긴 맞는 겁니까?"

"그건 또 무슨 말씀이시오?"

"아니, 제가 여태껏 살아오면서 현야 스님처럼 욕심이 많으신 스님은 만나보지를 못해서 말입니다."

"대체 무슨 말씀이신지 이 늙은이는 도통 모르겠구려. 소승은 그저 정당한 값을 원한 것뿐이고, 그 외의 것은 제가 요구를 한 것이 아니라 염 시주께서 스스로 제안을 하시고 또 스스로 결정을 하신 것이었잖소?"

"스님. 저 그렇게 미련한 놈 아닙니다. 제가 스스로 제 주머니를 열 수밖에 없게끔 스님이 유도하셨다는 것 정도는 알고 있습니다. 그 정도도 모를 만큼 미련했다면 제가 지금껏 장사꾼으로서 살아남을 수 있었겠습니까?"

염장이 현야의 눈을 똑바로 주시하자 현야도 그런 염장의 눈을 똑바로 마주해 왔다.

잠깐의 정적이 지나고 현야의 입 꼬리가 씨익 말려 올라간다.

이어진 것은 이실직고다.

"염 시주의 말씀대로외다. 소승이 욕심을 좀 부렸소이다."

"……."

"염 시주께는 미안한 말씀이나 어차피 세상을 위해 쓰일 돈이 아니오? 소승이 욕심을 부리면 부릴수록 헐벗고 굶주린 사람들의 고달픔이 그만큼 덜어지는 것이니 필요하다면 그보다 더한 욕심인들 부리지 못하겠소이까? 그렇다고는 해도 사실 상단의 지분까지는 생각을 못했지만 말이오. 허허허."

계약은 이미 끝났고 얻을 건 다 얻어냈다는 여유일까? 속마음을 숨기지 않는 건 물론이고 이제는 아예 대놓고 놀린다.

어쩌다가 이리되었을까?

어쩌다가 5천 냥이 이렇게도 뻥튀기가 되어 버린 것일까?

어쩌다가 내줄 건 다 내주고 내주지 말아야 할 것까지도 다 내주고, 거기다 놀림까지 받는 처지가 되어 버린 것일까?

지금에 와서는 현야와의 거래가 과연 그의 장사꾼 인생에 다시없을 기회이긴 한 건지, 그의 장사꾼 인생 최악의 선택은 아닌지, 그의 앞에 놓인 것이 희망인지 진창인지 그것조차도 잘 모르겠다.

부질없는 원망은 어쩔 수 없이 조충을 향한다.

'그래. 애당초 가까이 하지 말아야 할 인간을 가까이 한 것부터가 잘못이었던 거야.'

어쩌면 오늘, 의동생 조충과 의절을 하게 될는지도 모르겠다.

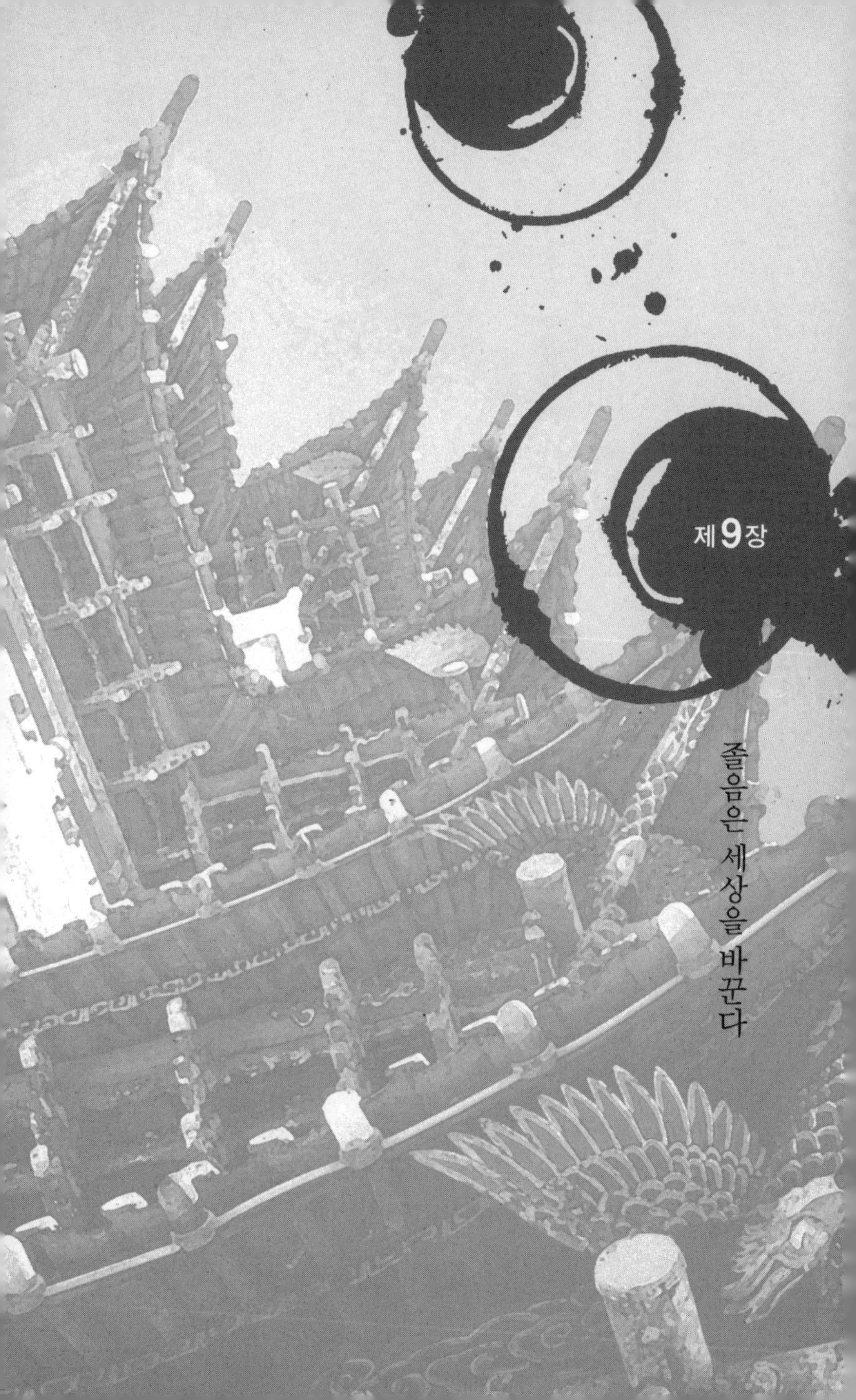

제9장

졸음은 세상을 바꾼다

천국의 서

뭐가 어찌되었든 거래는 성사되었고 책은 염장의 것이 되었다.

염장은 다음 날부터 바로 책을 실어 날랐다. 말이 2만 권이지 그 어마어마한 양을 옮겨 나르는 게 쉬울 리가 없었다. 더구나 워낙에 깊은 산속에 있다 보니, 인부들은 연신 불만을 토로했고 작업은 지지부진하기만 했다.

그날도 염장은 인부들의 불만을 달래고 지지부진한 작업을 독려해 가며 황산사를 누비던 중이었다. 그때 주위의 바쁜 움직임들과는 조금은 다른 움직임 하나가 눈에 들어왔다.

아직은 앳된 얼굴의 소년이었다.

염장의 시선을 느낀 소년이 그에게 살짝 고개를 숙여보이고는 이내 가던 길을 간다.

'현야 스님에게 제자가 하나 있다더니 저 아이인가 보군.'

한데, 소년의 손에 들려 있는 낡은 목검 때문일까? 아니면 아주 잠깐 마주쳐간 소년의 눈빛이 왠지 예사롭지 않다 느낀 때문일까?

이상하게 마음이 쓰였다. 아니, 이런저런 이유 때문이 아니었다.

살다 보면 한 번씩 그럴 때가 있다. 아무것도 아닌 것에서 뜬금없이 특별함이 느껴질 때.

염장은 이유 모를 호기심에 소년의 뒤를 따라가 보았다.

소년이 걸음을 멈춘 곳은 작은 정자 하나만이 덩그러니 놓인, 정자만 아니라면 그냥 공터라고 하기에 적합할 만한 공간이었다.

겨울이라서 그런지 유난히 더 쓸쓸해 보이는 공터의 중간에 소년이 자리를 잡았다.

염장은 멀찍이 거리를 두고 서서 소년을 지켜보았다.

길게 심호흡을 하더니 곧 목검을 들어올렸다.

'검무…… 로군.'

검술이라도 수련하는가 했더니 검무다. 뜻밖이었다. 경극 배우가 아닌 다음에야 저 나이 때의 아이들은 대개 실제로 무위를 뽐낼 수 있는 검술을 좋아하지, 검무에는 별반 흥미를 보이지 않는다. 어떤 이들은 검무야말로 가장 완성된 형태의 검법이라고도 하지만, 그건 어디까지나 검의 끝을 본 검의 초인들에게나 해당되는 말이다. 보통의 사람들에겐 그저 뜬구름 잡기일 뿐이다.

이제 겨우 12, 3세 정도 되어 보이는 아이다. 어울리지 않게 검무를 펼치는 광경은 한편으로는 이질적이면서도 한편으로는 신기했다.

한데, 뭔가 좀 이상했다. 검무라는 것이 원래 실전에 사용하기 위함이 아니라 어디까지나 보여주기 위함인 것인 만큼, 특유의 서늘함 속에서도 아름다움이 있어야 하고 화려함이 있어야 하는 것인데, 소년의 검무는 아름답지도 화려하지도 않았다. 심지어 서늘함조차도 느껴지지 않았다.

투박하달까? 밋밋하달까?

더욱 이상한 것은 분명 볼품이라곤 눈을 씻고 찾아봐도 없는데, 검무라고 하기도 민망할 정도인데 이상하게 눈을 뗄 수가 없다.

무가에서 태어나 종남파의 속가제자가 되고 원하든 원치 않았든 20년을 검과 함께 살았다.

많은 사람들의 검을 보았다. 개중에는 한 자루 검에 목숨을 건 사형제들의 것도 있었고, 평생을 검과 더불어 살아온 그의 부친의 것도 있었으며, 검으로 일가를 이루어 그 이름을 사해에 떨치고 있는 종남파 장문인의 것도 있었다.

하지만 그 어느 누구의 검도 지금처럼 염장의 시선을 잡아두지는 못했다.

염장이 스스로도 이해할 수 없는 자신의 행동에 어리둥절해 있는 동안, 천풍의 검무가 마지막 초식을 마무리하고는 다시 처음으로 돌아왔다.

천풍의 검무는 그로부터도 몇 차례나 더 반복되었다. 그러는 사이 중천에 떠 있던 해가 서산 중턱에 걸리고, 황산이 온통 황혼으로 물들었다. 영영 끝나지 않을 것만 같던 천풍의 검무가 그때서야 멈췄다.

시간이 가는 것도 잊고 지루함도 잊은 채 천풍의 검무에 빠져 있던 염장도 그제야 현실로 돌아올 수 있었다. 현실로 돌아와 가장 먼저 보게 된 것은 천풍의 눈이었다.

염장이 왜 거기에 서서 자신을 보고 있는 건지 천풍은 의아해하고 있었다.

'이거 참…….'

멋쩍은 상황이었다. 호기심에 그저 잠깐만 보고 간다는 것이 그만 저도 모르게 끝까지 다 보고 말았다. 본의는 아니지만 허락 없이 함부로 검무를 훔쳐본 것도 그렇고, 거북할 만큼 똑바로 마주해 오는 눈빛도 그랬다.

"흠흠……."

민망함을 감추고자 두어 차례 헛기침을 토한 염장이 애써 태연한 척하며 소년에게 다가갔다.

"일부러 훔쳐보려고 했던 건 아닌데 그만 실수를 저질러 버렸군. 혹시 내가 불쾌하게 했다면 본의는 아니었으니 너무 탓은 하지 말아주시게."

"아뇨. 그런 건 별로 상관없는데, 아까부터 왜 계속 저를 보고 계셨던 거예요?"

"너를 보고 있었던 게 아니라 네 검무를 보고 있었다."

"왜요?"

"왜 그랬는지는 나도 잘 모르겠다. 그냥 왠지 눈을 뗄 수가 없어서…… 변명이 좀 궁색한가?"

"아뇨. 저도 그럴 때가 있는데요 뭐. 떠다니는 구름이라든지 줄지어 기어 다니는 개미 행렬이라든지…… 늘 보던 것인데도 왠지 계속 보게 된다거나, 그냥 아무 생각 없이 보다 보면 시간이 훌쩍 지나 있다거나…… 가끔 그럴 때가 있잖아요."

소년이 웃었다. 염장도 따라 웃었다.

소년의 말이 꽤 재미있었다. 그가 검무를 보며 넋을 놓았던 것과 소년이 개미 행렬을 보며 정신을 판 것과는 근본적으로 다른 문제였다. 그런데도 이상하게 설득력이 있었다. 아니, 설득력이 있다기보다는 순진하다 할지 단순하다 할지 소년의 그 순수함이 왠지 웃겼다. 오히려 검무를 보며 그 순간 심각해져 버린 자신이 조금 바보 같다는 생각마저 들었다.

"그런데 아저씨."

소년이 문득 할 말이 생각났다는 듯 염장을 불렀다.

"왜 그러느냐?"

"여기 책들, 아저씨가 사 가시는 거 맞죠?"

"그런데?"

"그럼 책은 이제 어떻게 되는 거죠? 아저씨가 읽으려고 사 가시는 건 아닐 거잖아요?"

"물론이지. 나는 장사꾼이고 네 사부님께 책을 산 것도 장사를 하기 위함이니까. 우선은 전국 각지의 서점으로 공급해 볼 생각이다. 값어치가 충분한 책이니 아마도 잘 팔려나가겠지. 한데, 그건 왜 묻느냐?"

"그냥요. 그냥 궁금해서요."

소년의 목소리가 어딘지 모르게 풀 죽어 있었다. 목소리며 표정만으로도 소년에게 있어 황산사의 책들이 어떤 의미였는지는 쉽게 짐작할 수 있었다.

그야말로 아무것도 없는 절간이다. 한창 세상과 소통할 나이의 소년에겐 산사의 생활이 감옥처럼 답답하게만 느껴졌을 것이다. 황산사의 책들은 아마도 그런 소년에게 유일한 놀거리가 되어줬을 게 틀림없다. 그러니 섭섭하고 아쉬운 마음이야 당연했다.

"혹시 아끼는 책이 있느냐? 네가 원한다면 몇 권 정도는 남겨두고 갈 수도 있다만……."

말을 하고 보니 뭔가 조금 어색했다. 원래 사람이 그리 무른

편도 아니고 그다지 자상한 편도 아닌데, 눈앞의 소년과 말을 주고받다 보니 이상하게 날 선 마음이 누그러지는 것 같았다. 어색하긴 했지만 그게 썩 나쁘진 않았다.

"아뇨. 그런 거 없어요."

정말 괜찮다는 듯 손을 휘휘 저어보인 소년이 어느새 해가 서산 뒤로 완전히 자취를 감추었다는 것을 알아채고는 곤란한 표정을 했다.

"저녁 먹을 시간이 다 돼서 이만 가봐야겠어요. 사부님이 기다리시거든요."

소년이 꾸벅 고개를 숙여보이고는 급히 걸음을 돌렸다. 그리고 얼마 안 있어 소년은 짙어진 어둠 속으로 사라졌다.

소년의 모습이 완전히 보이지 않을 때까지 우두커니 바라만 보고 있던 염장은, 문득 소년의 이름도 모른다는 사실을 깨닫고는 혀를 끌끌 찼다.

'그러고 보니 미처 이름도 묻지 못했군. 현야 스님의 제자라는 건 내 상단의 지분 3할이 저 아이의 것이 될 수도 있다는 건데…….'

하긴, 급할 거야 없다. 어차피 책을 다 옮기려면 앞으로 열흘은 더 머물러야 했다.

'그동안 우연으로라도 한 번은 더 보게 되겠지.'

염장이 소년을 다시 보게 되기까지는 열흘도 필요치 않았다.

바로 다음 날이었다. 어제 소년을 만난 바로 그 시작, 그 장소에서 염장은 소년을 다시 만났다. 우연이 아니었다. 그가 소년을 찾아간 거였다.

소년과의 짧았던 대화가 아쉬웠던 건지 검무에 대한 호기심을 지우지 못한 때문인 건지는 그 스스로도 알지 못했다. 그저 걸음이 내키는 대로 걷다 보니 거기에 가 있었던 것뿐이다.

그날만 그런 것이 아니었다.

그 다음 날도, 또 그 다음 날도 그는 그 시각에 그 자리에 있었다.

수량을 확인하고 책 목록을 작성하고 각기 종류별로 분류하고, 사실 숨 돌릴 틈 없이 바쁜 일과다. 엉뚱한 데 정신을 팔고 있을 여유가 없다. 하지만 그걸 알면서도 자꾸만 소년을 찾아가게 된다. 그런 스스로가 잘 이해되지 않았지만, 치열하게 살아온 그동안의 긴장이 산사의 맑은 공기에 갑자기 느슨해져 버리기라도 한 것인지 굳이 마음을 다잡아야겠다는 생각조차 들지 않았다.

덕분에 일은 지지부진하기만 했다. 열흘이면 충분하다 생각했던 일이건만 벌써 보름이 넘어가도록 끝나지 않고 있었다.

그날도, 인부들이 마무리 작업으로 한창 바쁜 와중인데도 염장은 그 시각이 되자 어김없이 일손을 놓고 천풍을 찾아갔다.

정자가 있는 작은 공터, 거기에는 늘 보던 익숙한 광경이 있었다.

소년과, 소년이 펼치는 검무.

이제는 소년의 이름을 안다.

'천풍이에요. 소천풍.'

이름을 묻는 말에 소년이 그렇게 대답했었다.

염장은 정자로 가서 정자의 계단 난간에 엉덩이를 걸치고 앉았다.

천풍의 검무가 금방 끝나지 않을 거라는 걸 알기에 편히 기다리려는 생각에서였다.

천풍의 검무는 늘 같았다. 늘 같지만 지겹지는 않았다. 가만히 보고 있노라면 저도 모르게 어느새 거기에 빠져들고 만다.

한데, 어쩐 일일까? 오늘은 뭔가 좀 달랐다.

늘 보던 검무인데 왠지 다르게 느껴졌다. 검무만이 아니었다. 천풍의 표정부터 몸짓 하나하나가 전부 다 여느 때와는 달랐다. 천풍을 둘러싼 공기도, 그를 훑고 가는 바람도, 아스라이 부서져 내리는 햇빛도…… 무언가 폭발하기 직전의 긴장감 같은 것이 들어차 있었다. 아니, 폭풍전야의 고요함인지도 모르겠다.

그저 보고 있는 것만으로도 숨이 막혔다.

'대체 뭐지?'

알 수 없다. 뭐가 어떻게 된 건지, 왜 자신이 지금 이토록 긴장하고 있는 것인지, 과연 무엇이 그를 이토록 긴장하게 하는 것인지…….

그때였다. 천풍의 검무가 바뀌었다.

검무는 더 이상 검무가 아니었다.

초식부터가 달랐다.

보다 사납고, 보다 공격적이며, 보다 날카롭다.

그것은 분명 검술이었다.

사납고 공격적이며 날카롭지만 깊이가 없는, 아무데서나 흔히 볼 수 있는 삼류검법이 검무에 이어서 펼쳐지고 있었다.

한데, 이번에도 눈을 뗄 수가 없다. 한때 종남파의 속가제자였던 그인데, 삼류검법 따위가 눈에 찰 리가 없는데, 그런데도 그의 눈은 마치 자석에라도 끌리듯 천풍의 목검을 쫓고 있었다.

무언가 일어나려 하고 있다.

본능에서 우러나온 육감도, 경험에서 기인한 직감도 아니다.

한층 더 고조된 폭발 직전의 긴장감이, 한층 더 무겁게 가라앉은 폭풍전야의 고요함이 그렇게 소리치고 있었다.

하지만 나타난 현실은 지금까지의 긴장감을 비웃기라도 하듯 허무할 만큼 가소로운 것이었다.

파앙!

고작 검풍(劍風)이었다. 그것도 검에서 나는 소리인지 몽둥이에서 나는 소리인지 구분이 안 갈 정도로 둔탁하고 또한 볼품이 없는.

'난 또 검기라도 뿌려대나 했더니만…….'

분위기만 보아서는 검기 아니라 검강이라도 뿌려댈 것 같았다.

하지만 이런 산 구석 절간에서 삼류검법이나 휘둘러대는 소년이 검기라니? 검강이라니? 그게 어디 현실적으로 가능이나 할 법한 소리인가?

애당초 말이 안 되는 거였다. 누구보다도 냉정하고 현실적이어야 할 장사꾼이, 비록 잠깐일지라도 그런 생각을 떠올렸다는 것 자체가 낯을 들 수가 없을 만큼 창피한 일이었다.

염장이 허탈감과 자괴감으로 얼룩진 눈으로 천풍을 보았다.

뭐가 그리 신이 나는지 완전히 몰입되어서는 정신없이 검을 휘둘러대고 있었다. 그런 천풍의 얼굴에 가득한 것은 어이없게도 환희였다.

저 얼굴만 보자면 엄청난 깨달음이라도 얻은 것 같다.

'결국 이 정도 수준밖에는 되지 않았던 것인데…….'

볼품없는 검풍조차도 감동이고 환희인 정도의 수준.

'난 대체 뭘 기대했던 거지?'

맥이 다 빠져 버려서 더 보고 있을 수가 없다.

꼴도 보기 싫었다. 딱히 천풍에게 잘못이 있는 것도 아닌데 괜히 원망도 되고 짜증도 났다.

몸을 돌렸다. 이럴 시간에 아직 못 끝낸 일이나 마무리하는 게 낫겠다 싶었다.

당연하게도 염장은 알지 못했다.

검풍이라고 하기에도 민망한 저것이 천풍에게 어떤 의미인지, 왜 천풍을 저리도 흥분시키는 것인지, 바로 저 볼품없는 검풍이야말로 언젠가 금천우가 말했던 기적이라는 것도 말이다.

* * *

그날, 천풍은 여느 때보다 조금 빨리 잠에서 깼다. 날이 밝기 전의 어둠이 고스란히 방 안으로 들어와 있어 시야는 온통 새까맣다.

아무것도 보이지 않는다. 아무것도 보이지 않아서 눈을 뜨고 있는 건지 눈을 감고 있는 건지도 잘 구분이 되지 않았다.

뭘까? 이 거북함은?

어둠 속에 누워 있는 것이 아니라 어둠에 짓눌려 있는 듯한, 몸이 무겁다고 해야 할지 가라앉는다고 해야 할지…….

그래서 천풍은 한참을 그대로 가만히 있었다. 흐릿하던 시야가 점차 밝아지고, 어둠 속에서 천장을 볼 수 있게 되어서도 그는 손가락 하나 까닥하지 않았다.

어둡기만 하던 공간에 푸르스름한 빛이 감돌았다.

푸르스름한 빛은 창문 틈으로 새어드는 환한 빛줄기에 녹아

흔적 없이 사라졌다.

날이 밝았다.

더는 그대로 누워 있을 수만은 없게 된 천풍이 결국 몸을 일으켰다.

누워 있을 때는 그리도 무겁게만 느껴졌던 몸이 막상 자리를 털고 일어나자 언제 그랬냐 싶게 말짱했다.

조금 전 느낀 거북함은 단지 귀찮음일 뿐이었던 것일까?

고개를 갸웃거리며 방을 나선 천풍은 빗자루를 들어 산문 앞을 쓰는 것으로 하루 일과를 시작했다.

그리고 곧장 해심정으로 발길을 잡았다.

'오늘도 오시려나?'

천풍은 며칠 전 알게 된 중년의 사내를 떠올렸다.

이름은 염장이라 했고 2만 권 무공서적의 새 주인이라고 했다.

첫 만남을 가졌던 그날 이후, 정오 무렵이 되면 어김없이 해심정으로 찾아온다.

검무가 자꾸만 눈에 밟힌다나 뭐라나, 그래서 자기도 모르게 자꾸만 발길이 이곳으로 향하게 된다나 뭐라나…… 그런 걸 보면 참 한가한 사람인 것도 같은데, '바쁘다, 바쁘다.'를 입버릇처럼 달고 다니는 것을 보면 또 그리 한가한 사람은 아닌 것도 같았다.

어쨌거나 딱히 방해가 되는 것은 아니라 그냥 내버려두었다.

그나저나 해심정으로 가는 길…… 또 변했다.

어제까지만 해도 여기 담벼락을 따라 책들이 가득 쌓여 있었는데 지금은 말끔히 치워지고 없다.

그사이 다 가져가 버린 모양이다.

매일 겪는 일이고 체념도 했지만 이렇게 익숙한 풍경이 낯설음으로 다가올 때면, 어쩔 수 없이 마음 한편에 쓸쓸함이 들어차곤 한다.

이제 더 이상 기억 속의 황산사는 없다.

눈에 보이는 모든 것이 지난날의 기억과는 다르다.

눈을 돌리면 어디에나 있던 책들, 그것에 놀라워하던 어린 날의 기억이 무색할 만큼 텅 비어 버린 산사…… 을씨년스럽기까지 한 풍경에 추억마저 황량해진 때문일까? 아니면 그간 살아온 곳을 이제 떠나야 한다는 아쉬움과 미련 때문일까? 햇살은 온기를 가득 머금었는데도 옷깃을 스며드는 바람은 유난히 스산하게 느껴졌다.

늘 걷던 길인데도 뭔가 아련했고, 늘 보던 풍경인데도 뭔가 애잔했다.

터덜터덜 내딛는 걸음도 왠지 힘이 없었다.

마치 구름 위를 걷는 것처럼 발밑이 허전하게 느껴지는가 하면, 질퍽한 늪에라도 빠진 것처럼 천근만근 무겁게 느껴지기도 했다.

그러고 보면 오늘 새벽, 어둠 속에서 느꼈던 그 거북함과 어딘지 비슷했다.

천풍은 애써 그런 생각들을 무시하고 걸음을 빨리했다.

그렇게 해심정에 도착했다.

하지만 해심정에 도착하고서도 마음이 잡히지 않기는 마찬가지였다.

어딘지 산만한 느낌이다. 산만하긴 한데 마음이 산만한 건지 정신이 산만한 건지도 잘 모르겠다. 나른함인 것도 같고 허전함인 것도 같다.

이상하긴 했지만 그리 썩 불쾌한 느낌은 아니었다.

산만하긴 한데 산만해서 오히려 더 많은 것이 보였고, 더 많은 것이 들렸다.

잔잔한 바람이 살갗에 와 닿고 저 멀리서 산새 울음소리가 들린다. 고송의 어깨에 걸린 눈 자락이 햇빛을 머금어 눈꽃을 피운다. 코끝을 스쳐가는 솔잎 향이 참으로 맑다.

늘 곁에 있어 보지 못하고 느끼지 못하고 들리지 않던 것들이, 지금은 흑과 백뿐인 세상에 색깔이 입혀지듯 선명하게 살아난다.

목검을 들었다.

검무를 시작했다.

늘 해오던 동작들이다. 그래서 익숙했다.

하지만 늘 해오던 것인데도, 그래서 한 치의 틀림도 없는데도 다른 날과 달랐다.

검을 뻗을 때마다 미약한 열기가 몸을 훑고 지나갔다. 뻗은 검을 다시 거둘 때에도, 발을 내딛을 때에도, 내딛은 발을 다시 거둘 때에도, 심지어 호흡 한 마디 한 마디에도 어김없이 알 수 없는 열기가 몸 안을 휘돈다.

마치 몸속의 장부들이 살아 있는 듯 입김이라도 불어대는 것 같다.

초겨울 차가운 공기에 얼어붙은 몸이 그 입김에 닿아 서서히 녹아내리는 듯했다.

재채기가 나오기 직전의 간질거림 같은 것도 있었다.

그것은 갑작스럽지만 또한 조심스럽게 찾아온 변화였다.

'뭘까?'

다른 날과 다르다는 것이, 그 작은 변화가 기대를 잉태한다.

금천우가 말했던 365개의 혈이라는 것, 그 속에 잠재된 기운이라는 것, 그 막연하기만 했던 것의 실체가 드디어 모습을 드러내기 시작하는 것은 아닐까?

'어쩌면…….'

가슴이 두근거렸다.

어쩌면 지금인지도 모른다.

금천우는 1년이 걸릴지 10년이 걸릴지, 혹은 평생을 해도 되지 않을지도 모른다고 했다. 그 역시 막연한 희망을 미련스레 부둥켜안고 있었던 것뿐이지만, 어쩌면 그 몹쓸 놈의 운명이 바로 지금 바뀌려 하고 있는 것인지도 모른다.

천풍은 더욱 집중했다. 지금 느끼고 있는 이 기이한 감각을 붙들어놓기 위해 모든 잡념을 버리고 검무에만 온 마음을 다 쏟아부었다.

검과 하나가 되었다. 검무에 동화되어갔다.

그 일체감과 충실감이 어딘가에 숨어 있던 티끌만큼의 상념마저도 깨끗이 지워 버렸다.

이어진 것은 갈증이다.

목이 마른 것은 아니었다.

검무에서 느껴지는 허전함이고, 무언가 충족되지 않는 상실감이다.

그 순간이었다. 그의 시야에 마치 환영이 보이듯 돌연 수없이 많은 선들이 그려졌다.

왠지 낯이 익었다. 아니, 어딘지 익숙한 느낌이었다.

'검로?'

그것은 분명 검로였다. 그리고 그야말로 '수없이 많은' 이었다. 그간 그가 익혔던 수백 종의 검술이, 그 검로가 얼키설키 실타래를 풀어놓은 것처럼 눈앞에 펼쳐지고 있었다.

검을 쥔 손이 떨렸다. 아니, 주인을 재촉하는 것처럼 검 스스로 떨림을 만들어내고 있었다.

물 흐르듯 베어가고 비 오듯 내리치고 뇌전처럼 찌르면, 세상에 베지 못할 것도 없고 가르지 못할 것도 없으며 뚫지 못할 것도 없다.

너무 거창해서 유치하기까지 한 구결은 천류검법(天流劍法)의 일곱 번째 초식인 향류천리(香流千里)였다. 지금 눈앞에 펼쳐진 수없이 많은 검로들 중 하나였다.

천풍은 검무를 그만두었다. 검무를 그만두고, 본능의 이끌림대로 구결을 따라 검로 속으로 주저 없이 검을 밀어 넣었다.

그 순간, 몸속을 휘돌던 열기가 팔을 타고 흐르더니 이내 목검을 통해 빠져나간다.

이어진 것은,

파앙!

검풍이었다.

검에서 나는 건지 몽둥이에서 나는 건지 구분이 안 갈 정도로 둔탁했지만, 그것은 분명 검풍이 만들어내는 소리였다.

말로 형언키 어려운 짜릿함이 손끝을 타고 올랐다. 열기가 빠져나간 빈자리에 바람이 맴돌고, 그 자리에 다시 말로 형언키 어려운 시원함이 번졌다.

그리고 갈증이 사라졌다.

천풍은 멈추지 않았다.

두꺼운 구름이 하늘에 가득하면 태양도 달도 그 아래 빛을 잃는다.

자운십이검(紫雲十二劍)의 네 번째 초식 만운성막(萬雲成幕)이다.

천풍의 검이 허공중에 어지러이 날렸다.

그럴 때마다 짜릿함이 어김없이 손끝을 타고 올랐다. 그리고,

파앙!

어김없이 검풍이 이어졌다.

천풍의 눈에 더할 수 없는 기대가 담겼다.

'이건 분명…….'

기(氣)다!

단전도 없는 그가, 한 줌의 내공도 없는 그의 몸에서 기가 뻗어 나오고 있는 것이다.

흐릿하기만 하던 365개의 혈과 그 안의 기운이 이제 명확하게 실체를 드러내고 있었다.

절대로 불가능하다고만 생각했던 일이, 그럼에도 도저히 버리지 못했던 희망이 바로 지금 현실이 되고 있었다.

눈물이 날 만큼 벅찬 감동은 환희가 되어서 천풍을 집어삼켰다.

하늘로부터 받은 저주를 다시 하늘이 거두어가려 하고 있다. 그리해 저주받은 몸뚱이가 변하려 하고 있다. 그리해 그가 살아온 세계가 달라지려 하고 있다.

이제 더 이상 '어쩌면' 이 아니었다. 확신이었다.

그에게만 유독 모질었던 하늘이 이제야 그에게도 온정을 베

풀기 시작한 것이 틀림없었다.

사람에게 가장 무서운 것이 인연이고 세상에 가장 끊기 어려운 것이 또한 인연이다. 태산보다 높은 뜻으로 하늘을 베고 하늘보다 깊은 뜻으로 인연을 벤다.

무극선검(無極仙劍)의 서른세 번째 초식 천악절연(天岳絶緣).

그렇게 천풍의 손에서는 그동안 익힌 수많은 검법들이 펼쳐졌다. 뜬금도 없고 연계도 상관치 않는다. 검법이라기보다는 그야말로 마구잡이식 칼질이다. 하지만 천풍은 단 한순간도 검을 멈추지 않았다.

몸속의 열기가 빠져나가고 그 자리에 어김없이 바람이 맴돈다.

그 시원함이 좋았다. 어린아이가 처음 가진 장난감에 취해서 시간 가는 줄 모르듯, 그 시원함에 매료된 천풍도 세상모르고 놀았다. 그리고 하나둘 잊어갔다.

지금 자신이 펼치고 있는 것이 무슨 검법인지 잊었고, 초식의 이름이 무엇인지도 잊었다. 왜 그것을 펼치고 있는지 잊었고 운명을 바꿀 수 있다는 기대마저도 잊었다.

무념무상(無念無想)?

아니다. 딱 하나 천풍의 머릿속을 가득 채우고 있는 것이 있었다.

'좀 더, 좀 더, 좀 더, 좀 더…….'

자극이란 익숙해지기 마련이고 익숙함이란 아쉬움을 낳기 마련이다.

보다 더 강한 자극을 원했다. 보다 더 큰 시원함을 원했다.

그래서 조금이라도 더 많이 움직였다. 더 빨리, 더 강하게 움직였다.

그렇게 천풍은 온 힘을 다해, 온 마음을 다해 검을 휘둘렀다.

그러던 어느 순간이었다.

'어?'

욕심이 화를 부른 것일까?

뜨거움과 시원함이 교차하며 반복되던 어느 순간, 생각지 못한 일이 일어났다.

폭주였다. 몸속의 기가, 365개의 혈이, 그 안의 기운들이 용암처럼 들끓어대더니 혈관을 타고 미친 말처럼 몸 안을 질주하기 시작했다.

일정한 방향도 없었고 규칙도 없었다. 365개의 기운이 제멋대로 날뛰며 몸 안을 무질서하게 헤집고 다녔다. 그리고,

콰앙!

충돌했다.

하나가 다른 하나를 만나 충돌하고, 다시 다른 하나가 또 다른 하나를 만나 충돌했다.

피가 거꾸로 솟구쳤다. 심장이 미칠 듯이 뛰었다.

'주화입마(走火入魔)?'

아득해지는 의식의 끝자락에 떠오른 단어 하나가 정신을 번쩍 들게 했다.

언젠가 현아에게 들었던 그 단어가 머리털을 곤두서게 했다.

그토록 간절히 바래왔던 변화도, 몹쓸 놈의 운명도, 세상을 잊게 했던 시원함도 지금은 중요치 않았다.

이대로라면 죽을지도 모른다. 멈춰야 한다. 강력한 경고음이 그를 붙들었다.

그러나 멈춰지지 않았다. 아니, 멈추지 않았다. 머리에서는 멈추라 하는데 마음은 반대로 더 빨리, 더 강하게 움직이라 한다.

그 마음은 불을 향해 달려드는 부나방의 무모한 본능과도 닮아 있었다.

그랬다. 그것은 본능이었다.

바로 저 끝에…… 바로 저 너머에…… 저 너머 어딘가에…….

무언가가 있다. 반드시 보아야만 하는 무언가가 그를 기다리고 있다. 여기서 멈춰 버리면 어쩌면 영원히 보지 못할지도 모른다.

이유 모를 미련이, 집착이, 본능이 천풍의 이성을 집어삼켰다.

이윽고, 365개의 기운들이 어느 것이 먼저랄 것도 없이 충돌했다.

콰콰콰콰콰콰콰콰콰!

몸 안에서 폭죽이 터졌다. 오장육부가 산산이 부서졌다. 온

몸이 갈기갈기 찢겨져 날렸다.

*　*　*

어떻게 된 것일까?

천풍은 멀뚱히 자신의 몸을 살폈다.

아무렇지 않다. 온몸을 갈기갈기 찢어발길 듯했던 흉포한 폭발이 거짓말이었던 것처럼 눈 한 번 질끈 감았다 뜨니 그로써 끝이었다.

아침부터 느꼈던 기이한 감각도, 들끓던 열기도, 갈증도 모두 흔적조차 남아 있지 않았다. 반드시 보아야만 했던 무언가도 끝내 보지 못했다.

이른 새벽 눈을 뜨면서 달라지기 시작했던 오늘이 지금 이 순간 다시 어제와 같은 '나'로 돌아와 있었다.

한바탕 꿈이라도 꿨던 걸까? 아니면 심마(心魔)에라도 빠졌던 것일까?

한바탕 꿈이라고 하기에는 너무 생생했고, 심마라 하기에는 지금 그의 상태가 너무 평온했다. 마치 이 모든 일이 자신의 것이 아닌 양, 멀찍이 떨어져 남의 일을 보고 있는 것처럼 지극히 평화로웠다.

한바탕 꿈도 아니고 심마도 아니다.

그냥 변한 것이다.

변했다. 그의 손에서 달랑 자루만 남긴 채 산산조각 나버린 목검만큼이나 그는 변해 있었다.

지금의 그는 금천우를 만나기 전의 그와도 달랐고 어제의 그와도 달랐다.

그 변화가 신기하리만치 당연하게 받아들여졌다.

그래서일까? 검을 휘두를 때는 그리도 벅찼던 마음이 지금은 오히려 지나치게 담담했다.

하늘을 올려다보았다.

어둠이 짙다. 생각보다도 많은 시간이 흘렀다. 이미 자정이 훌쩍 넘었다.

발길을 돌리려는데,

휘청.

"어?"

다리가 풀렸다.

그러고 보니 단 한 줌의 기력도 남아 있지 않다. 단 한 줌의 기력도 남김없이 다 쏟아부어 버린 모양이다. 모든 것을 다 쏟아붓고 난 지금, 기력이라고는 한 줌도 남아 있지 않은데 신기하게도 그 공허함이 그렇게 상쾌할 수가 없다.

하지만 그 상쾌함도 밀려드는 피로까지는 다 막아주지 못했다.

졸음이 쏟아졌다. 한 번 졸음이 쏟아지자 눈꺼풀은 순식간에 천근만근이 되었다.

급히 걸음을 옮겼다.

지금 천풍에게 있어 지상 최대의 명제는 결국 잠이었다.

천풍은 그 길로 곧장 자신의 방으로 돌아왔다. 그리고 낯선 풍경에 놀랐다.

오늘 아침, 방을 나서기 전만 하더라도 방 안에 가득했던 책들이 단 한 권도 보이지 않았다. 어제까지만 하더라도 가득한 책들로 겨우 발 뻗을 공간만 남아 있던 좁은 방 안이, 그 덕에 휑할 만큼 넓게 느껴졌다.

염장의 인부들이 결국 그의 방 안까지도 깡그리 다 쓸어가 버린 모양이다.

이제 정말 떠난다. 정리가 끝나는 대로 바로 출발할 것이라 했으니 어쩌면 당장 내일이라도 황신을 내려가게 될지도 모른다.

텅 빈 방 안을 보고 있자니 만감이 교차했다.

쓸쓸하기도 하고 서운하기도 했다. 그런 한편으로 세상에 대한 호기심과 기대도 있었다.

하지만 생각은 길지 않았다. 그 모든 감정들보다 오늘 하루의 피로가 지금은 더 중요했다.

뭐가 어찌되었든 우선은 쉬고 싶은 마음뿐이었다.

휑한 방 안에 자리를 깔고 누웠다.

바닥에 등을 대자마자 절로 눈이 감겼다. 그렇게 반쯤은 정신을 놓아 버렸을 무렵이었다.

불현듯 떠오른 생각에 천풍이 화들짝 놀라 눈을 떴다.

'그건 팔면 안 되는 건데…….'

까마득히 잊고 있었다.

2만 권의 책들 중에서 팔아서는 안 되는 책들이 있었다.

방 안에 가득했던 책 더미 속에 아무렇게나 구겨져 있던, 수년 전 천풍이 반쯤은 장난삼아, 또 반쯤은 재미삼아 만들었던 스물세 권의 책이 그것이었다.

팔 만한 가치가 없는 책들이 팔려 버렸다. 세상에 나가서는 안 될 책들이 세상에 나가 버렸다.

얼굴이 달아올랐다. 책을 만들 때만 해도 어린 마음에, 누군가 자신이 만든 책으로 무공을 익히는 것을 상상하며 설레어 했던 적도 있었다. 그런데 막상 상상이 현실이 된다 생각하니 낯이 뜨겁다 못해 소름이 돋을 만큼 창피했다.

당장 염장에게 달려가 그 책들만은 돌려달라 사정이라도 하고 싶었다. 하지만 이미 짐수레에 실려서 산 아래로 옮겨져 버린 것을 다시 돌려달라 하기엔 너무 염치가 없다.

달리 방법이 없다. 발만 동동 굴리며 걱정이나 하고 있을 바에야 차라리 일찌감치 포기해 버리는 게 속이 편했다. 무엇보다 지금은 그마저도 쏟아지는 졸음에 비할 바가 아니었다.

그냥 마음 편히 먹기로 했다.

어차피 글씨부터가 엉망인데다 다른 책들처럼 제대로 설명이 붙은 것도 아니다.

'그래. 그런 걸 누가 돈 주고 사겠어? 그냥 줘도 안 가질 텐

데…….'

더는 거기에 대해 생각하지 않았다. 아니 생각할 수가 없었다. 이미 눈은 감겼고 그보다 앞서 정신은 꿈나라에 가 있었으니까.

그렇게 스물세 권의 책이 무림으로 흘러들어갔다.

만일 천풍이 졸음을 이겨내고, 염치도 잠깐 뒤로 미뤄두고 그 순간 바로 염장을 찾아갔더라면, 어쩌면 천풍의 삶은 조금 더 편안했을지도 모른다.

훗날의 모든 혼란과 소란은 결국 이 순간의 귀찮음과 졸음에서 비롯되었음이다.

『천극의 서』 2권에서 계속